JN311742

講談社文庫

黒猫館の殺人

〈新装改訂版〉

綾辻行人

講談社

目次

＊主な登場人物

鮎田冬馬《あゆたとうま》……「黒猫館」の管理人。(60)

風間裕己《かざまゆうき》……「黒猫館」の現在の持ち主の息子。M＊＊大学の学生。ロックバンド〈セイレーン〉のギタリスト。(22)

氷川隼人《ひかわはやと》……その従兄《いとこ》。T＊＊大学の大学院生。〈セイレーン〉のピアニスト。(23)

木之内晋《きのうちしん》……裕己の友人。〈セイレーン〉のドラマー。(22)

麻生謙二郎《あさおけんじろう》……同。〈セイレーン〉のベーシスト。(21)

椿本レナ《つばきもと》……旅行者。(25)

＊

［( )内の数字は一九八九年八月時点の満年齢］

天羽《あもう》辰也《たつや》……「黒猫館」の元の持ち主。元H＊＊大学助教授。生死不明。

理沙子《りさこ》……その娘。生死不明。

神代舜之介《くましろしゅんのすけ》……天羽の友人。元T＊＊大学教授。（70）

橘《たちばな》てる子……天羽の元同僚。H＊＊大学教授。（63）

江南孝明《かわみなみたかあき》……稀譚社《きたんしゃ》の編集者。（25）

鹿谷門実《ししやかどみ》……推理作家。（41）

［（　）内の数字は一九九〇年六月時点の満年齢］

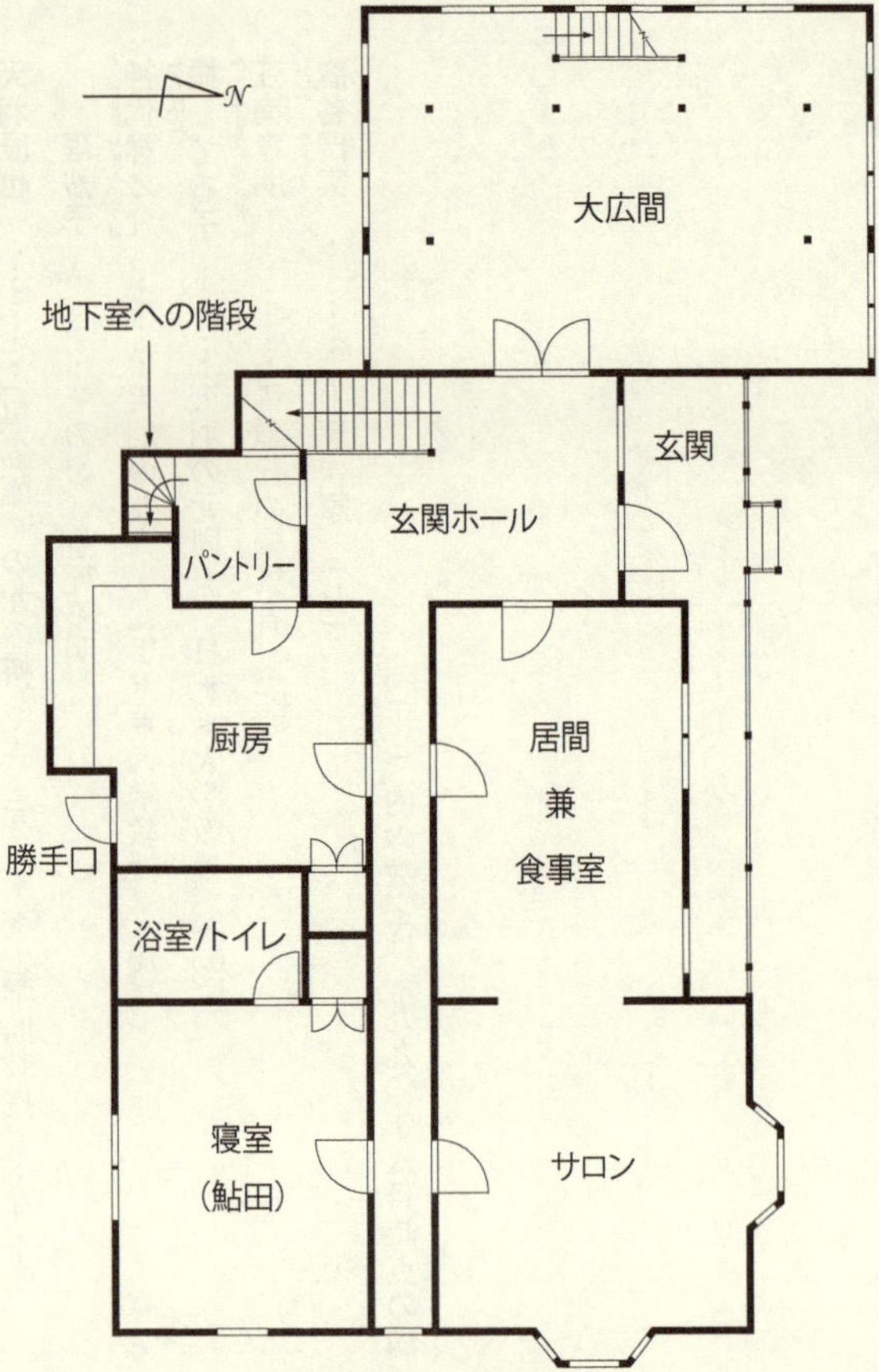

黒猫館 平面図/一階

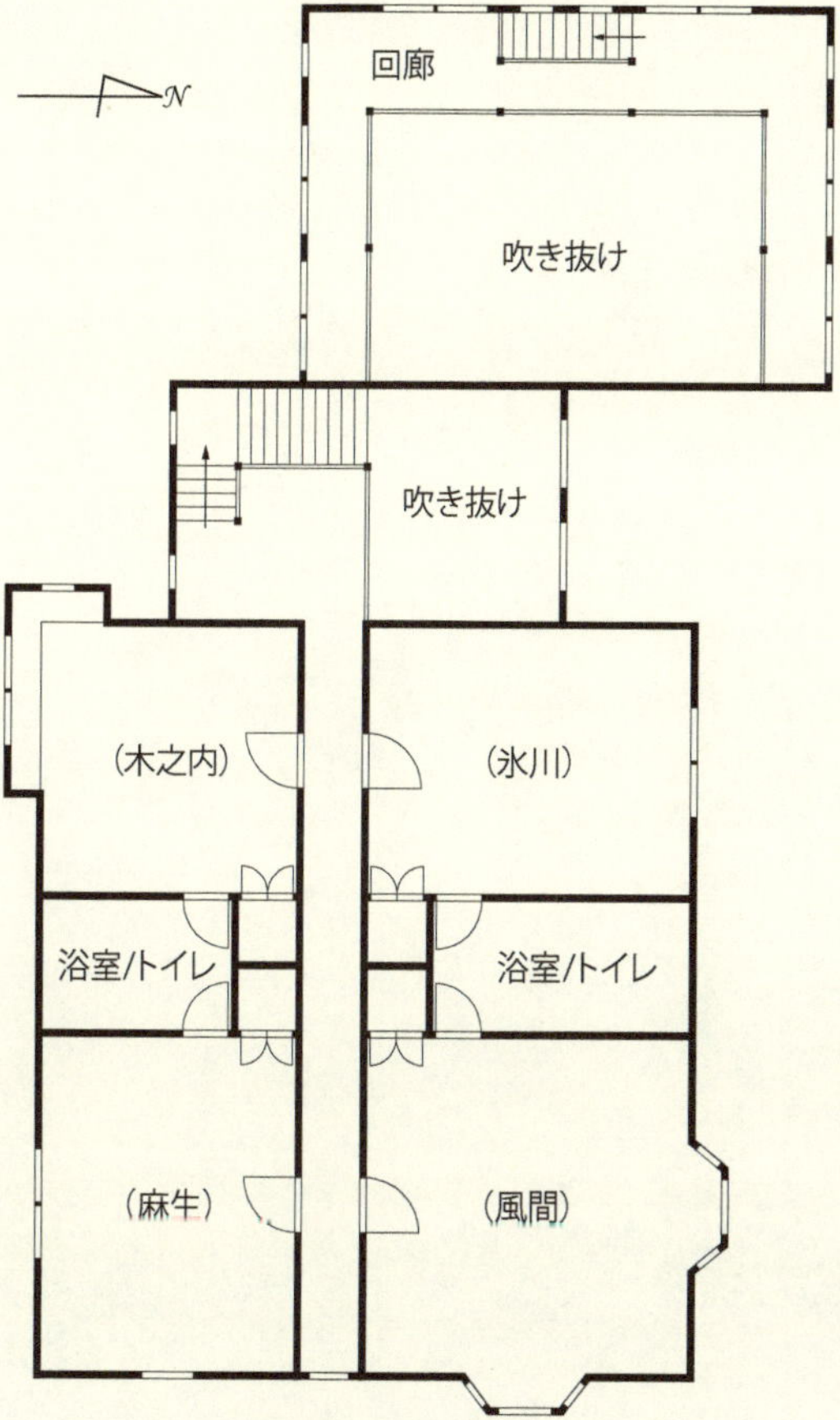

黒猫館 平面図／二階

黒猫館の殺人

〈新装改訂版〉

——鈴木文武君に　八七年の岩倉を思い出しながら——

プロローグ　――一九九〇年七月八日（日）　北海道・阿寒――

　三人が門の前に立ったとき、まるでその瞬間を待ちかまえてでもいたように、背後に広がる蝦夷松《えぞまつ》の森から濃い霧が流れ出してきた。

　思わずシャツの半袖《はんそで》から出た腕をさすりながら、江南孝明《かわみなみたかあき》は後ろを振り返った。数メートル先――森を縫《ぬ》って延びた細い林道を半ば塞《ふさ》ぐような恰好《かっこう》で、三人の乗ってきた車が駐《と》めてある。グレイメタリックのその車体が、早くも霧の白さに溶け込もうとしていた。

「凄《すご》い霧だなあ」

　江南よりも幾歩か前方で立ち止まり、浅緑のブルゾンを着た背の高い男が呟《つぶや》いた。

「いやはや。何だか、釧路《くしろ》から霧に追いかけてこられたような気分だねえ」

　推理作家の鹿谷門実《ししやかどみ》である。

　相変わらず痩《や》せぎすで、やたらと身体《からだ》が細長く見える。緩いウェーヴのかかった柔らかそうな髪を撫《な》でつけながら、かけていたサングラスを外し、傍《かたわ》らに立つもう一人の男の顔を窺《うかが》った。

「どうです、鮎田《あゆた》さん。何か思い出せそうですか」

「さあ……」

首を捻《ひね》り、男は眼前の門を見上げる。しばらく口ごもったあと、心許なさそうに答えた。

「何となく、そうですな、見憶《みおぼ》えがあるような気はするのですが」

彼の名は鮎田冬馬《とうま》という。

瘦身《そうしん》・中背の鮎田だが、背中がいくぶん曲がっているため、必要以上に小さく貧弱に見える。年齢は六十過ぎ。風貌《ふうぼう》はしかし、すっかり老人のそれだった。禿《は》げ上がった頭に茶色い鍔《つば》なしの帽子を被《かぶ》り、左の目には白い眼帯をしている。眼帯のまわりから頰《ほお》、顎《あご》にかけて、顔の左半分に残った火傷《やけど》の痕《あと》が痛々しい。

老人の視線を追って、江南は門を見た。

高い門だった。

暗褐色《あんかっしょく》の石の門柱が、地面を覆《おお》った雑草の中から、年老いた大木の幹のように生えている。表札はなかった。かつてあった形跡もない。門扉《もんぴ》は古びたブロンズ製の格子《こうし》扉《とびら》。門の両側には同じくブロンズ製の柵《さく》が連なり、周囲の森と庭とを仕切っている。霧が、門扉の格子のあいだから敷地内へ流れ込んでいく。先ほど車を降りたときには門の向こうにちらちらと見え隠れしていた建物の影が、今はもうすっかり白い帳《とばり》に隠されてしまっていた。

門扉の合わせ目には黒い鉄の鎖《くさり》が巻きつけられ、頑丈《がんじょう》そうな錠前で留めてあった。鹿谷が進み出て、格子を両手で摑《つか》んだ。揺すってみるが、びくともしない。

「鹿谷さん。そっちに――」

と、江南が扉の左端を指さした。

「ほら。通用口が」

「ん？　やあ、本当だ」

門の端に設けられたその通用口のほうは、内側から単純な差し込み錠が掛かっているだけで、これは格子の隙間《すきま》から手を入れて容易に外すことができた。幸いにも、と云《い》うべきだろう。鹿谷と江南の二人だけなら、門を乗り越えるなり何なりするところだが、同行の鮎田老人に同じ真似《まね》ができるとはとても思えなかったからである。

「入ろう、江南君」

扉を開くと、鹿谷は二人を振り返った。

「鮎田さんも、さあ」

ブルゾンと同色のショルダーバッグを肩に掛けた鹿谷が、先頭に立って通用口を抜ける。そのあとを鮎田冬馬が、右手に握った茶色い杖《つえ》で身を支えながら続いた。最後に江南が入る。

立ち込める白い霧の中を、三人は足音を忍ばせるようにして進んだ。

森で遊ぶ野鳥たちの声が四方八方から響いてくる。七月初めの、そろそろ正午を過ぎようかという時刻なのに、気温はいっこうに上がらない。肌寒さにまた腕をさすりながら江南は、サマーセーターを車内に置いてきてしまったのをいたく後悔した。

霧で視界が遮《さえぎ》られて判然とはしないが、屋敷の前庭は相当な広さがあるようだった。濃い緑の葉を茂らせた庭木の影が、そこかしこに見える。一メートル足らずから三、四メートルのものまで、高さや大きさはまちまちだった。

「見てごらんよ、江南君」

鹿谷が庭木の一本に近寄り、葉のあいだを覗《のぞ》き込みながら云った。

「こいつは柾《まさき》だね。久しく手入れをしていないみたいだけれども、よく見るとほら、奥のほうに剪定《せんてい》の跡が残っている」

「剪定？」

「以前は定期的に枝を落として、ちゃんと形を整えていた。その証拠さ。はて、この木は何の形をしていたんだろうねえ」

「ああ」と頷《うなず》いて、江南はその木を睨《にら》みつけた。

屋敷の前庭に植え込まれた木々はかつて、さまざまな動物の形に似せて刈り込まれていた——という「手記」の記述を思い出す。

緩い風になびく霧の動きに幻惑されてだろうか、眼前の木の黒い影がふと、巨大な猫の形に見えた。それはもちろん、「黒猫館《くろねこかん》」なる館の名称がこのときの江南の心理に働きかけた結果でもあった。

尖《とが》った顎をしかつめらしく撫で、鹿谷は足許を埋めた雑草を踏みつけて身体の向きを変える。傍らで鮎田老人が、しきりに首を捻りながら周囲を見渡していた。

少なくとも昨年の九月までは、この老人がこの屋敷の管理人を務めていたはずなのだ。なくしてしまった当時の記憶をどうにかして取り戻そうと、今も彼は懸命なのだろうが……。

霧のせいで、当たり前な感覚が失われているのかもしれない。荒れ果てた前庭を横切る煉瓦《れんが》敷きの小道を進み、建物の前に行き着くまでに、江南は何百メートルもの距離を歩いたような気がした。

「やっと辿《たど》り着いたねえ」

鹿谷が感慨深げに云った。

「ふうん。これが黒猫館か」

薄灰色の汚れた壁に、縦長の小さな窓が並んでいる。屋根は急勾配《きゅうこうばい》の切妻《きりづま》屋根。見た感じ、さして奇異でも風変わりでもない二階建ての洋館だが、北海道の人里離れた森の中にこんな家が建っていること自体、妙な話ではある。あまつさえ、これが二十年前、あの中村青司《なかむらせいじ》によって設計された「館《やかた》」なのかと思うと、そして昨年の夏、あの「手記」に記されているような事件が起こった場所なのかと思うと、江南はどうしても慄然《りつぜん》とせざるをえないのだった。

「例の〝風見猫《かざみねこ》〟とやらはどこかなあ」

ひょろ長い身体を伸び上がらせて、鹿谷が屋根を振り仰《あお》ぐ。江南も倣《なら》って視線を動かしたが、目当てのものは見つからない。

「あそこですよ」

と、鮎田老人が杖を持った腕を上げた。

「あっちの端っこに……見えませんか」

云われて、目を転ずる。

向かって左側の端――その部分だけは寄棟《よせむね》造りになった屋根のてっぺんに、なるほど、それらしき薄灰色の影があった。風見鶏《かざみどり》の「鶏」の代わりに別の動物が取り付けられた、奇妙な代物である。霧に阻まれてぼんやりとしか見えないが、確かに鶏とは違う形をしている。

「あれか……」

屋根を見上げたまま、鹿谷は数秒のあいだ腕組みをして動こうとしなかった。やがて、小首を傾《かし》げながら低く何事か呟いたかと思うと、鮎田老人のほうに向き直って「さて」と云った。

「中に入ってみましょうか」

「鍵が掛かってるんじゃないですか」

江南が懸念を示すと、鹿谷はちょっと肩をすくめて、

「だったらどうにかするさ。せっかくここまで来たんだからね、諦《あきら》めて帰る手はないだろう」

「そりゃあまあ、そうですけど」

強い風がひとしきり、庭に点在する木々を大きくざわめかせて吹き過ぎた。あたりを押し包んでいた霧が散り、ほんの短い時間ではあるが、南中した太陽の光線が地に

射した。

「さあ。行こうじゃないか」

高らかに云って鹿谷は、束の間《つかま》の陽射しに照らされた建物の玄関に向かって足を踏み出す。

からからと小さな音を立てて向きを変える屋根の上の影に、もう一度ちらりと目をくれてから、江南は鮎田老人とともにそのあとを追った。

第一章　鮎田冬馬の手記　その一

これは私自身の為《ため》の手記である。

このノートの文章を自分以外の人間に読ませようというつもりは、今のところ私には全くない。余程《よほど》の特殊な事態にでもならない限り、恐らくは今後もずっとそうだろう。

＊

ここに記すのは、今から一箇月《かげつ》前——一九八九年の八月一日から四日にかけて、「黒猫館」と呼ばれるこの屋敷に於《お》いて起こった事件の、詳細且《か》つ正確な記録である。

この手記を起こすに当たってまず、記述者である私こと鮎田冬馬は、ここに如何《いか》なる虚偽の記述も差し挟まぬ事を、他ならぬ私自身に対して誓っておくとしよう。私が屋敷の管理人としてこの目で見、この耳で聞いた事実を有りのままに書き記す事こそが、この記録の第一の目的なのである。

従って、例えばそこに自分の推測や想像を付け加える場合には、それらが私の個人的な先入観や願望の産物とならぬよう細心の注意を払わねばなるまい、と考える。兎《と》に角《かく》、出来る限りの冷静さと客観性を以《もっ》て、私はあの事件の顚末《てんまつ》を書き記しておこうと思うのである。

繰り返すが、これは私自身の為の手記である。

この手記を書く事によって私は、あの忌《い》まわしい事件を一つの〝過去〟としてこのノートの中に封じ込めてしまいたいのだと思う。

年を取り、このところいよいよ己《おのれ》の記憶力が衰えて来たのを実感する。もう十年も経《た》てば、今はまだ生々しいあの事件の記憶もすっかり薄れてしまっている事だろう。十年後の私にとって、この手記はきっとさぞかし面白い読み物となってくれるに違いない。——といった意味で、これは未来の私自身の為に書かれる〝小説〟(それも所謂《いわゆる》〝探偵小説〟の部類に属する物)なのだ、とも云《い》えるだろうか。

そう。ここはいっそ、そのような気持ちで筆を進めて行くとしよう。

＊

さて、何処《どこ》から始めるべきか。

やはりこの場合、順を追って記して行くのが良いと思う。一箇月前の自分自身の記憶を細部に亙《わた》って掘り返す為にも、それが一番の良策であろう。

まずはそう、彼らがこの屋敷にやって来た、その前後の事情から……。

1

私がその連絡を受けたのは一九八九年の、七月上旬の事であった。確か月が替わったばかりの頃——二日か三日か、その辺りだったと思う。

現在この屋敷は、埼玉県に住む某《ぼう》不動産会社の社長なる人物が「別荘」の名目で所有しているのだが、実質的な土地・家屋の管理は、当地での代理人である足立秀秋《あだちひであき》氏に一任されている。この足立氏から私に、電話で連絡が入ったのだった。

来月の初め、現オーナー氏の息子が夏休みの旅行でこちらへ来る事になった。友人達と一緒にあちこちを回る予定らしいが、折角《せっかく》の機会だから父親の持ち物であるこの「別荘」にも来て、何泊かしたいのだと云う。そこで、彼らが使う部屋の支度《したく》や滞在中の食事などの世話を宜《よろ》しく頼む——とまあ、そのような用件であった。

正直に云って、これは私にとって決して嬉《うれ》しい知らせではなかった。

昔から少なからずそういう傾向はあったのだが、特にここ数年、私はめっきり人間嫌いになっていたからである。出来ればそんな騒々しい連中には来て欲しくない、というのが、その時の私の本音だった。

とは云え、もとより私の身分は一介《いっかい》の使用人でしかない訳で、この種の依頼に対する拒否権は一切、与えられていない。「承知しました」と即座に答えるしかなかったのは当然である。

私が住み込みの管理人として雇われて以来この六年の間に、今回のような「別荘の使用」がただの一度もなかったというのが、考えてみれば妙な話だったのである。ここは諦《あきら》めて、せいぜい若者達を歓迎してやらねばなるまい。

オーナー氏の息子がどのような人間なのか知らないが、〝よく居《い》る質《たち》の悪い〝金持ちのドラ息子〟であったりしたなら、下手に機嫌を損ねては不味《まず》かろう。父親に「あいつをクビにしろ」とでも訴えられたら最悪だし、万が一そんな事態になれば足立氏の立場もない。そもそも六年前、私がこの屋敷の管理人として雇われる事になったのは足立氏の口利きのお蔭《かげ》で、だから彼には一方《ひとかた》ならぬ恩義を感じてもいた。

普段《ふだん》、この家を訪れる者は殆《ほとん》どない。忘れたような頃に足立氏が様子を見に来るくらいで、それ以外は全くと云っても良いほど人が来ない。

何しろ、近くに民家の一軒とてない森の中である。こちらが呼び付けでもしない限り、わざわざこんな場所まで足を延ばすセールスマンも居ない。それはしかし、私のような世捨人《よすてびと》にとってみればなかなかに有難い環境なのだった。

埼玉の現オーナー氏にしても、これまでに一度（もう四年も前になる）、商用のついでに訪れた事があるだけだった。「別荘」とは本当に名ばかりなのである。

昨今の地価の異常な高騰《こうとう》についてはしばしば噂《うわさ》に聞くけれど、こんな世界の果てのような場所であっても、いずれは投機的な価値が出て来ると考えているのだろうか。それとも、単なる気紛《きまぐ》れで購入したのか。――その辺は私も大いに興味のあるところなのだが、まさかずけずけと問い質《ただ》す訳にも行かなかった。

さて、私がその依頼を快諾《かいだく》（表面上は、だが）すると足立氏は、

「色々と大変かも知れませんが、まあ数日間の事でもあるし、何とか宜しくお願いしますよ」

と、一応の気遣《きづか》いを示してくれた。

「詳《くわ》しい日程や何かは決まり次第、連絡が行くようにしますので……」

人数は全部で四人の予定だと云う。

部屋とベッドの数は充分に足りるが、問題はそれらの部屋の状態であった。もう随《ずい》分《ぶん》と長い間、満足に掃除もしていなかったからである。

このところ頓《とみ》に体力が減退して来ていて、というのは卑怯《ひきょう》な云い訳に過ぎないだろうか。これは無論、管理人たる私の怠慢《たいまん》であり、どう非難されても仕方のない事であった。私自身、出来れば家中を塵《ちり》一つ落ちていないような美しい状態に保っておきたいと常々《つねづね》、願ってはいるのだが……。

齢《よわい》六十の老いた身にとって、この広い屋敷の世話は最早《もはや》、手に余る仕事なのかも知れなかった。

そんな訳で、以後しばらくの日々を私は、屋敷の清掃を初めとする諸々《もろもろ》の準備に追われて過ごす事となる。予想した通り、それはかなりの大仕事であった。

客用の寝室として使えるのは二階にある四室だったが、どの部屋も埃《ほこり》と湿気で相当にひどい有様で、一通り掃除をするだけでも大変だった。二部屋に一つずつ設けられた洗面所兼浴室には、補修の手を入れねばならない箇所《かしょ》も少なからずあった。

　この洋館も、建てられてから既《すで》に二十年近くが経つ。放っておけばあちこちにがたが出始めて当然の時期なのである。

＊

　七月も下旬になって、オーナー氏の息子から直接、電話が入った。

　東京を発《た》つのが七月二十四日（彼は現在M＊＊大学商学部の学生で、親元を離れて東京で独り暮らしをしているらしい）。しばらく他所《よそ》を回ってから、三十一日にはこちらへ来る予定だと云う。その夜は町のホテルに一泊するので、翌八月一日の午後に迎えに来て欲しいとの事だった。

　この短いやり取りだけで判定してしまうのは乱暴かも知れないが、話した感じ案の定、余り頭の良さそうな男ではなかった。

　高級マンションの一室と最新のスポーツカー、欲しいだけの小遣いを与えられ、大学の講義もろくすっぽ出ずに遊び回っている放蕩《ほうとう》息子——といった陳腐な想像を、どうしてもしてしまう。大方、一緒にやって来る三人も似たような連中なのだろうと考えると、どうにも憂鬱《ゆううつ》な気分になった。

何も今頃、わざわざこんな辺鄙《へんぴ》な所まで来なくても良かろうに。彼らが遊ぶような場所は他に幾らでもあるだろうに。……

今更《いまさら》ながらそう思っては、何度も溜息《ためいき》をついたのを憶《おぼ》えている。

2

八月一日、火曜日。

午後三時半にホテルへ来てくれ——と、前夜に電話で連絡を受けていた。ここから市街地まで、車で一時間半以上は掛かる。余裕を見て一時半には、私は身支度を整えて屋敷を出発した。

その日は珍しく霧が出ていて、運転にはかなり気を遣わねばならなかった。見慣れた町の風景が、薄く煙《けぶ》る霧の所為《せい》で現実感を失い、何かしら御伽噺《おとぎばなし》の中の異国に迷い込んだような感覚を抱かせた。港から聞こえて来る船の汽笛を聞きながら、ずっと昔——私がまだ若かった頃、初めてこの町を訪れた日の事を何となく思い出していた。

ホテルに到着したのが三時二十分。小ぢんまりとしたロビーに人影は疎《まば》らで、それらしき四人連れの姿はまだ見当たらなかった。ソファに腰を下ろし、ロビーに備え付けの新聞を開きながらしばらく煙草《たばこ》を吹かしていたところ、

「鮎田さん、ですか」

と、声を掛けられた。電話で聞いた息子氏の声とは違う、落ち着いたバリトン。目を上げると背の高い細面《ほそおもて》の青年が一人、立っていた。茶色がかった巻き毛を少し長めに伸ばし、華奢《きゃしゃ》な金縁の眼鏡《めがね》を掛けている。

「やっぱりそうですね」

私の表情を読み取って、青年は涼やかに微笑《ほほえ》んだ。

「初めまして。裕己《ゆうき》の――風間《かざま》裕己の従兄《いとこ》で、氷川《ひかわ》といいます。氷川隼人《はやと》。わざわざ迎えに来て戴《いただ》いて有難うございます」

「ああ、いや」

思い掛けず礼儀正しい相手の物腰に、私は些《いささ》か狼狽《うろた》えた。

「他の方達は？」

「あっちのラウンジに居ますよ。もうすぐ来ますから」

そう云うと青年――氷川隼人は、すっきりと通った鼻梁《びりょう》に中指を当てて、軽く洟《はな》を啜《すす》った。

「鮎田さんは、ずっとこちらに？」

「この六年ほどの事です」

答えて、私はソファから立ち上がった。

「以前はどちらに居《お》られたんですか」

「あっちこっち、ふらふらしておりましたな。東京に住んでいた事もありますよ。もう何十年も昔の話だが」

「初めて来ましたが、いい所ですね」

氷川は目を細め、大きなガラス張りの窓の外へ視線を投げた。

「在《あ》り来《き》たりな感想ですけれども、景色がやっぱり雄大なんだな。思っていた以上に感動しました」

「それは良かった」

私は短くなった煙草をもう一口だけ吸って、灰皿に捨てた。

「このホテルは如何《いかが》でしたか」

「小さいけれど、なかなか快適な宿でしたよ。今夜からはお世話になります」

「ホテル並みの持て成しは出来ませんが」

「お気遣いなく。少なくとも僕は、静かな部屋と熱いコーヒーさえ戴ければ大満足ですので」

「静かな事だけは保証しましょう。森の中の一軒家ですから」

「聞いています」

「本当に何もない森の中ですよ。がっかりされなければ宜しいが」

「他の連中は渋い顔をするかも知れませんね」

と云って、氷川は肩を竦《すく》めて見せた。

「そもそも僕が云い出したんですよ。こっちへ来るのなら、そちらの別荘には是非《ぜひ》とも行ってみたいって。叔父《おじ》……裕己の親父さんが現在の持ち主だと聞いていたものですから」

「ほう」

私は青年の顔を見直した。

「何か特別な興味があるのですか、屋敷に」

「個人的に、ちょっとね」

「どういう？」

「それは……」

氷川が答えようとした時、

「お、居た居た」

聞き憶えのある甲高《かんだか》い声がロビーに響いた。ドラ息子殿のお出ましである。

「やあ」

軽く手を挙げて、派手な赤い上着を着た若者が向かって来た。細かく波打った髪を肩まで伸ばし、緑色の帽子をあみだに被《かぶ》っている。遠目であれば女性かと見間違いそうな風貌だった。

「風間だよ。どうも御苦労さん」

酒の臭《にお》いが息に混じっていた。昼間からビールでも飲んでいたらしい。

私は黙って会釈した。風間裕己は両手をズボンのポケットに突っ込みながら、

「後の二人はあいつらね」

と顎《あご》をしゃくった。

「御紹介しますよ」

氷川隼人が横から口を添えた。風間に続いてやって来た二人の若者を順に示して、

「そちらが麻生《あさお》、もう一人は木之内《きのうち》といいます」

「よ、宜しく」

麻生と呼ばれた方が、吃《ども》りながら云ってお辞儀をした。

フルネームは麻生謙二郎《けんじろう》。私よりも低い背丈の小男だが、顔立ちは全体に大造りな印象だった。髪は普通に短く刈っている。出っ張った頬骨《ほおぼね》。二重瞼《ふたえまぶた》の大きな目を落ち着きなく動かす様子が、蜥蜴《とかげ》か何かの小心な爬虫類《はちゅうるい》を連想させる。

木之内（下の名前は晋《しん》という）と呼ばれた四人目の若者は、風間と同じく肩までの長髪で、按摩《あんま》のような円《まる》い黒眼鏡を掛けていた。長身で、見るからに頑丈《がんじょう》そうな身体《からだ》付きである。唇《くちびる》を拗《す》ねたように尖《とが》らせ、三角定規のような顎を僅《わず》かに引いた。挨拶《あいさつ》のつもりらしい。

「皆さん、同じM＊＊大の？」

私が訊《き》くと、

「いえ」

氷川が薄く笑った。とんでもない、とでも云うように両腕を広げて見せる。

「みんな学校はばらばらなんですよ。僕はこの春、T＊＊大の院に上がりました」

「ほう。大学院に」

「隼人クンはこん中じゃあ唯一の秀才なの。どうも俺達とは頭の構造が違うらしくってさ」

と、風間がおどけた調子で云う。

「他はしがない三流私大のオチコボレばっか」

「ロックのバンドをやっていたんです。六月にもう解散しましたけれど」

と、氷川が説明した。

「バンド？　音楽のお仲間ですか」

「ええ。裕己達三人はスタジオで知り合ったそうです。ところがピアニストが居ないので、僕が助っ人を頼まれたという……」

その種の音楽についてはまるで疎《うと》い私である。

クラシックと昔のシャンソンくらいなら多少は話も出来るが、それ以外は和製の流行歌すら満足に聞いた事がなかった。況《ま》してやロックとなると、かろうじてエルヴィス・プレスリーとかザ・ビートルズの名を知っている程度である。

改めて四人の姿に観察の目を配った。

成程《なるほど》。云われてみると、風間裕己や木之内晋のヒッピー然とした風体は、如何《いか》にもそれらしき物ではある。

老使用人の狼狽えたような反応が可笑《おか》しいのか、風間が唇の端を引きつらせるようにしてクックッと笑った。かと思うと、何の合図かしら、人差指と小指を立てて右手を突き出し、私に向かって「イェイ」と声を投げ掛ける。

「要はさ、そのバンドの解散記念旅行って訳ね。男四人だけで、侘《わび》しい話だけどさ。まあ二、三日の間、ヨロシク頼むよね」

3

四人の客人を車に乗せると、相変わらず薄く霧の漂う街路を走り出した。車はトヨタのワゴン車で、詰め込めば七人まで乗れる。

「素敵な街ですね。すっかり気に入ってしまいました」

助手席に坐《すわ》った氷川隼人が、ハンドルを握った私に話し掛けて来た。外を流れる景色に涼しい眼差《まなざ》しを向けながら、

「僕は生まれも育ちもずっと二十三区内なんですけれど、こうして東京を離れてみるとつくづく実感します。あの街は異常だ、ってね。都市の進化という問題を考えるなら、あそこは間違いなく、何処かでその方向を誤った怪物ですよ」

後ろの座席では、氷川以外の三人が騒々しかった。車窓越しにあちこちを指さして

は、道路の標識や店の看板に並んだ文字を大声で読み上げている。

小学校の遠足じゃあるまいし——と、私は心の中で毒付いた。

早々に結論を出すのはどうかとも思うが、四人の中でまともに話の出来そうな相手は、やはり隣席の青年だけのようである。

「昨日《きのう》は何処か見に行かれましたか」

と、私は氷川に訊いた。

「一人で、例の監獄跡まで行って来ました」

答えて、青年は軽く洟を啜った。

「網走《あばしり》の刑務所にも昔、行った事があるんですが、やっぱり全く趣が違いますね。比較するのも変な話でしょうが」

「いや。案外と面白い比較かも知れませんな。他のお三方は、貴方《あなた》とは別行動を？」

「ええ。市内をぶらぶらしてたそうですよ。女の子を引っ掛けようとか云って」

氷川は肩を竦め、薄い唇の間からちろりと舌を出した。

「収穫はなかったみたいですけどね」

「ははあん。——こっちの訛《なま》りは気になりませんか」

「そうですね。初めは結構くたびれました」

「もう慣れましたか」

「まあ、何とか」

と、そこでまた氷川は洟を啜った。煙草を銜《くわ》えようとしていた動きを止め、思い直したように箱をポケットに仕舞《しま》う。

「風邪を？」

私が訊くと、彼は「いえ」と首を振って、

「大した事はありません。気温の所為でしょう」

「こっちでは、朝晩は夏でも冷えますからな」

「東京の熱帯夜に比べたら、僕には天国ですよ。汗をかくのが大嫌いな人間なので」

「今年は異常な暑さだと聞きましたが」

「年々、暑くなって来ているみたいですね。エアコンなしじゃあ僕なんか、一晩で溶けてしまいます」

市街地を離れ、車は延々と続く森の中の一本道を行く。霧はなくなったが、代わって辺りにはそろそろ夕闇が漂い始める。

小一時間も走り続ける内、後ろの三人は、退屈になって来たのか疲れてしまったのか、めっきり口数が少なくなった。

ルームミラーで様子を窺《うかが》うと、麻生謙二郎はぐったりと窓に凭《もた》れ掛かって目を閉じている。木之内晋は小型のヘッドホンを付け、忙《せわ》しなく肩を揺すっていた。シャカシャカという微《かす》かな音が、その耳許から洩《も》れ聞こえて来る。

「えらい山奥なんだな」

不服そうに云って、風間裕己が運転席のシートを小突《こづ》いた。

「ねえ。後どれくらいなの、オジサン」

「もう半分は過ぎております」

「まだそんなかよ」

と文句を吐《は》いて、大きな欠伸《あくび》をする。

「着いたはいいが電気も来てない山小屋だなんて事、ナシだよ」

「御心配なく。空調もしっかりしていますので」

オイルライターで火を点《つ》ける音が聞こえた。甘ったるい煙草の煙が、背後から無遠慮に吹き掛けられる。「ちっ」と忌々《いまいま》しげに舌を打ち鳴らしたかと思うと、

「ねえ、オジサン」

風間がまたシートを小突いた。

「近くにコンビニか何かないかな」

「コンビニ？」

「煙草を売ってるような店、ないかなって。余分に買っとくの忘れたんだ」

「残念ながら、この辺には。市街地まで引き返さないと店はありませんな。煙草なら買い置きがあるので、お分けしますよ」

「酒はあるんだろうね」

「用意してあります」

やがて、屋敷へ続く小道に入る。

両側を暗い森に囲まれた未舗装《みほそう》の悪路で、外灯など勿論《もちろん》、一つもない。加速度を付けて深まり行く夕闇の中を、車はのろのろと進んだ。

「ところで、氷川さん」

相変わらず時折り洟を啜っている助手席の青年に、私は少々気になっていた事を尋《たず》ねた。

「ホテルのロビーで、こちらの屋敷には個人的に興味があって、という風に云っておられましたな。あれはどういう意味なのですか」

氷川は「ああ」と声を洩らし、ちらりと私の方へ目を流した。さっき吸うのをやめた煙草を再び取り出し、唇の端に銜えながら、

「天羽《あもう》辰也《たつや》」

ぽつりとその名前を口にした。

「天羽……」

私は横目で氷川の表情を窺った。彼は泰然《たいぜん》と煙草を一吹かしして、

「僕、理学部で形態学を専攻しているんです。生物学の一分野ですね。その関係で、彼の——天羽辰也博士の名を知る機会がありまして」

「ほほう」

「御存知ですか、天羽博士について何か」

「名前は聞いております」

「T＊＊大理学部出身の、知る人ぞ知る生物学者です。最近流行《はや》りの、所謂《いわゆる》ニューサイエンスを先取りしたようなユニークな学説を幾つも発表した人で、学界で認められる事は遂《つい》になかったけれど、一部ではノーベル賞級の試みだと称讃する声もあった。かく云う僕も、その『一部』の人間の一人だという訳です」

「札幌で大学の先生をしておられた、とは聞いていますが」

「H＊＊大の助教授だったそうですね。何か問題があって大学を辞めて、学界からも姿を消した。後の消息を知る者は居ない」

言葉を切り、氷川はゆっくりとまた煙草を吹かした。

「その天羽博士が、二十年前に別荘として建てた屋敷——と聞けば、否が応でも興味を惹《ひ》かれます」

「ははあ、成程」

氷川の云う通り、かつて異端の天才学者とも謳《うた》われた天羽辰也があの家を建てたのは、おおよそ二十年前——一九七〇年の事である。以来、彼は毎年のようにこの地を訪れては、夏の一時《ひととき》を別荘で過ごした。その後、屋敷は他人の手に渡り、何度かの転売を重ねて現在に至る訳だが、大広間に並んだ書棚には今でも、彼の所蔵していた書物がかなりの数、残っている。

私がその事を云うと、氷川は眼鏡の奥の切れ長の目を嬉しそうにしばたたかせた。

「そいつは楽しみだな。はるばる来た甲斐《かい》があるというものです」

時刻は午後五時半を回っていた。更《さら》にしばらく暗い森の中を進んだ所で、氷川がまた話し掛けて来た。

「『黒猫館』と呼ばれているんですってね」

「よく御存知ですな」

「裕己から聞いたんです。どんな由来で、そんな名前が？」

「あれです」

応じて私は、フロントグラスに向かって顎をしゃくった。

「えっ」

「あれがその黒猫館ですよ」

白い小さな光が、前方に見えて来ていた。出掛けに点けておいた門柱の明りである。そして――。

ブロンズ製の高い門扉《もんぴ》の向こう、大小の植え込みが点在する広い庭の奥に、建物の真っ黒な影が見え隠れし始めているのだった。

「幾つかの説があるようです」

ハンドルを切りながら、私は氷川の質問に答えた。

「建物のシルエットが黒猫のうずくまった形に見える、とか、庭の植え込みに猫の形をした物があるから、とか。植え込みの方は、長らく手入れをしていないので形が崩れてしまっていますが」

「建てられた当初から、黒猫館と?」

「そもそも天羽博士自身がそのように呼び始めた、という話も聞きますな」

「猫好きだったんでしょうか、博士は」

「さあて。しかし実際、黒い猫を飼っていたらしい。噂ですが」

門の前でワゴン車を停めた。

運転席から降り、門の右端に設けられた通用口から中へ入る。そうして内側から門扉の閂《かんぬき》を外すと、闇を切り開くヘッドライトの眩《まぶ》しさに思わず手を翳《かざ》しつつ、速足で車に戻った。

「あそこに――」

前庭を横切る煉瓦《れんが》敷きの小道に車を進めながら、私は再び前方へ顎をしゃくった。

「あの屋根の端っこに――西の端になりますが、ちょっと変わった物が付いています。もう暗くてよく見えませんが」

「変わった物?」

氷川は前屈《まえかが》みになって、洋館の黒い影に目を凝《こ》らした。私は答えた。

「〝風見猫〟とでも云うんでしょうかな」

「何ですか、そりゃあ」

「風見鶏の鶏の代わりに、ブリキで出来た猫が取り付けてあるのですよ。そいつがまた、真っ黒に塗ってありましてな」

「ははあ。それで……」

「大体まあ、そんなところが黒猫館の名の由来でしょうか」

「猫は？　今は居るんですか」

両手を頭の後ろに組んでシートに凭れ掛かりながら、氷川が訊いた。

「お好きなんですかな、猫が」

訊き返すと、彼は澄ました顔で答えた。

「うちには三匹います」

私は些か愉快《ゆかい》な気分で、引き締めていた口許を綻《ほころ》ばせた。

「私がこちらに来てから住み着いた雄猫が一匹、居《お》りますよ。名前はカーロといいます」

「カーロ？」

「ネパール語で『黒い』という意味です。後で御紹介しましょう」

4

「へええ。割りとカッコいいじゃんか」

玄関ホールに入るなり、風間裕己が甲高い声で云った。荷物を放り出し、帽子の鍔《つば》に手を当てながらぐるりと室内を見回す。

二階分、吹き抜けのホールである。

壁は全て黒塗り。床には、赤と白の市松模様に所々、黒のアクセントが入ったタイルが張り詰められている。基本的にこの家の内装は、どの部屋もこれと同じ意匠で統一されていた。

「俺達の部屋、何処？　二階？」

「御案内します」

私は四人を先導して、ホールの右手奥にある階段に向かった。

「こちらへ」

階段は突き当たりで一度、直角に折れてから二階へと続く。

東西に真っ直ぐ延びる広い廊下。その両側に二枚ずつの黒い扉が並んでおり、これが客人達の寝室だった。

「どの部屋も大体、同じ造りですので。こちらが北向きの部屋」

と左側を示し、右側が南向きだと云い添えた。

「トイレとバスは二部屋に一つあって、どちらの部屋からも出入り出来るようになっています。シャワーの湯は常時、出るようにしておきますので……」

一階の部屋の配置も、ここで簡単に説明しておくのが良かろう。(作者註　巻頭「黒猫館平面図」を参照されたし)

玄関ホールから左手――東方向へと延びる廊下に沿って、二階とほぼ同じように四つの部屋が設けられている。

北側手前が居間兼食事室。奥はこれと続き間になった応接室で、私は「サロン」と呼ぶ事にしている。南側には、手前に厨房《ちゅうぼう》とパントリー(食料品等の貯蔵室)が、奥に私の使っている寝室が並ぶ。

一階にはもう一つ部屋があって、これは玄関ホールの西側に位置する吹き抜けの大広間である。車中で氷川に話した天羽辰也博士の蔵書は、この大広間の書棚に残っていた。

夕食は八時に居間兼食堂で――と決めると、私は四人を残して階下へ急いだ。そのまま真っ直ぐに厨房へと向かう。

さて。

時間までに、自分の分も含めて五人分の食事を用意せねばならない。料理が余り得意ではない私にとって、これは大いに気の重い仕事であった。

5

「この肉、何？　ちょっとクセ、あるよな」

鼻筋に皺《しわ》を寄せて、風間裕己が私の方を窺った。

「あれ。知らなかったのかい、ユウキ」

と、風間の向かいの席に着いた木之内晋が、肉を突き刺したフォークを立てて見せながら云った。食事中だというのに黒眼鏡を外さずにいる。もしかすると目が悪いのか、とも思ったが、そのような素振《そぶ》りは全くなかった。

「黒猫館ってくらいだからさ、猫肉に決まってるじゃんか」

ジョークのつもりらしい。云って自ら、にたにたと笑う。

木之内の隣に坐った麻生謙二郎が、料理を口に入れたまま「いひひ」と声を洩らした。

風間は鼻白んだ顔で肩を竦める。

「仔羊《ラム》ですが、お口に合いませんか」

私が云うと、風間はそれ以上は文句を付けるでもなく、

「ワイン、もっと持って来てよ」

と命じた。氷川以外の三人はかなりの酒好きと見え、既に二本のボトルが空になっていた。

その後も食事の間中、若者達が交わす言葉は同じようなパターンの繰り返しだったように思う。風間が何か云うと、木之内がそれを受けて詰まらない冗談を吐く。麻生が低く笑う。氷川は知らん振り――。

最近まで一緒にロックのバンドを組んでいたと云うけれども、一体どんなグループだったのか。この連中の心はどんな形の友情（と呼んでも良いものならば）で繋《つな》がっているのか。――想像するのは甚《はなは》だ困難であった。

少なくとも云えるのは、私と彼らとでは、余りにも育って来た時代や環境が違い過ぎるという事である。尤《もっと》も、そんな風に考えてしまうこの私にしても、若い時分には大方、上の世代の者達から同じような目で見られていたのだろうが。

料理をあらかた平らげてしまうと、四人は続き間になったサロンの方へ場所を移した。時刻はこの時点で、午後九時半を過ぎていた。

「鮎田さんも御一緒に、少し如何《いかが》ですか」

ようやく食卓の片付けを終えた私を、氷川が手招きした。

北側の窓際に置かれた揺り椅子《いす》に坐って、彼は独《ひと》りコーヒーを飲んでいた。他の三人は中央のソファに居る。用意したスコッチのボトルの中身が、早くも半分以下に減っていた。

「カーロ君は何処に居るんですか」

グラスとボトルを取って来て二人分の水割りを作りながら、氷川が云った。

「そう云えば、姿が見えませんな」

ソファの方では酔っ払い達が、賑《にぎ》やかな声を飛び交わせている。奥の隅に置かれたテレヴィの音声がそこに混じって、室内はいよいよ騒然としていた。

テレヴィのコントローラーを手にしているのは麻生である。前屈みになって画面を見詰めながら、馴染《なじ》みのない番組ばかりなのだろう、詰まらなそうな顔で次々にチャンネルを替えている。

「珍しく大勢の人が来たので、びっくりして隠れておるのでしょう。何しろ一遍《いっぺん》に四人の来客というのは、ここに来て以来、初めての事ですから。――ああ、どうも」

差し出されたグラスを口に運ぶ。久し振りに飲む酒だった。

「変わった内装ですね」

と云って、氷川は室内をざっと見渡した。

「真っ黒な壁に赤と白の床。二階の部屋も全部そうみたいですけれど、ここまで家中を統一してしまうのも珍しい気が」

「まあ、確かにそうですな」

「窓は全部、嵌《は》め殺《ごろ》し」

と、氷川は傍《かたわ》らの窓に向かって右腕を上げた。カーテンは閉まっていなかった。黒い窓枠に嵌め込まれた厚いガラスに人差指の先を押し当てると、上から下へ、つーっと真っ直ぐな線を引く。

「しかもこの通り、どの窓ガラスにも色が入っています。日中だとさぞや、妙な感じでしょうねえ」

「慣れれば、どうという事もありませんが」

「天羽博士の趣味だったのかな。何か特別な意味でもあるんでしょうか」

「はて」

赤い色ガラスに残った直線を見詰めながら、私はちょっと首を傾げて見せ、

「天羽氏の趣味は知りませんが、この家を設計した建築家に関しては多少、噂を聞いております」

「建築家？」

「ええ。中村青司、という名の」

「中村……うーん。何処かで聞いた事があるような、ないような」

「おや。そうですか」

本当にその名前を耳にした事があるのかも知れない。ほっそりとした顎に手を当てて考え込む氷川に、私は説明した。

「九州の何処やらの島に住んでいる変人で、風変わりな家ばかり建てる事でその筋では有名だとか」

「ああ……そうか。そうだ。確かその人、『迷路館《めいろかん》』っていう家を手掛けていませんでしたっけ」

「さあ。そこまでは知りませんが」

ちょっとまた首を傾げて、私は続けた。

「中村青司というこの建築家は或《あ》る種、病的なほどに凝り性な男で、何か自分の好みに合うようなモティーフが見付からなければ、決して仕事を引き受けようとしなかったらしいのです。加えて彼は、何と云いますか、多分に子供じみた趣味の持ち主でもあったそうで」

「子供じみた？　どんな趣味ですか」

「か、い、い、からくり趣味、とでも云うような」

「からくり?」

「秘密の抜け道だとか隠し部屋だとか、まあそういった仕掛けですな」

「ははあ」

氷川は興味深げに腕組みをした。

「あるんですか、そんな物が。この屋敷にも」

私がその質問に答えようとした時――。

「つたくもう!」

という大声が、ソファの方で上がった。

声の主は風間であった。グラスになみなみと注いだウィスキーを一気に喉《のど》へ流し込んで、

「つたくもう」

と繰り返す。空になったグラスを、乱暴な音を立ててテーブルに置きながら、

「レイコの奴……死んじまえばいいんだ、あんな女」

怨《うら》みがましい口調で吐き出す。木之内が「まあまあ」とそれを宥《なだ》め、黒眼鏡を持ち上げて鼻に浮かんだ汗を拭《ぬぐ》った。

「暑いなあ」

腕捲《うでまく》りをしながら立ち上がり、私の方を振り向く。

「オジサン、ちょっとエアコンを調節してくれねえかなあ」

その要請に応えた後、私は再び氷川の許に戻って、

「風間のお坊ちゃまは、失恋でもされたんでしょうかな」

と尋ねた。「お坊ちゃま」とは勿論、大いなる皮肉を込めた言葉である。

「失恋？」

氷川は口に運んだグラスを舐《な》めて、微苦笑を見せた。

「ま、そう云ってもいいでしょうね。このところ、酔っ払うといつもあの調子で」

大袈裟《おおげさ》に肩を竦めると、心持ち声を潜《ひそ》めて、

「我が従弟《いとこ》ながら、情けない話です。理性をなくした人間ほど醜い物はない」

そんな手厳しい意見を述べる。

失恋をしようが酒が入ろうが、自分は常に理性的であり続けられる――という自信が、その台詞《せりふ》の裏には窺われた。

「『レイコ』って云ってたでしょう。バンドでヴォーカルを担当していた女の子なんですよ」

「ほう」

「歌は上手《うま》かったし、凄《すご》く綺麗《きれい》な子でもあったんですけれどね、かなりその、軽いところがあって」

「軽い？」

「嫌な云い方をすれば、誰とでもすぐに寝てしまう、みたいな」

「はは あ」

「そんな訳で裕己に限らずね、他の連中も結構、熱を上げていたようです」

そう云って、氷川はまた肩を竦めて見せる。

オーヴァーなその身振りを見て、涼しい顔で他人事のように語っているけれども、案外この青年も同じだったのかも知れないな——と邪推した。

「六月にバンドが解散になったのも、実は彼女の所為でしてね」

グラスの氷を回しながら、氷川は続ける。

「レコード会社から声が掛かったんですよ。別のバンドを用意するから、そっちでやらないかって。要は引き抜かれてしまった訳です。でもって、裕己達とはもうバイバイ。ヴォーカルを失って、バンドはやむなく解散……」

「それは面白くないでしょうな」

「裕己と木之内は自分もプロになりたいと思っているみたいですからね、余計に面白くない。今回の旅行はまあ、その憂《う》さ晴《ば》らしでもある訳で」

後で聞いた話だが、バンドでは風間がギターを、木之内がドラムを担当していたと云う。麻生はベースギターだが、氷川によれば、メンバーの中では最も音楽的センスが乏しく、厳しい云い方をすれば足手まとい的な存在であったらしい。

「貴方は？　音楽で食べて行きたいという気はないのですか」

私が訊くと、

「いやあ、全然」

眼鏡の金縁に指を当てながら、氷川は微笑した。

「レイコが抜けなくても、大学院へ上がった時点で僕はそろそろ辞めようかと考えていたんです。海外へ留学したいというのもありましてね。出来れば年内にでも、アメリカへ渡るつもりなんですよ」

「成程。貴方は学者志望でしたな」

私は頷《うなず》いて、残っていた酒を飲み干した。

「ところで、明日は皆さん、どうされるのですか。何か御予定でも？」

「いえ、別に」

氷川は洟を啜り、首を横に振った。

「天羽博士の蔵書は何処に置いてあるんですか」

「あちら……玄関ホールの向こうの大広間に」

「じゃあ、明日はそれを見させて戴きます。他の連中はまあ、適当にやるでしょう」

この後も、若者達の宴《うたげ》は続いた。

追加のボトルをパントリーから取って来て渡すと、私は彼らを残して独りサロンを去ったのだが、そこでふと耳に留めた言葉がある。

「……こないだのえる、まだ残ってるよな」

風間裕己が、木之内か麻生に向かってそう云ったのだった。

「後で取って来いよ。構うこたぁねえって。ここ、俺んちなんだからさ……」

その時は意味がよく分からなかったのだが、たとえ分ったとしても、私は取り立てて口出しをしようとはしなかっただろう。勝手にすれば良い、但《ただ》し警察の厄介《やっかい》にはならない程度に――と溜息をつくだけで、彼らの行為を強く咎《とが》めるような真似《まね》はしなかったに違いない。

寝室に戻ったのは午後十一時過ぎだった。

黒猫のカーロは私のベッドの上に居て、小さく身を丸めていた。大勢の客人にびっくりして……と、サロンで氷川に述べた推測は当たっていたらしく、私が背中を撫《な》でてやると、彼は真っ黒な体を震わせながら、いつになく甘えた鳴き声を返した。

久しくやめていた酒を飲んだ所為だろうか、胃が凭れて不快だった。

楽になるよう、身体の左側を下にして横になると、サロンから伝わって来る若者達の声から気を逸《そら》しながら瞼《まぶた》を閉じた。

第二章　一九九〇年六月　東京

1

一九九〇年六月二十五日、月曜日。

その日は先に一件、外での打ち合わせを済ませてきたため、江南孝明が出社したのは午後一時を過ぎたころだった。東京は文京区音羽《ぶんきょうくおとわ》に本社ビルを持つ稀譚社《きたんしゃ》という出版社が、彼の勤務先である。

江南は現在、二十五歳。大学院の修士課程を修了した昨年の春、この会社に入社した。

最初に配属されたのは『CHAOS《ケイオス》』という月刊雑誌の編集部だったのだが、その矢先、彼はとんでもない事件に巻き込まれてしまった。昨年夏、世間の耳目を集めた鎌倉《かまくら》の「時計館《とけいかん》」における大量殺人事件が、それである。雑誌の「特別企画」として取材に訪れたその館《やかた》で、総勢九名の〝取材班〟のうち八名が殺され、江南自身もすんでのところで命を落とす危険に瀕《ひん》したのだった。

このあとまもなく、江南は『CHAOS』の編集部を離れることになった。事件によって受けた精神的な痛手を慮《おもんぱか》っての、異例の人事異動だった。異動先は文芸書籍の編集部で、これは彼が本来、配属を望んでいた部署であった。

皮肉にも、結果としてあの事件は、江南の希望の早期実現にひと役買ってくれたわけだが、そう考えて忌《い》まわしい記憶を消し去ってしまえるものではない。あれから一年近くが経《た》った今でもなお、あのとき目《ま》の当たりにした惨状を思い出して身震いすることがしばしばあった。

――といった経緯は、ここではさておき。

その日はまず、デスクに置かれていた郵便物に目を通した。郵便部で仕分けされ、毎日午前中に各部署へ届けられるもので、うち何割かは担当の作家に宛《あ》てたファンレターのたぐいである。これらの手紙や葉書は適宜《てきぎ》、それぞれの作家の許へ転送するようにしている。

ところで、この日の郵便物の中に一通、江南本人への私信が交じっていた。と云《い》っても、宛名に江南の名が記されていたわけではない。

稀譚社・書籍編集部気付

鹿谷門実先生の担当編集者様

封筒にはそう書かれていた。子供のような、たどたどしい筆跡だった。

鹿谷門実は江南が現在、担当している推理作家の一人だが、同時に江南の、数年来の友人でもある。

そもそも鹿谷は大分県のとある寺の息子で、三十代半ばを過ぎても定職に就かず、結婚もせずにぶらぶらしていた。江南が知り合ったのはこの時期なのだが、その後ひょんな巡り合わせがあって、稀譚社から最初の著作を上梓《じょうし》する運びとなった。一昨年——一九八八年の九月のことである。

以来、発表した長編が四本。いずれもかなりマニアックな本格推理小説《ミステリ》だが、その種のものとしてはまずまず良好な売れ行きを示していた。

もっと執筆速度を上げて、二時間ドラマになりやすそうな設定にして、主人公を渋みのある刑事にして列車で各地を旅行させれば、流行作家も夢じゃないよ——などと発破《はっぱ》をかける編集者もいるらしいけれど、鹿谷本人にはまるでそんな色気がない。金《かね》

儲《もう》けはおろか、小説家という職業に対してもさして執着がある様子ではなく、江南が相手だと、

「親父が死んだら寺を継いで、作家はやめるさ」

と宣言してはばからないのだった。

「寺の住職が副業で人殺しの話を書いてるなんて、あんまり洒落《しゃれ》にならない話だからねえ」

そんなふうに云って悪戯《いたずら》っぽく笑う。どこまで本気で云っているのか、判断に迷うところではあるのだが……。

鹿谷門実先生の担当編集者様

いま一度その宛名を見直して、確かにこれは自分のことだ――と納得すると、江南はすぐに封を切ってみた。誤植の指摘か、あるいは何か本の内容に関する感想や意見だろうか。

封筒の裏には「鮎田冬馬」という差出人の氏名があるだけで、住所は記されていなかった。

鮎田冬馬。――珍しい名前である。

「冬馬」という文字面からは何となく、年配の男性といった印象を受けるけれど、それにしてはあまりにも字が下手だった。新宿《しんじゆく》の〈パークサイドホテル〉の封筒が使われているが、すると鮎田冬馬は、この手紙をしたためた時点でこのホテルに宿泊していたということか。

中の便箋《びんせん》も同じホテルの備品だった。青いインクで書かれた、まさに蚯蚓《みみず》がのたくったような読みづらい字がそこには並んでいた。

前略

先日、鹿谷門実先生の御著作『迷路館の殺人』を拝読致しました。当時、小生は都内の病院で療養中の身だったのですが、たまたま院内の図書コーナーに置かれていた『迷路館』を目に留め、手に取ったのです。大変に興味深く読ませて戴《いただ》きました。

さて、突然の事で誠に恐縮なのですが、実はここに一つ差し迫ったお願いがあり、こうして小生、筆を執《と》った次第であります。或《あ》る非常に特殊な事情がありまして、是非《ぜひ》とも一度、著者の鹿谷先生とお会いし、お話をお聞きしたいのです。

甚《はなは》だ非常識なお願いだとは重々承知しておりますが、何とかそのように取り計らって戴けないものでしょうか。

この手紙が着く頃、小生の方からそちらにお電話致します。詳《くわ》しい事情はその際に御説明します。

以上、取り急ぎお願い迄《まで》。

草々

一九九〇年　六月二十三日（土）

鮎田　冬馬

2

鮎田冬馬と名乗るその読者から編集部に電話がかかってきたのは、同じ日の夕刻のことである。

校了間近のゲラ刷りを睨《にら》んでいるところへ、隣のデスクのU氏から「江南君《こなん》」と声をかけられた。

このU氏は、昨年まで鹿谷門実の担当を務めていたヴェテラン編集者で、彼にデビュー作『迷路館の殺人』の執筆を勧めた人物でもある。江南の話は以前から聞いていたそうで、鹿谷と同じように「江南《かわみなみ》」を「こなん」と発音して呼ぶ。

「江南君、電話だよ。鹿谷センセイの担当さんに、って」

「あっ、どうも」

鉛筆を放り出して、江南は受話器を取った。例の読者からだな——と、そのときすぐさま考えたのは、午後のあいだずっとあの手紙の件が気になりつづけていたからであった。

単に熱心なファンが作家に会いたくて書いた手紙、とは思えなかった。「或る非常に特殊な事情」という書中の表現が、どうしても気に懸かるのだ。何故《なぜ》だかは分らないが、そこにかすかな胸騒ぎのようなものを感じてもいた。

いったい、どんな事情があるというのだろう。それとも、気を引くためにわざと大《おお》袈裟《げさ》な書き方をしただけなのか。

「お電話、替わりました。担当の者ですが」

「鮎田と申します。手紙をお出ししたのですが、読んでいただけましたでしょうか」

名前の響きから想像していたとおり、受話器から聞こえてきたのは、六十年配と思われる男性の声だった。嗄《しわが》れた張りのない声音である。

「拝読しました」

江南が答えると、相手は少し口ごもったあと、

「どこからお話ししたものか……」

「何か特別な事情がおありだそうですが」

「ええ。――ええ、そうなのです」

電話の向こうで相手は、何度も大きな頷《うなず》きを繰り返しているようだった。

「いきなり手紙をよこして作家に会わせろとは、困った読者だと思われたでしょう。私もどうしたものか、たいそう迷ったのですが……こうするより他にどうしようもなくて。このお願いには、何と云うんでしょうな、私の存在が懸かっている、とでも云いますか」

「説明していただけますか」

話しぶりからして、妄想狂とか惚《ぼ》けた老人のたぐいではなさそうだった。口調はしっかりしているし、むしろどことなく聡明な感じもする。とりあえず真面目に話を聞

いてみる価値はありそうだ——と、江南は判断した。

「二月に品川《しながわ》で起こったホテル火災はご存じですか」

「えっ……ああ、はい。それはもちろん」

今年の二月下旬、ＪＲ品川駅近くの〈ホテルゴールドジャパン〉で発生した大火災のことである。建物は全焼。宿泊客と従業員、合わせて二十名以上の死者を出した惨事だった。

「私、そのときあのホテルに泊まっておったのです。逃げ遅れて重傷を負いました。危機一髪というところで救出されまして」

「ああ……」

デスクの端に置いてあった彼からの手紙に目をやりながら、江南は確かめた。

「それで病院におられたわけですか」

「はい。火傷《やけど》と骨折と、それから頭を強く打ちまして……ずいぶん長く意識不明の状態だったらしいのです」

何と言葉を返したものか戸惑った。

確かに「特殊な事情」ではある。だが、そのことと鹿谷門実がどう関係してくるというのだろう。

「おかげさまでどうにか命は助かり、傷も良くなりまして、先週になってようやく退院を許されたのですが……」

と、そこでまた相手は口ごもった。

「実はその、記憶が戻らないのです。病院で意識を取り戻した、それ以前の記憶が、まるで」

「記憶喪失に？」

驚いて聞き直すと、相手は溜息《ためいき》をつくような声で「ええ」と答えた。

「全般健忘、というのですか。自分の名前も、どこに住んでいたのか、何をして暮らしていたのかも、すべて忘れてしまって思い出せない有様《ありさま》で……」

「名前も分らないんですか」

「火災のとき、ホテルの書類やコンピュータのデータなども全部、焼失してしまったというのです。自分の荷物も服も焼けてしまいました。火が出たのは真夜中で、私が助け出されたときは浴衣《ゆかた》姿だったそうで……身元を証明するものはほとんど何も残っていなかった、という次第なのです」

「じゃあ、鮎田さんというそのお名前は？　どうやってお知りになったんですか」

「一つだけ、手がかりらしきものが手許にあるのです」

「手がかり？」

「私自身が書いたと思われる手記のようなものなのですが、鮎田冬馬という名前はそこに。それでもやはり、何と云いますかな、これこそが自分の名前なのだ、というふうには実感できない状態でして。その方面の専門医にも診《み》てもらっているのですが、いっこうに……」

「なるほど」

頷いてはみたが、依然としてそういった彼の「事情」と鹿谷門実のつながりが見えてこない。江南がその件を質《ただ》すと、相手は疲れきったような長い吐息のあと、こう答えた。

「病院で読んだ『迷路館の殺人』の中に、ある人物の名前を見つけたからなのです」

「と云いますと？」

「同じ人物の名前が、さっき云いました私の手記の中にも出てくるのですよ。迷路館の設計者の、中村青司という建築家の名前が」

「中村青司？」

思わず声高になって、江南は受話器を握った手に力を込めた。

「本当ですか、それは」

「はい。私はどうやら、少なくとも去年の九月までは、その中村青司が建てた『黒猫館』という家の管理人をしていたようなのです」

＊

手紙に使用されていた封筒と便箋から推測したとおり、鮎田冬馬は退院後、新宿の〈パークサイドホテル〉の一室に滞在しているという。火災のあったホテルの経営者が、身元がはっきりするまで使ってほしい、と部屋の提供を申し出たのだそうだ。

何とか鹿谷と会えるように段取りをつける約束をして、江南は電話を切った。受話器の上に手を置いたまま、しばらく何とも云えぬ気分で想いを巡らせる。

中村青司。

よもやここで、その名前と遭遇することになろうとは……。

手紙を見たときから感じていた胸騒ぎはもしかして、こういった事態の展開に対する予感だったのか。

五年前に他界したこの建築家・中村青司が各地に残した風変わりな建物と、そこで起きた数々の恐ろしい事件を思い出す。角島《つのじま》の「十角館《じゅっかくかん》」、岡山の「水車館《すいしゃかん》」、丹後《たんご》半島の「迷路館」……そしてそう、昨年の夏、江南たち『ＣＨＡＯＳ』の〝取材班〟一行を襲ったあの事件、その舞台となった鎌倉の「時計館」もまた、同じ中村青司が設計した建物だったのだ。

〝青司の「館」〟とはもう、関わりたくない。

それが江南の本音である。

けれどもその反面、こうして事に巻き込まれてしまった以上は決してそこから逃げ出せない。むしろ、いけないいと思いつつもこちらから飛び込んでいってしまう。――そんな性分が自分にあることを、江南はよくよく承知していた。

時刻はまもなく、午後七時になろうとしている。

鹿谷門実は確か今、原稿の締切に追われて極端な夜型の生活を送っているはずだった。他社から刊行予定の書き下ろし長編で、何でも全寮制の女子高校を舞台にした連続殺人の物語、なのだとか。先週の木曜日に様子伺《うかが》いをした時点で、あと百枚ほどで終わりそうだと云っていたが……。

鮎田冬馬と会うのはどのみち、その原稿が完成してからの話になるだろう。決して筆が速いとは云えない鹿谷である。仕上がりは早くて今週の末あたりか。

どうするべきか少し迷ったが、とりあえず電話で知らせておこうと決めた。

中村青司の「館」に対して、鹿谷は個人的に並々ならぬ関心を抱いている。この件を伝えれば、もしかしたら多少なりとも原稿の完成が早くなるかもしれない、と考えたのである。

江南の思惑は見事に効を奏し、鹿谷門実はその夜、原稿執筆枚数の自己新記録を打ち立てる結果となった。

3

一見して異様な風貌《ふうぼう》の老人であった。

痩《や》せた中背の身体《からだ》に載《の》った大きな頭。いかにもバランスが良くない。頭髪は一本も残っておらず、火災のときに負った傷の痕《あと》だろう、顔の左半分が赤黒く爛《ただ》れていた。左目には眼帯をしているが、これも火災の後遺症だろうか。

「よくおいでくださいました」

電話で聞いたのと同じ嗄れた声で、彼は云った。

「鮎田です。どうぞお入りください」

新宿中央公園の東側、超高層ビル街の一画に建つ〈パークサイドホテル〉のスイートルームである。午後三時半。約束の時間どおりに訪れた二人を、鮎田冬馬はぎこちない笑顔で迎えた。

「はじめまして。鹿谷門実です」

いつもの軽やかな調子で云うと、鹿谷は細長い身体をひょこりと折ってお辞儀をした。相手の風貌にたじろぐ様子はまるでない。傍《かたわ》らで身を硬くした江南を示して、

「こっちが稀譚社の江南孝明君」

「わざわざご足労いただいて恐縮です。どうぞおかけください」

二人にソファを勧めると、老人は右手に握っていた茶色い杖《つえ》を置き、同じ手でサイドテーブルの上の電話機を引き寄せた。

「何か飲み物を頼みましょう」

六月二十八日、木曜日。

月曜の夜に江南から電話を受けたあと、鹿谷は二日間の徹夜で残りの原稿を書き上げ、昨日の午後にはぶじ編集者にデータを手渡したという。

その後は今日の昼過ぎまで、えんえん十五時間近く眠りつづけたらしい。昨夜はきっと半病人のような有様だったに違いないが、今はすっかり晴れ晴れとした面差《おもざ》しであった。

「ひどい顔で驚かれたでしょう」

二人と向かい合ってソファに腰を下ろすと、鮎田冬馬は爛れた頬《ほお》を右手で撫《な》でながら云った。

「治療次第で火傷の痕はいくらかましになるというのですが、もういい、と拒否してしまいました。早く病院を出たかったもので」

相手の顔をじっと見たまま、鹿谷は「はあ」と頷く。鮎田は続けて、

「脳に出血があったとかで、何度か手術を受けました。左目はその後遺症でして。医者の話では、下手をすれば言葉も満足に喋《しゃべ》れなくなっていたかもしれない、と」

「大変なご災難でしたね」

鹿谷が云うと、鮎田は眉間《みけん》に刻んだ皺《しわ》の数を倍ほどにも増やして、緩くかぶりを振った。

「それが困ったことに、あまりその、そういった自覚もないのです」

「はあ。——と云いますと？」

「何しろ、火事に遭《あ》ったときの記憶が残っておらんものですから。自分が以前、どんな顔をしていたのかも憶《おぼ》えていない。ですから、何と云うんでしょうな、『失った』という実感が湧《わ》かないのです。別にどうでもいい、と投げやりな気分になることも多くて……しかし一方で、このままではいけないという焦《あせ》りが、日ごとに強くなってき

ているのも事実でしてな」

鮎田はテーブルに置いてあった煙草《たばこ》を取り上げ、火を点《つ》けた。深く煙を吸い込んだかと思うと、喉《のど》を詰まらせたように何度も咳込《せきこ》む。「失礼」と云ってティッシュペーパーに痰《たん》を吐き出したあと、ふたたび深く煙を吸ってしばし目を閉じた。

「このとおり、もう若いとは云えぬ年です」

やがて彼は云った。

「あまり丈夫な身体でもなかったようで、このあとそうそう長生きもできますまい。長生きしたいとも今は思わない。ですが、同じ死ぬにしても、自分が何者なのかすら分らずに死ぬのは、いくら何でも口惜《くちお》しいではありませんか」

「そりゃあそうでしょう」

鹿谷は神妙な面持ちで頷くと、膝《ひざ》の上に両肘《りょうひじ》を突いて前屈《まえかが》みになり、

「本当に何も思い出せないんですか」

と問うた。

「自分の過去については、何も。言葉や文字、生活に必要な常識などは忘れておらんのですが」

「医者は何と？」

「珍しい症例だと云ってましたな。脳の損傷で記憶内容そのものが破壊されてしまったのか、記憶の再生のほうに問題があるのか、外傷性のものなのか心因性のものなのか……その辺はもっと時間をかけて調べてみなければ分らない、と」

「治療は続けておられるのですね」

「一応は。ですが、それで治るとは期待しておりません」

「どうしてですか」

「何となく。恐らく、担当の先生をあまり信用しておらんのでしょう」

と云って、老人は生き残った右の目を細めた。

「警察が身元調査をしてはくれなかったんですか」

「ひととおりのことはやってくれたようです。家出や行方不明の捜索願いと突き合わせたり、指紋を調べてみたりと」

「しかし、何も出てこなかった？」

「ええ。捜索願いのチェックは続けてくれるそうですが……」

ルームサービスでコーヒーが運ばれてくると、鮎田冬馬は砂糖もミルクも入れずにゆっくりと一杯、飲み干した。ポットから二杯目を注ぎながら上目遣《うわめづか》いに、並んで坐《すわ》った作家と編集者の様子を窺《うかが》う。

「さて。何で私がこんな無理を云って鹿谷先生をお呼びしたか、ですが」

「江南君から聞きました」

鹿谷は若干垂れて落ちくぼんだ目を眇《すが》め、

「あの中村青司が設計した建物に関係しておられた、と？」

鮎田は無言で頷き、自分の隣の空いたソファに視線を投げた。一冊のノートが、そこには無造作に置かれていた。

「それが問題の手記ですか」

鹿谷が訊《き》いた。鮎田は無言でまた頷くと、右手でノートを取り上げ、膝の上に置いてぱらぱらとページを繰《く》った。

「書かれたのは去年の九月となっています。よほど大事なものだったらしく、火の中で消防隊員に助けられたとき、これを胸に抱き込むようにして倒れていたのだとか。財布も鞄《かばん》も放っておいて、このノートだけを持って部屋から逃げ出したというわけです。もしかすると、いったん飛び出したあとで、これを取りに部屋へ引き返したのかもしれません」

「はあん」

鹿谷はじっと相手の手許を見据《みす》え、

「鮎田冬馬というのは、そのノートを読んで知った名前だと聞きましたが？」

「そうです。ノートに付いていた指紋を調べたそうなのですが、私のもの以外はなかったということです」

「文字の筆跡は、あなたの？」

「それが、鑑定してもらおうにもしようがないのです」

「どういう意味でしょうか」

「どうも私、左利きだったようでして」

「――と云いますと？」

「お気づきではありませんでしたか」

と云って、老人は右手でみずからの左腕を示した。

「左の手が、自由に動かないのですよ。ペンを握ろうと思っても握れないのです」

「ははあ。――それも火災のときに？」

「いえ。以前から不自由だったようなのです。頭の右側に、脳梗塞《のうこうそく》か何かの手術の痕がある、と医者が教えてくれました。左手が動かないのはたぶん、そちらの後遺症だろうと」

「つまり、その手記を書いた去年の九月以降、あなたは一度、脳の病気で倒れておられるわけですか」

「そういうことになりますな。そちらのお若い方……江南さん、でしたか。先日の手紙はさぞや読みづらかったでしょう。右手で書いたもので。あれでもさんざん苦労したのですが」

鮎田はノートを閉じ、コーヒーをひと口、啜《すす》って鹿谷の顔を見直した。

「ときに、鹿谷先生」

「ええとですね、その『先生』というのはやめていただけますか。『さん』付けでお願いします」

頭を掻《か》きながら口を挟む作家に、老人は不器用な微笑を返し、

「では、鹿谷さん」

と云い直した。

「天羽辰也という名前を聞いたことがおありですかな」

「あもう？」

「天地の『天』に『羽』、と書いて『天羽』」

「さあ」

鹿谷は首を傾げ、江南のほうを見やった。

「江南君は？　知ってるかい」

「いいえ」

「ご存じありませんか」

鮎田は短い溜息をついた。

「このノートを読んでいただければ分りますが、私が管理人をしていた家のもともとの持ち主が、その天羽辰也という人物だったらしいのです」

「はあん。つまりその天羽氏が、中村青司に依頼して家を建てたわけですか。黒猫館、という家だそうですね」

「そのように呼ばれていた、と書いてあります」

「ふん。――どういう人物だったのですか、その天羽辰也氏は」

「学者だったようです。札幌のＨ＊＊大学で助教授を務めていたらしい」

「札幌、ですか」

「別荘として建てた家だったようです。私が管理人として雇われたのは、彼が屋敷を手放したあとの……ああ、いや。その辺はお話しするよりも、これを読んでもらったほうがよろしいでしょう」

そう云って鮎田は、ノートをそっとテーブルに置いた。鹿谷が訊いた。

「その手記の存在を、警察や医者は知っているのですか」

「私が意識不明でいるあいだに読んだようですな。ですから、目が覚めたときから彼らは、私のことを鮎田冬馬の名で呼んでいました」

「なのに身元は依然、判明しないんですね」

「そうなのです」

老人は皺だらけの両手を上げ、顔を覆《おお》った。

「このノートに記されている出来事は事実なのかどうか、しつこく問いただされました。私には何が何だか分らなかった。自分で読んでみても、いったいどういうことなのかさっぱり分らない。しかしそのうち、もしかするとこれは事実の記録ではなく、私の創作なのではないかと思うようになりました」

「創作?」

「ええ。鮎田冬馬という人物の一人称で、私が書いた〝小説〟なのではないか、と。その考えを伝えると、医者も警官もいちおう納得したようで……私自身も、むきになってそう思い込もうとしたものです。記された内容があまりにも、何と云いますか、恐ろしい……現実に起こったとは信じたくないようなものだったので」

「なるほどね」

鹿谷は腕組みをして、ソファの背に凭《もた》れかかった。

「ところが、僕の書いた本をお読みになって、あれが現実の事件を下敷きにした作品だと知って、あなたはその考えを改めざるをえなくなった。作中に登場する中村青司という実在の建築家の名前が、自分の手記にも出てくるから……と、そういうわけですか」

「——はい」

「で、鮎田さん。そのノートにはいったい、どんな出来事が記されているのですか」

「それは……」

答えかけて老人は、ぐっと声を呑《の》み込んだ。テーブルに置いたノートを右手で鹿谷のほうへ押し出しながら、

「とにかくまず、これをお読み願えますか。そのうえで、あなたのご意見を伺いたいのです。かなり長いものなので、持ち帰って読んでいただいても構いません」

鹿谷は静かに頷き、腕組みを解いてノートに手を伸ばした。

B5判の分厚い大学ノートだった。表紙のところどころに黒々と焼け焦げが残っている。

「昨年の八月一日から四日までのあいだの、黒猫館での出来事が書かれています」

コーヒーを注ぎ足しながら、鮎田が云った。

「だいたいもう、お察しでしょう。つまり……」

「殺人事件、ですか」

すかさず放たれた鹿谷の言葉に、

「そうです」

と、鮎田は力なく視線を伏せて答えた。

第三章　鮎田冬馬の手記　その二

6

翌八月二日、水曜日。

私が目覚めたのは、ほぼいつも通りの時間――午前八時前――であった。前夜、若者達がどれくらい遅くまで騒いでいたのかは知らない。一夜明けた屋敷の朝は、普段《ふだん》と変わらぬ穏やかな静けさに包まれていた。

ぐっすりと眠って、前日の疲れはほぼ取れていた。厨房《ちゅうぼう》のテーブルでコーヒーを一杯飲んだ後、私はサロンへ向かった。

照明もエアコンも点《つ》けっ放しのまま、部屋は散らかり放題の有様《ありさま》だった。煙草《たばこ》と酒の臭《にお》いが空気に染み付いていて、思わず咳込《せきこ》みそうになる。

廊下の扉を開放し、窓のカーテンを開けた。赤や黄色のガラスで彩色された自然光が、室内を複雑な色合いに染め変える。

北側と東側、二面の壁に作られた窓はどちらも嵌《は》め殺《ごろ》しだが、上方に換気用の小さな滑り出し窓が付いている。天井近くの高さに位置する為《ため》、開閉は紐《ひも》で操作出来るようになっていた。目一杯に開いてもせいぜい十センチ足らずの隙間《すきま》が出来る程度の代物だが、換気にはこれで充分であった。

テーブルに散乱したグラスや空のボトルを片付け、床にはモップを掛けた。ごみ箱を覗《のぞ》いてみると、紙屑《かみくず》や煙草の吸い殻に交じって、割れたグラスが二個、放り込まれていた。——やれやれ。これは先が思いやられる。

ソファに忘れ物が残っていた。小型のヴィデオカメラである。

そう云《い》えば昨日、夕食の前に麻生謙二郎がこれを持ってうろうろしていたのを見掛けたが。ゆうべ私が休んだ後、また持ち出して来て、自分達の酔態でも撮影していたのだろうか。

ちょっとした興味を覚えて、私はその機械を取り上げた。

8ミリヴィデオのカメラらしい。広告で何度か目にした事はあるが、実物を見るのは初めてだった。片手で軽々と持ち上げられる。

こんなに小さくて軽いヴィデオカメラが普及するなど、つい十年前にはとても考えられなかった事である。今更《いまさら》ながら、近年のテクノロジーの進歩の目ざましさに舌を巻きたい気分になった。

カメラを構えてみようとすると、指が何かのスイッチを押してしまったらしい、微《かす》かなモーター音がしてヴィデオカセット収納部の蓋《ふた》が開き、私を驚かせた。元通り蓋を閉めようとして、中のカセットの背に貼られたラベルが目に留まった。

『〈セイレーン〉ラストライヴ　'89 6/25』

一瞬、活字かと見まがうような……角張った几帳面《きちょうめん》な文字で、そう記されていた。麻生の字だろうか。成程《なるほど》これは、如何《いか》にもあの小心そうな小男に相応《ふさわ》しい筆跡であるように思えるが。

「ラストライヴ」――という事は、この〈セイレーン〉というのが、六月に解散した彼らのバンドの名称なのかも知れない。

セイレーンと云えば、ホメイロスの『オデュッセイア』に登場する魔女の名前である。その姿形については諸説あって、赤い羽根の鳥に幼い少女の顔が付いた姿だと云う者も居《い》れば、魚の下半身を持った女だと云う者も居る。――美しい歌声で船乗り達の心を惑わした、伝説の魔女。

氷川が昨夜、語っていた女性ヴォーカルのレイコは、彼らバンドのメンバー達にとって、正にそのセイレーンであったという訳か。

カメラをテーブルに置くと、私はソファに腰を下ろして一服した。

テレヴィを点けると丁度《ちょうど》、朝の天気予報が映った。大型の低気圧がゆっくり近付いていると云う。今日一杯、天気は保《も》つだろうが、明日午後にはかなりの降水が予想されるとの事だった。

＊

若者達の起床は遅かった。

最初に二階から降りて来たのは氷川隼人で、これが午前十一時前だったろうか。サロンのソファで、私が淹《い》れたコーヒーをブラックで美味《うま》そうに啜《すす》りながら、昨夜はうるさくて寝られなかったのではないか、と詫《わ》びた。

「連中、かなり遅くまでここで騒いでいたみたいですから」

「御心配なく。ちゃんと眠れましたよ」

と云って、私は訊《き》き返した。

「貴方《あなた》は？　早くにお休みになったのですか」

「二階の部屋へ引き揚げたのが、十二時くらいでしたっけ。その後ベッドでずっと本を読んでいたので、すっかり寝坊してしまいました」

「風邪《かぜ》の具合は如何《いかが》です」

「もう大丈夫ですよ」

「他の方々は、まだ当分は起きて来られませんかな。食事をどうしたものか、考えあぐねておるのですが」

「そうですね」

壁の掛時計で時刻を見ながら、氷川は答えた。

「いい加減、連中も目を覚ますでしょう。昼御飯の時間に用意して戴《いただ》けますか」

氷川の予測通り、しばらくして木之内晋が、更《さら》にしばらくしてから風間裕己が降りて来た。

二人は同じように瞼《まぶた》が腫《は》れぼったく、足が少々ふらついている。宿酔《ふつかよ》いだろうか。眠そうな、と云うよりも、何やら病み上がりのような蒼白《あおじろ》い顔色だった。

「二階の洗面台、お湯は出ないんだな」

不機嫌そうな声で、風間が私に云った。

「水が冷たいと歯に染みて嫌なんだよな」

私の知った事じゃない、とは思ったが、取り敢えず謝っておいて損はない。「済みませんね」と頭を下げてから、

「給湯管を増設するよう、父上に頼んで下さいますか」

と、ささやかな皮肉を込めて付け加えた。

正午を過ぎても、残る一人、麻生謙二郎は降りて来なかった。

食卓の準備が整うと、「起こして来ようか」と云って氷川が立ち上がったのだが、風間が「無駄だぜ、きっと」とそれを制した。

「あいつ、ベロベロだったから。えるとくさ、チャンポンでやっちゃってさ、酒もまた飲んじゃってさ。火星まで飛んでって、まだ月に戻ったくらいじゃないか」

「全くもう」

グラスにジュースを注いでいた私の方を気遣《きづか》わしげに横目で窺《うかが》ってから、氷川は細い眉《まゆ》を吊《つ》り上げて従弟《いとこ》の顔を睨《にら》み付けた。

「程々《ほどほど》にしておきなよ。あんまり調子に乗ってると……」

「分った。分りましたよ、隼人センセ」

軽く去《い》なすと、風間はちぢれた長い髪を両手で掻《か》き上げながら、

「にしても謙二郎の奴、昨夜はバッドもいいとこだったな。参ったぜ、ほんと」

「実家の方で色々と問題があるらしいね」

「ああ。ボクなんか生きてても しょうがないとか死んじまいたいとか、独《ひと》りでグチグチ云い出してさ。その内うずくまって、床に自分の頭を打ち付けてやがんの」

「――困ったものだな」

「仕舞《しま》いには血まで出しちゃって。ったく、あのクラさには付き合ってらんねえよ」

顔をしかめ、向かいの席の木之内に「な？」と同意を求めたかと思うと、

「ね、オジサン」

急に私の方を振り返って、風間は云った。

「今日は車、貸してよね。ちょいと町までドライヴして来るし。煙草も切れちまったしさ」

「ドライヴ、ですか」

さぞや荒っぽい運転なのだろう、と多分に不安を覚えたが、駄目だと応える訳にも行かない。

「それは構いませんが。――後で道をお教えしましょう」

「ロードマップはないの」

「ダッシュボードに」

「んじゃ、別に教えてくれなくていいよ」

風間は木之内の方をちらと見て、尖《とが》った八重歯をにっ、と剝《む》き出した。

「シンも一緒に行くから。ナヴィゲーターやって貰《もら》うからさ」

7

「素敵なホールですねえ」

金縁眼鏡《めがね》のフレームに指を添えながら、氷川隼人は吹き抜けの広い部屋をゆっくりと見回した。

「きっと、天羽博士のお気に入りの場所だったんだろうな」

午後二時過ぎ。玄関ホール西隣の大広間である。

風間と木之内が車で出掛けて行った後、私は氷川の要望に応じてこの部屋の扉を開けたのだった。

畳敷《たたみじ》きにすれば優に三十畳ほどはあるだろう。

他の各所と同じく、床は市松模様のタイル張りで、壁は黒く塗られている。入って正面奥に梯子《はしご》のような狭い階段があり、これは二階の高さまで上がって、部屋の三方を取り囲むようにして張り出したスペース（「回廊」と私は呼んでいる）へと続く。天羽辰也の蔵書が収められた書棚は、この回廊に並んでいた。

真っ直ぐに階段の手前まで行った所で、氷川は私の方を振り返った。何か云おうと動きかけた唇《くちびる》がふと止まり、

「それは？」

と片手を差し上げる。入口右側の壁面を、その手は指していた。

「何か由来のある絵なんでしょうか」

銀色の額縁に入った一枚の油絵が、そこには飾られていた。

二十号ほどの大きさのキャンバスに、籐椅子《とういす》の上で胡坐《あぐら》をかいた少女が描かれている。水色のブラウスにデニムのオーヴァーオール。胸許に垂れたさらさらの茶色い髪。頭にちょこんと載《の》った赤いベレー帽。……

「元からここにあった絵です」

絵の前に進みながら、私は答えた。

少女はくるりとした大きな目を斜め上方に向け、ふくよかな色白の頬《ほお》に邪気のない笑みを浮かべている。そしてその膝《ひざ》の上には、真っ黒な猫が一匹、心地好《よ》さそうに目

を細めてうずくまっていた。

「天羽氏自らが描いた絵のようですな。御覧なさい。サインが入っています」

右下の隅に小さく、サインが書き込まれている。

ローマ字で「AMO」と。

「——本当だ」

近寄ってそれを確かめると、氷川は私の方に向き直って訊いた。

「油絵を描く趣味があったんですか、博士には」

「地下室の棚に道具が残っております」

「地下室があるんですか。何処《どこ》に階段が？」

「パントリーの奥に」

「ふうん。という事は……」

云いかけた言葉を呑《の》み込み、氷川は再び絵を見上げた。

「黒猫と少女、か。この女の子はじゃあ、天羽博士の娘さんなんでしょうかね。何かその辺の話、御存知ありませんか」

「さあ」

私は首を捻《ひね》り、絵から目を離した。

「そう云えば、ちらっとそんな噂《うわさ》を聞いたような気もしますが」

絵の前を離れると、氷川は回廊に昇り、壁に並んだ書棚に向かった。

全部で何冊の書物が残っているのか正確な数は分らないが、ざっと見たところ二千や三千では利《き》かないだろう。英文の原書が半数以上を占めるが、博士の専門だった生物学関係の専門書から文芸書まで、種類は多岐に亘《わた》る。

周囲の壁には回廊の上部と下部の二段に分れて、縦長の窓が幾つも並んでいる。これらの窓には、〈王《キング》〉や〈女王《クイーン》〉〈騎士《ナイト》〉などが描かれたステンドグラスが嵌め込まれていて、だから昼間のこの部屋には、サロンや他の各部屋以上に様々な色合いの光が交錯していた。

しばらく書棚を眺《なが》め渡した後、氷川は何冊かの本を抜き出し、北側の角に置かれたストゥールに腰掛けた。回廊の端には大きな書き物机も据《す》えられている。書斎代わりのスペースでもあった、という訳である。

鹿爪《しかつめ》らしい面差《おもざ》しで、開いた本に目を落とす青年の姿が、何となく微笑《ほほえ》ましく思えた。コーヒーを持って来ようかと私が云うと、彼は手を振って、

「お気遣いなく。煙草はいいですか」

「どうぞ。灰皿はそこに」

と、私はストゥールの横の小テーブルを示した。

そのまま立ち去ろうかとも思ったのだが、実を云うと先程からちょっと気に懸かっていた事があり――。

「ところで、氷川さん」

私はそれを、彼に尋《たず》ねてみようと決めた。

「さっき従弟さんが、『える』とか『くさ』とか、そんな事を云っておられたでしょう。あれは一体、どういう意味なんですかな」

氷川ははっと顔を上げた。私の視線から目を逸《そら》し、返答に詰まる。

この反応を見て、ああやはり――と、私は思った。

「もしかして、麻薬か何かを?」

「…………」

「いや、心配なさる事はない。だからと云って、目くじらを立てるつもりはありません。私は警官でも教師でもない。風間さんに雇われた一介《いっかい》の使用人ですからな。他言は致しませんよ」

「申し訳ありません」

決まりが悪そうに顔を伏せた青年に、私はささやかな自嘲《じちょう》を含んだ微笑を返した。

「やはりそうですか」

「ええ。——あいつら、好きでしてね。東京でも、何処からか手に入れて来ては遊んでいるんです。いい加減にしておけよって、いつも云ってるんですが」

「どんな麻薬を」

「LSD、それから大麻」

「エルとクサ……成程」

「僕は嫌いなんですよ」

と語気を強めて、氷川は目を上げた。

「自分の行動を自分の理性でコントロール出来ないような状態になるのが、僕には耐えられないんです。あんな物の何処が一体、そんなに面白いのか」

「『理性』という言葉がお好きなようですな」

「そうですね」

氷川は薄く笑って、きっぱりと云った。

「今のところ、それが僕の〝神〟ですから」

「ほほう。また大胆な事を」

「社会的な常識に縛《しば》られるのは、それはそれで大嫌いなんですけれどね。犯罪行為その物をア・プリオリに否定しようとも思いません。だから、あんまりむきになって連中に説教をする気にもなれない」

例えば同じ「犯罪行為」に手を染めるにしても、飽《あ》くまでも自身の「理性」の支配下に於《お》いてでなくてはならない——という訳だろうか。

「成程」と頷《うなず》きながらも、私は些《いささ》か暗い気分になって、それ以上は何も云わずにその場を離れた。

8

午後三時半。

私は独り外に出て、ぼんやりと物思いに耽《ふけ》りながら屋敷の庭を散歩した。

前庭のそこかしこに造られた植え込みは、昨夕氷川に説明したように、かつて猫や兎《うさぎ》、鳥など様々な動物の形に似せて刈り込まれていた。今はしかし、手入れをしていない所為《せい》ですっかり形が崩れてしまっている。

ズボンのポケットに深く両手を突っ込み、ここ数年で目に見えて痩せ衰《おとろ》えた肩をすぼめるようにして、それらの植え込みの間を歩き回った。

空は高く青く、僅《わず》かに薄い雲が流れて行くだけで、天気予報で告げていたような低気圧の接近はまるで感じさせない。森に棲《す》む動物達の鳴き声に、吹き付ける南風で屋根の〝風見猫〟が身動きする音が交じり、それが却《かえ》って静寂感を引き立てていた。

何本かの煙草を灰にして、そろそろ中に戻ろうとした時――。

玄関の脇に人の顔を見付けて、私はびくりと立ち止まった。瞬間、まるでその顔が宙に浮かんでいるように見えたからである。

思わず目を擦《こす》った。

それは麻生謙二郎の顔、であった。ようやく起きて、外に出て来たのだ。

私の姿を認めると、彼は落ち着きのない視線をばつが悪そうに伏せた。そうしてゆっくりとこちらへ足を向けた。

他の連中は何処に行ってしまったのか、という麻生の質問に、私はそのままを答えた。すると彼は、弱々しい溜息《ためいき》と共に肩を落とし、玄関の方へ踵《きびす》を返した。

「食事はどうされますか」

私が訊くと、麻生はこちらに背を向けたまま、ずんぐりとした首を横に振って「食べたくない」と答えた。

「気分がお悪いのですか」

「あ……いえ。大丈夫です」

そう云いながらも、声には全く元気がなかった。

「コーヒーでも如何ですかな」

「いえ……あ、でも、そうですね。じゃあお茶を一杯、戴けますか」

「分りました。紅茶で宜《よろ》しいですか」

「ええ」

「では、サロンの方へ」

紅茶を用意してサロンへ行くと、麻生は黒い上着を着たままソファで肩を丸めていた。部屋の真ん中にはカーロが居《お》り、私を見ると小さく鳴いて身を擦《す》り寄せて来た。

「その8ミリヴィデオは、貴方の？」

向かいのソファに腰を下ろすと、私はテーブルの上のヴィデオカメラを示して尋ねた。麻生はぎょろりとした目を上げ、「はあ」と低く答えた。

「旅先で色々と撮影をされる訳ですか」

「はあ。まあ」

「ゆうべもここで撮影を？」

「――いえ」

カップから立ち昇る湯気に両手を翳《かざ》すようにしながら、麻生はかぶりを振った。

「テープを観てたんです」

「そのカメラで観る事が出来るのですか」

「テレヴィに接続して。それ用のアダプター、持って来てるんで。テレヴィがなくても、ファインダーを覗《のぞ》いて再生すれば観られます」

「ほう」

私は改めてその、掌《てのひら》に入るほどの大きさしかない機械に注目した。

「便利な時代になったものですな。長い間こんな所に引っ込んでいるので、すっかり世の中の事情に疎《うと》くなってしまいました。どんどん取り残されて行く感じですな。まあ、それでも別に構わないのですが……」

ぎこちない手付きでカップを口に運ぶ麻生の顔色は、起きて来た時の風間や木之内よりも悪く見えた。狭い額の中央辺りに、自ら床に打ち付けて作ったという例の怪我《けが》だろう、小さな傷テープが貼られている。

それ以上は話す言葉も見付からず、カーロを抱いて立ち上がろうとした私を、

「あのう、管理人さん」

不意に面《おもて》を上げて、麻生が呼び止めた。

「あのですね、UFOを見た事はありますか」

「は？」

私は啞然《あぜん》として、相手の浅黒い顔を見直した。

「UFO、ですか」

麻生は大真面目な表情で「はあ」と頷き、

「UFOです。U・F・O……ええとあの、最近こっちの方で目撃者が増えてるらしいんですが」

今度は私が「はあ」と云う番だった。何処で仕入れた情報なのか知らないが、少なくとも私はそんな物を目撃した事はない。

「残念ながら……」

と答えると、彼は続けてこんな質問をした。

「じゃあ、例の狼《おおかみ》を見た事はないですか」

「狼？　ニホンオオカミと同じで、とうの昔に絶滅しておるでしょう」

「いえ、あの、生き残りが居るという話を聞いた事があるんですけど」

「そんな風に云うロマンティストも居《お》るようですな。しかし、それはないでしょう。万が一あったとしても、もっと奥地での話でしょうし」

「そうですか」

ひどくがっかりしたような声で云うと、麻生はまた顔を伏せる。

「そういった物に興味がおありなのですか」

「まあ、ちょっと。――あの、それじゃあこの家、黒猫館っていうくらいだから、何か云い伝えがあったりしませんか。幽霊とかポルターガイストとか」

どうやらこの若者、その手の胡散臭《うさんくさ》い話の愛好者らしい。

低俗な映画の見過ぎだな、と呆《あき》れた気分になったが、私はなるべく表情に出さぬよう気を付けながら、そんな云い伝えはないと答えた。

この後も更に、麻生はぽつぽつと色々な質問をして来た。

曰《いわ》く、こちらの湖にもネス湖のネッシーのような巨大生物の噂があるらしいがどうなのか。曰く、こちらの先住民族の聖地にまつわる謎《なぞ》と失われた大陸の関係がどうのこうの。曰く……。

仕舞《しま》いには、自分は一度だけ本物のＵＦＯを見た事があるのだと云い始めたが、その頃には私もすっかり辟易《へきえき》としていたので、それは凄いとか何とか適当に相槌《あいづち》を打って席を立った。

「あのう、管理人さん」

カーロを抱いてサロンを出て行こうとする私に、更に彼は問いかけた。

「この辺、熊は大丈夫ですか」

「熊?」

「少しその辺を散歩して来ようかな、って」

「熊など出ませんよ」

「そうですか。そうですよね。——良かった」

「迷子にならんようお気を付けなさいよ」

私が注意すると、麻生は心許なげに頷き、ヴィデオカメラを持って立ち上がった。

9

風間と木之内は、暗くなっても帰って来なかった。午後七時を過ぎて、食事の支度《したく》をどうしたものかと考えているところへ、ようやく車のエンジン音が聞こえて来た。

私は玄関ホールへ向かった。すぐ夕食にしても良いかどうか、訊く為である。

車のドアを閉める音が響き、若者達の賑《にぎ》やかな笑い声が近付いて来た。玄関の扉を開けようとノブを摑《つか》んだ時、

「すっごい、綺麗《きれい》。星が一杯」

そんな、一段と賑やかな声が耳に飛び込んで来て、私は驚いて手を止めた。

「東京の空とはやっぱり全然、違うんだなあ」

風間の声でも木之内の声でもなかった。それは聞き憶《おぼ》えのない、若い女性の嬌声《きようせい》であった。

扉が開き、風間が入って来た。続いて、黒眼鏡を掛けた木之内の腕に手を絡めてぶら下がるような恰好《かつこう》で、ジーンズ姿の小柄な女が……。

「ああ、オジサン」

狼狽《うろた》える私に無愛想な一瞥《いちべつ》をくれ、風間が云った。

「この娘《こ》、レナちゃんね。今晩からここに泊まってく事になったからさ、ヨロシク頼むよね」

＊

椿本《つばきもと》レナ、というのが、その女の名乗った名前であった。

「レナ」にどういう漢字を当てるのかは聞いていない。見たところ二十代前半、若者達と同じか少し上くらいの年頃で、こちらへは一人で旅に来ているとの話だった。

どんな経緯《いきさつ》があったのかは知らないし、興味もない（後になって、その辺の事情は風間と木之内の口から聞く事になったのだが）。何にせよ、二人はドライヴに行った先でたまたま一人旅の彼女と出会い、意気投合してここへ連れ帰って来た——という訳である。

柄は小さいけれども、非常に肉感的な身体《からだ》付きをしていた。顔立ちは幾らか大造りな感じだが、まず美人と云って差し支えあるまい。

ちょっと吊り気味の二重瞼《ふたえまぶた》の目に、つんと尖った僅かに上向き加減の鼻、ぽってりとした唇。肌の白さは日本人離れしており、髪は色の薄い癖毛《くせげ》。化粧は濃いめで、取り分け唇を彩った鮮烈な赤が、嫌でも見る者の目を惹《ひ》き付けた。

身のこなしと云い、喋《しゃべ》り方や表情と云い……どのようにすれば自分が、男達の大脳により強い刺激を与えられるかを十二分に知り尽くしている女。——と、そんな印象を私は即座に抱いたのだったが、これは満更《まんざら》、的外れでもなかった事になるだろう。

風間も木之内も、昼間に屋敷を出て行った時とはまるで違った浮かれ顔で、レナの気を惹く為にせっせと道化（としか私には思えなかった）を演じていた。森の散歩から帰って来た後、サロンのソファに寝そべってひたすら陰に籠《こも》っていた麻生も、彼女の姿を見た途端《とたん》、浅黒い頬を紅潮させて跳ね起きた。

陳腐な喩《たと》えになるが、若者達のそんな様子はマタタビに酔う猫さながらであった。氷川とて例外ではない。女の声を聞き留めて大広間から出て来た彼の、殊更《ことさら》のように冷たく取り澄ました顔を見て、私は密かに苦笑したものだった。明らかに彼女の視線に対する過剰な自意識の表われ、と分ったからである。

そう云う自分はどうなのかと云うと、残念ながら私は、〝女〟としての彼女に如何なる魅力も感じ取る事が出来なかった。

これは年老いた所為と云うよりもむしろ、趣味の問題であろう。少しなりとも興味を持ったとすれば、それは彼女の顔（特に目許の辺り）に私自身の死んだ肉親の面影を、微かにではあるが認めた事、くらいだろうか。――にしても、仮に彼女が一人で突然ここへやって来、一夜の宿を提供してくれと頼んだとしたならば、私はきっとにべもなく断わったに違いあるまい。

しかしながら、風間が彼女を屋敷に泊めると云う以上、私はその言葉に従わなければならない。内心は鬱陶《うっとう》しい気持ちで一杯だったのだが、「いらっしゃいませ」と丁重に頭を下げるしかなかった。

食料はかなり多めに買って来てあるので良いとして、この五人目の来客の寝室をどうするか、というのが、管理人としてまず考えねばならない問題だった。ベッドの数が足りないのである。

私がその事を云うと、風間はにやにやと笑いながら、

「んじゃ、取り敢えず謙二郎に部屋を出て貰おうか」

と解決案を示した。

「あいつはサロンのソファで寝りゃあいいだろ。それともレナちゃん、俺の部屋に泊まる?」

自分は出て行かないが、という誘いだろう。

「独り占めはないぜよ、ユウキ」

木之内が異議を申し立てると、当のレナは二人の顔を交互に見ながら嫣然《えんぜん》と微笑みを広げ、

「あたしはどっちでもいいわよ」

と云った。

10

「この家、黒猫館っていうんだって」

風間の隣に坐《すわ》ったレナに向かって、相変わらず黒眼鏡を掛けたままの木之内が云った。この日の夕食の席での事である。

「何でそんな名前が付いたんだと思う」

「さあ」

ワイングラスを真っ赤な唇に運びながら、レナは小首を傾げた。

「黒猫が一杯、居るの？」

「実はさ、ここだけの話だけどさ、この家で昔、すっげえ事件があったんだ」

何を云い出すのか——と驚いてこの時、私は給仕が一段落して厨房へ戻ろうとしたところだったのだけれど、廊下に出た辺りで思わず足を止め、聞き耳を立てた。

「今から二十年前、だったっけな、ここに住んでたのが、天羽何とかって男だったんだけどさ」

と、木之内は勿体振《もったいぶ》った口調で語り始めた。彼がそんな風に饒舌《じょうぜつ》に喋るのを聞くのは、これが初めてだったように思う。

「この人、生物学の博士でね、この家でこっそり妙な研究をしてたんだ」

「ケンキュウ？」

「ああ。それが何て云うのかな、すげえおっかねえ研究でさ。あのさ、フランケンシユタインっていうの、知ってるだろ」

「映画で観た事、あるけど」

「あれとおんなじような研究だったたんだ。あんな人造人間を造ろうとしてたんだ」

「へえぇ」

「博士には美人の奥さんが居てさ、この奥さんが黒猫を一匹、飼ってたんだ。こーんなでっかい猫でさ、ずっと可愛がってたんだけど、博士の方はあんまり猫が好きじゃなかった」

木之内は得々と続ける。

「二十年前の或《あ》る日、奥さんが博士の仕事に文句を付けたんだな。そんな怖い研究をしないでくれ、ってさ。博士はカッとなって、思わず奥さんを殴り付けて……んで、とうとう殺しちまったんだ。猫が見てる前でさ」

「えー、マジ?」

「ああ。博士はこの家の地下室にその死体を隠す事にした。壁に塗り込めちまったんだ。その時、黒猫も一緒に、生きたまま塗り込められちまってさ、それで今でも、夜中になると地下室から猫の声が聞こえて来る、って云うのさ」

何の事はない。エドガー・アラン・ポウの短編小説「黒猫」の、下手な焼き直しではないか。

「人造人間の方はどうなったんですか」

と、ここで大真面目に質問したのは麻生である。

「んな事、オレは知らねえよ」

木之内はぶっきらぼうに答えた。

「死体は今でも見付からずに、地下室の壁の中にあるって訳？」

と、レナが訊いた。

「だろうねえ」

「博士はどうなったの」

「行方不明だってさ。黒猫の祟《たた》りが怖くて、この屋敷を手放したらしい。何処でどうしてるのかは誰も知らない」

「おいおい」

風間が口を挟んだ。

「じゃあ、何でお前がそんな話、知ってんだよ」

けらけらと笑いが湧《わ》き起こる。氷川の鼻白んだ顔が目に浮かぶようだった。

私はそっと溜息をつき、厨房へ向かった。

11

その後、どんな話の流れがあってああいう事になったのか、私はこの目で見てはいない。

夕食が終わり、昨晩と同じようにサロンへ場が移された時には、若者達は既《すで》にかなりの量のアルコールを消費し、すっかり出来上がっている様子であった。食卓の片付けを終えると私は、早々に寝室へ引っ込んだ。昨夜のように氷川が、私を席に招く事もなかった。

黒猫のカーロもまた、私の寝室に避難して来ていた。扉の向こうから響いて来る彼らの声の騒々しさは前夜の比ではなく、私はどうにもやり切れない気分で独り風呂に入った。

普段の倍近く時間を掛けて、入浴を済ませた。ところが部屋着に着替え、カーロを抱き上げてベッドに腰掛けたところで、ふと気づいた。サロンの方から全く声が聞こえて来ないのである。

時刻は午後十一時を過ぎていた。

しばらく耳を澄ましてみたが、先刻までとは打って変わって、夜は森閑《しんかん》と静まり返っている。

どうしたのだろう。

もうみんな、二階の部屋へ引き揚げてしまったのだろうか。

私は廊下に出た。サロンを覗いてみると、居るのは氷川一人だけだった。窓際《まどぎわ》の揺り椅子に坐り、本を読んでいる。

「他の方達はどうされたのですか」

私が訊くと、彼は膝の上で開いていた本から目を上げ、首を竦《すく》めて見せた。

「それが……」

と、云い辛《づら》そうに言葉を切り、

「あっちのホールへ行ってしまいました」

「大広間へ？」

そう訊き直した時の私の顔は、きっと泣き笑いのように強張《こわば》っていただろう。

「どうしてまた」

「ステレオがあったでしょう、あそこに。音楽がないと盛り上がらないと云って、それで……」

「………」

「済みませんね、鮎田さん」

面目なさそうに氷川は云った。

「裕己と木之内はあの通り、女好きで。それに、彼女」

と、そこで言葉を詰まらせる。訝《いぶか》しく思って顔を窺うと、彼は短く吐息して、

「似ているんですよ、あのレナっていう女」

と続けた。

「似ている？　と云いますと」

「昨日《きのう》お話ししたでしょう。一緒にバンドをやっていた、レイコっていうヴォーカルの女の子。彼女に何となく、似てるんです。目鼻立ちとか声の感じとか、ね。だから連中……」

成程、そういう事か。

納得はしたものの、それで私の気分が晴れる筈《はず》もなかった。

大広間に場所を移して、もしかすると今夜もまた麻薬で遊ぶつもりなのかも知れない。そう考えると、どうしようもなく気が滅入《めい》った。

「騒ぐのは結構ですが、余り羽目を外し過ぎるのは感心しませんな」

そんな台詞《せりふ》が、思わず口を衝《つ》いて出た。

氷川は「済みません」と低く応え、床を蹴《け》って椅子を大きく揺り動かしながら本に目を戻した。自分が説教される筋合いではない、とでも云いたげな素振《そぶ》りであった。

私は部屋着の前を掻き合わせながら、重ねるべき言葉も見付からず踵を返した。

*

その夜は寝付かれなかった。

身体は疲れていたし、睡眠への欲求も大いにあったのだが、どうしても上手《うま》く眠れなかった。明りを落とし、毛布にくるまり、意識して強く瞼を閉じた。何度か眠りの浅瀬に引き込まれかけたが、その度《たび》にびくっと全身が震えて目が覚めた。

若い頃はよく不眠に悩まされたものだが、何だかその時分に戻ったような心地であった。思い出さなくても良い事や、決して思い出したくない事……様々な記憶が脳裡《のうり》を往来し、それらを振り払おうとすると余計に眠りが遠ざかった。

大広間へ行った若者達が気になっているのだ――と、私は思った。

長く一つの家に住んでいると、たとえそれが自分の持ち物ではなく〝職場〟であったとしても、自《おの》ずとその家への愛着が生まれるものである。あの大広間はこの屋敷の中でも、取り分けそんな愛着の深い部屋だった。そこで今、一体どんな破廉恥《はれんち》な事が行なわれているのか、やはり気になって仕方がないのだった。

俯《うつぶ》せになって顔を上げ、枕許のデジタル時計を見た。

午前一時半。

耳を澄ましてみるが、私の寝室と大広間とは建物の端と端の位置関係である。彼らの声が聞こえて来る筈もない。

しばし闇の中で逡巡《しゅんじゅん》した挙句《あげく》、私はゆっくりとベッドから起き上がった。

12

長方形の大広間の中央に、壁際《かべぎわ》にあった寝椅子の一つが引っ張り出されている。そこに椿本レナが居た。寝椅子に浅く腰掛けた状態で、ステレオから流れ出す大音量の音楽に合わせて上半身を揺り動かしている。

彼女を取り巻くような形で、男達三人の姿があった。

市松模様の床の上で大の字になって寝そべっている、あれは木之内晋か。黒眼鏡を外し、とろんとした目で宙を見詰めている。

胡坐をかき、ヨーガの修行者のように腹の前で両手を組んだ麻生謙二郎。それから――。

もう一人、風間裕己はレナの足許で四つ這《ば》いになっていた。彼女の膝に顔を寄せ、腹を空かせた犬さながらに鼻先を擦《こす》り付けている。

……そんな光景が、私の眼下にあった。

私は屋根裏に居た。

寝室を忍び出て大広間の前まで行き、中から聞こえて来る音楽と若者達の声を確認すると、その足でここまでやって来たのである。

屋根裏へ上がる為の入口は、二階の廊下の手前端にある。天井の一部分が下方に開くようになっていて、そこに折り畳み式の階段が造り付けられているのだ。

この階段を昇ると、広い屋根裏に出る。

所謂《いわゆる》「屋根裏部屋」ではなくて、文字通りの「屋根裏」だった。頭上には傾斜した屋根板が迫っている。足許はすぐに二階の天井板で、これを踏み抜いてしまわないよう、梁《はり》と梁の間に何枚もの細長い板が渡してある。

普段は勿論《もちろん》、滅多《めった》に足を踏み入れる事のない場所であった。

この屋根裏の床（即ち階下の天井）の、大広間の丁度真上に当たる場所に小さな節《ふし》孔《あな》がある事を、私は以前から知っていた。シャンデリアを取り付ける際に誤って開けられた孔なのかも知れないし、或《ある》いはもしかすると、件《くだん》の中村青司の〝悪戯《いたずら》〟で作られた覗き孔だったのかも知れない。

持参した懐中電灯で足許を照らしながら忍び足で板を渡り、目的の場所まで辿《たど》り着いた。蜘蛛《くも》の巣が顔に絡み付き、舞い上がる埃《ほこり》が喉《のど》と鼻を痛め付けた。咳込みそうになるのを懸命に堪《こら》えつつ、板の上に腹這いになった。そうして私は、その孔にそっと目を寄せたのだったが……。

四人を包み込むようにして、うっすらと煙が漂っている。大麻煙草の煙だろうか。激しいドラムのビート。罅割《ひびわ》れたようなエレキギターの唸《うな》り。甲高《かんだか》く叫ぶような歌声。……深夜の空気を震わせるそれらの音響は、私には音楽ではなく、神経を逆撫《さかな》でするばかりの騒音としか聞こえなかった。四人は口々に何か声を発しているようだが、大音響に掻き消されて聞き取れない。

レナが、おもむろに寝椅子から立ち上がった。

男達を挑発するように艶《なま》めかしく身をくねらせたかと思うと、両手で髪を掻き上げながら天井を振り仰《あお》ぐ。

妖しく潤《うる》んだ瞳。半開きの真っ赤な唇。……今にも自分が下から手招きされそうな気がして（向こうがこちらの存在に気付く事は決して有り得ない筈なのだが）、私はぎくりと孔から目を離した。

風間がレナの足に両腕を絡ませた。

彼女は陶然とした笑みを顔一杯に浮かべ、豊満な胸に彼の頭を抱き込んだ。

木之内が身を起こし、後ろからレナに飛び付いた。

短い悲鳴と共に、彼女は風間と折り重なるようにして床に倒れ込んだ。

それを見ながら麻生が、何処か調子の狂った声でけたたましく笑い出し……。

この先の展開を予想する事は、余りにも容易であった。

案の定、男達の喰《く》い入るような視線の中で、やがてレナの白い肩と太股《ふともも》が露《あら》わになった。そうして……。

しかしながら私の目には、「淫靡《いんび》な」と云うよりむしろ、それは何とも「異様な」情景として映ったのである。

見知らぬ生き物が蠢《うごめ》く異世界を覗き見ている。そんな感覚にさえ囚《とら》われ、私は思わず左手で胸を押さえた。

心臓の鼓動が速くなっている。性的な興奮の為ではない。激しい違和感（或いは嫌悪感なのかも知れない）と、何故《なぜ》なのかは分らぬ漠然とした恐れの為だった。

氷川隼人が姿を現わしたのはこの後、間もなくの事である。

小さな孔から見下ろす視界の隅で、入口の扉が開いた。

氷川は中へ一歩、足を踏み入れるなり、室内で繰り広げられている仲間達の乱行を見て立ち竦んだ。四人の方が氷川に気付いたのはしかし、彼が足速に部屋を横切って行こうとした、その時になってからだった。

レナが、通り過ぎる氷川に声を掛けた。

テープが終わり、ステレオから流れ出す騒音は消えていたのだが、彼女がどんな言葉を発したのかは聞き取れなかった。氷川はそれを無視し、更に足を速めて回廊に上がる階段へと向かった。彼がここへ来た目的は、どうやら書棚の本にあるらしい。

レナが立ち上がった。

風間が腕を伸ばし、彼女を留めようとした。

それをやんわりと振り払い、レナは三人に何事かを耳打ちした。そして——。

「インテリ君」

媚《こ》びるような声音で彼女は、回廊に昇った氷川に呼びかけたのだ。

「ねえ。一緒に遊ばない？」

氷川は何とも答えず、やがて小脇に数冊の本を抱えて降りて来た。レナはすると、下着が乱れて零《こぼ》れ出た乳房を隠そうともせず、ふらふらとした足取りで彼のそばへ駆け寄って行った。

ぎょっと足を止める氷川に、レナはいきなり抱き付いた。首に両腕を絡めると、爪《つま》先立《さきだ》つような恰好で、相手の唇に自分の唇を押し付ける。氷川の抱えていた本が、ばさばさと床に落ちた。

一方で――。

風間と木之内、麻生の三人は中央の寝椅子を離れ、私の視界から消えていた。何をするのかと思っていると、南側の壁際（回廊の下に当たる場所である）から、そこに置かれていた大きな飾り棚を三人掛かりで引き出して来る。そうしてそれを入口の前まで移動させ、扉を塞《ふさ》いでしまったのである。

何が何でも氷川を仲間に引き込もうという、これはレナの意向なのだろうか。ようやく女の腕を振り解《ほど》いた氷川は、落とした本を拾い集め、扉に向かおうとして立ち尽くした。

「何をするんだ」

と、氷川は男達三人を睨み付けた。

「退《ど》けてくれ」

三人は何も云わず、寝椅子に横になったレナの許へ集まる。氷川は一人で棚を動かそうとしたが、その努力が報われる事はなかった。

「駄目よ、インテリ君」

レナが愉快《ゆかい》そうに笑う。

「ここで一緒に楽しみましょ。本なんていつでも読めるじゃないの。ね」

振り向いた氷川の様子に、その時ちょっとした変化が現われた。

額に片手を当て、膝の後ろを蹴られでもしたかのようにがくんと体勢を崩して棚に凭《もた》れ掛かる。ゆるゆると何度も頭を振りながら、

「何を……君は」

喘《あえ》ぐような声で云った。

「何を……」

「クスリは初めて?」

と、レナが応じた。

「怖がらなくても大丈夫。もうすぐいい気分になるから」

さっきの接吻《せっぷん》か――と、ここで私は思い至った。

さっき抱き付いて強引に接吻をした時、レナは氷川に、口移しでＬＳＤを飲ませた

のではないか。それで彼は……。

低い溜息と共にひとしきり身を震わせ、私は孔から目を離した。これ以上、若者達の痴態を覗き見し続ける気にはなれなかった。降りて行って彼らの行為を咎《とが》める意志も気力も、この時の私には持てなかった。

屋根裏から退散して二階の寝室へ戻ったのが、午前二時半頃の事である。

主人の複雑な心中も知らず、カーロはベッドの隅で安らかな寝息を立てていた。私は埃だらけになった身体をシャワーで洗うと、毛布に深く潜り込み、余り安らかとは云えぬ眠りに就いた。

その後、大広間でどんな出来事があったのかは、だから私の知るところではない。

第四章　一九九〇年六月　東京〜横浜

1

「どう思う、江南君」

テーブルの上で黒い色紙を忙しそうに折りながら、鹿谷門実が訊《き》いた。江南は読みおえた「手記」から目を上げ、しばらくのあいだ唇《くちびる》の端にくわえていてフィルターが潰《つぶ》れてしまった煙草《たばこ》に火を点《つ》けた。

「何と云《い》ったらいいか、迷いますね。編集者としてはまず、この不用意な漢字の多さを直したいところですが」

鹿谷は「ははん」と苦笑して、

「じゃあ、具体的に質問しようか。そこに記されているのは事実の記録なのか、それとも鮎田氏の空想の産物なのか。君はどっちだと思う」

「そうだなあ」

と、江南は開いたノートに目を戻す。青いインクを使い、縦書きで記されている。右下がりの、あまり達筆とは云えない字だった。

「僕には創作だとは思えませんけど」

「ふん。去年の夏、そこに書かれているような事件が本当に起こったと？」

「という話になりますね。鹿谷さんは？　違うと思うんですか」

「いや。基本的には僕も君と同じ意見さ」

紙を折る手の動きを止め、鹿谷は大振りな鷲鼻《わしばな》の頭をこする。

「少なくともまったくの作り話とは思えない。事実であるという明確な根拠があるわけでもないが」

「中村青司の名前が出てくるじゃありませんか」

「確かに、それはある。しかし、たとえばこんなふうにも考えられるだろう。鮎田氏は、実は火災に遭《あ》って入院するよりも前に、僕の『迷路館の殺人』を読んでいたわけさ。それで中村青司という建築家の存在を知って、自分の〝小説〟に取り込んだ。この場合には当然、鮎田冬馬というのは彼の本名じゃない可能性も出てくる」

「だけどね、江南君、僕はそういうふうには考えない。考えたくない、と云ったほうが正しいかな」

「ははあ」

「どうしてですか」

江南が尋《たず》ねると、鹿谷は瘦《や》せた浅黒い頰《ほお》ににやりと笑みを作り、

「〝中村青司の黒猫館〟に出遇《であ》えなくなるからさ」

いくぶん冗談めかした調子でそう云って、折り上がった〝作品〟をテーブルの中央に投げ出す。真っ黒な紙で作られた、それは〝猫〟の折り紙だった。

六月二十八日、木曜日の夜。

場所は世田谷《せたがや》区上野毛《かみのげ》にあるマンション〈グリーンハイツ〉の409号室。鹿谷が一昨年から住居兼仕事場にしている部屋である。

この日、新宿の〈パークサイドホテル〉に鮎田冬馬を訪ねたのが午後三時半。ひととおりの事情を聞いたあと、鮎田の様子にかなり疲れが見えてきたせいもあって、二人は早々に場を辞した。

問題のノートは鹿谷が借りて帰ることになった。読んで、考えがまとまった時点で必ず連絡するから——と約束したのは云うまでもない。

今日中に片づけておかねばならない仕事があったので、江南はいったん鹿谷と別れて社に戻った。ようやく業務を終えて、その足でこの部屋にやって来たのが一時間半ほど前。——現在、時刻はもう午後十一時になろうとしている。

「それにしても鹿谷さん、このノートを読んだ警察関係者は、突っ込んだ調査をしなかったんでしょうか」

煙草を揉《も》み消しながら、江南は云った。

「事実なのかどうか、調べる方法はいくつかあるでしょう。たとえば、屋敷のオーナーであるっていう埼玉の不動産業者を探すとか、去年の八月に発生した変死事件の記録を当たるとか」

「ある程度は調べたのかもしれないがね、すんなりと思わしい事実が出てこなかったんだろう」

若干めくれあがった唇を口笛を吹くようにすぼめ、鹿谷は卓上の〝黒猫〟を軽く指で弾いた。

「まあ、警察官もいろいろだからねえ。煩《わずら》わしそうな問題にはなるべく関わり合いになりたくない、っていうサラリーマンポリスもたくさんいるさ。単純なマニュアルどおりにしか行動できない莫迦《ばか》もたくさんいる」

「そんなものですか」

「往々にしてそれが〝現実〟ってやつさ」

と、鹿谷は事もなげに云いきる。

「加えて鮎田氏のほうも、徹底的に調査してくれとは云えなかったに違いない。あれでけっこう、抜け目のない人物だと僕は見るね。

意識を取り戻してこのノートを読んだ時点で、内容が内容だろう？　もしも記述がすべて事実ならば、彼自身もかなり厄介《やっかい》な立場に追い込まれる羽目になる――と、そのくらいはすぐに察しがついたはず。だから、これは創作なのだとみずから思い込もうとし、医者にも警官にもそのように申し立てた。現に、冒頭で『これは〝小説〟なのだとも云える』なんていう微妙な一文があったりもするからね、その主張も相応の説得力を持ちえたわけさ」

「――確かに」

「今日も、別れぎわに改まった調子で云ってただろう。くれぐれもこの件は他言しないでくれって。事実がはっきりするまでは、警察にはなるたけ関わってきてほしくないのさ」

頷《うなず》く江南の顔をまっすぐに見据《みす》え、

「さて、そこでだ」

と、鹿谷は続ける。

「これから僕らは何をするべきか、何ができるかって問題なんだが」

「ここに記されている事件が実際にあったのかどうか。それを確かめるのが、やっぱり先決ですよね」

「うん。そして最終的には、鮎田氏に記憶を取り戻させる。これが目的だと考えて取り組むべきなんだろうねえ」

鹿谷はノートに手を伸ばし、自分の前に引き寄せた。

「この手記の内容が事実かどうかを確認する方法はいくつかある。そのうち、僕ら二人でできそうなことと云うと——。

まずはさっき君が云ったように、風間某《なにがし》なる屋敷のオーナーを探し出すことか。そういう人物が実在しているのかどうか。もしも実在していると分れば、彼に直接、黒猫館と呼ばれる屋敷を所有しているかどうかを尋ねればいい」

「埼玉の電話帳を手に入れてきましょうか」

「それで見つかるかもしれないし、駄目かもしれない。埼玉と云っても広いし、会社の名前も分らないからねえ。むしろ、息子の風間裕己のほうから当たってみるのが正解だろう。M＊＊大学の学生であると分ってるんだから、同じ名前の学生が在籍しているかどうかを調べるのは簡単だね。これは氷川隼人に関しても云える。T＊＊大の大学院に問い合わせてみればいい。他の二人、木之内晋と麻生謙二郎については、大学名が記されていない。あとは椿本レナっていうこの女性だけれども、本名じゃないみたいだからね、僕らの力では調査は困難だろう」

「じゃあ……」

「もっとも、若者たちの所在を突き止めて、うまく彼らに会えたとしてもだ、そうそう簡単に真実を話してくれるとは期待できない。むしろ、頑強《がんきょう》に否定するだろうさ。そんな事件はなかった。自分たちは何も知らない。仮に黒猫館という屋敷や鮎田冬馬という管理人の存在を認めたとしても、この手記の内容はまったくのでたらめだと主張するに決まってる」

「でしょうね」

「だから江南君、ここはまず別方向から攻めていくほうがいいんじゃないか、と僕は思うんだよ」

「別方向？」

「つまりだね」

鹿谷は言葉を切り、ノートを取り上げて大雑把《おおざっぱ》にページを繰《く》りはじめた。

「黒猫館というこの建物に直接、アプローチしようってわけさ」

「と云いますと？」

「黒猫館はどこにあるのか」

ページを繰る手を止め、鹿谷は云った。

「手記のどこにも、場所がはっきりと記されてはいない。長年そこに住んでいた鮎田氏にしてみれば、それは自明のことだからあえて書く必要もなかったんだろう。まさか自分が記憶喪失になるなんて、この手記を書いた去年の九月の時点では思いもよらなかっただろうしね。

車で一時間半ほどのところに港町があること。近くに人家のない森の中だということ。……他にもいくつか手がかりになりそうな記述はあるけれども、そこから地名を特定するのは難しい。この手記における、少なくとも僕にとっての最大の問題点は、まさにこの点なんだな」

それはそうだろう――と、江南は思う。

鹿谷が抱く興味の中心はあくまでも、中村青司が設計した黒猫館という館そのものにあるのだろうから。

「とにかくこの館の所在地を知ること、そしてそこへ、できれば鮎田氏を連れて行ってみることが、解決への一番の近道だと思うんだが。どうかな、江南君」

「ええ。——でも鹿谷さん、そうするにしてもやっぱり、埼玉のオーナー氏かここに出てくる若者たちか、誰かを探して訊き出すしか方法がないんじゃありませんか」

「いや。それがそうとも云えないのさ」

鹿谷はテーブルに片肘《かたひじ》を突き、悪戯《いたずら》っぽい微笑を見せた。

「一九七〇年、札幌はH＊＊大学の助教授・天羽辰也の依頼を受けて中村青司が設計した家。これだけのデータがあれば、あるいは……」

「青司が手がけた建物について、何か記録が残っているんですか」

「それはない。五年前に角島の青屋敷《あおやしき》が燃えたとき、青司自身が保管していたはずの関係書類はすべて、彼の命とともに灰になってしまっている」

「役所かどこかには？」

「そいつも駄目なんだよ」

「建てるときに届けを出したりするものじゃないんですか」

「僕もそう思って、以前ちょっと調べてみたんだがね、確認申請書と計画概要書、一応この二種類の書類を提出しなきゃならない決まりになっている。もっともこれは大きな都市での話で、田舎じゃあ建築工事届という書類一つで済むらしい。ところが、この確認申請書と建築工事届の保存期間は、五年だけなんだ。計画概要書のほうはその倍の十年間。いずれにしても、二十年前に建てられた家の書類はもう残っちゃいないって話さ」

「…………」

「あとは法務局の登記書だけれども、ここには建物の設計者の名前は記載されていない。従って、公的な書類を手がかりに〝青司の館〟を探すのは不可能なんだな」

「なるほど。じゃあ、いったいどうやって？　札幌まで行って、天羽博士の知り合いを探しますか」

「むろんそれも、やってみる価値があると思う。しかしね、とにかくまず当たってみたい人物が一人、いるんだよ」

「誰ですか、それは」

「神代舜之介《くましろしゅんのすけ》」

初めて聞く名前だった。首を捻《ひね》る江南を見て、鹿谷はまた悪戯っぽく微笑《ほほえ》み、

「知らなくて当然さ。最近になって仕入れた情報なんだから」

「はあ」

「紅《こう》さんのことは憶《おぼ》えてるよね」

「紅さん……と云うと、中村紅次郎《こうじろう》さん？　ええ、そりゃあもちろん」

先ほど鹿谷が語ったように、中村青司は五年前——一九八五年の秋、「青屋敷」と呼ばれていた自宅の火災で死亡している。中村紅次郎はその青司の実弟で、鹿谷の大学時代の先輩でもある人物だった。そもそも鹿谷が建築家・中村青司に興味を持つようになったのは、こういった人間関係があったからなのである。そしてそう、思えば四年前、江南が鹿谷と初めて会ったのも、別府《べっぷ》は鉄輪《かんなわ》に住むこの中村紅次郎の家で起こった偶然だった。

「この春、ちょっと九州へ帰る機会があってねえ、久しぶりに紅さんと会ってきたんだよ。例の一件からこっち、さすがに以前のような屈託のない付き合いはできないでいたんだが」

「お元気でしたか」

「うん。相変わらず仏教学をやってて、座敷はサンスクリット語とパーリ語の文献だらけだった。あの件からはもうだいぶ立ち直っていて、存外に歓迎してくれたよ。要はそこで、彼から聞き出したわけさ。中村青司がT＊＊大の建築学科時代に慕っていたっていう、その神代教授の情報をね」

「教授？　ははあ」

中村青司の大学時代の恩師。——そういうことか。

「一九七〇年と云うと、青司は三十一歳。もう角島に引っ込んでいたころだけれど、この神代教授とは付き合いが続いていたらしいんだな。だからね、もしかすると彼なら、その時期に青司が手がけた建物について何か知っているかもしれない、と思うんだよ。依頼主の天羽辰也が、これもまたT＊＊大出身の生物学者ときたら、なおさらのこと、二人のあいだで当時、情報が行き来した可能性が考えられる」

「なるほど。それはありそうですね」

江南は新しい煙草を取り出してくわえた。

「その神代教授の居所は分ってるんですか」

「今回の件がなくても、いずれ会いたいと思って調べてあった。すでに退官して、今は横浜に住んでいる」

「訪ねてみるんですか」

「明日にでも電話してみるつもりなんだが。君も一緒に来るかい」

「乗りかかった船ですからね」

「よし。それじゃあ、この週末にでもどうかと交渉してみよう。——コーヒー、淹《い》れようか」

「あ、僕がしますよ」

江南がキッチンのカウンターに向かい、コーヒーの用意をしているあいだ、鹿谷は例のノートをまた取り上げて開き、黙って視線を落としていた。やがてコーヒーメイカーの甲高《かんだか》い唸《うな》りがやむと同時に、ひょいと首を捻って年下の友人を見やり、

「ねえ、江南君」

これまでよりもいくらか声をひそめ、云った。

「さっきこの手記を読んで、何か妙な印象を受けなかったかい」

「妙な？」

江南が小首を傾げると、鹿谷はノートに目を戻しながら、

「違和感、って云ったらいいのかなあ。どうもね、あちこちに気に懸かる記述があるんだが」

「さあ。僕は別に」

「じゃあ、記されている事件そのものについてはどう思う」

「それは……ええ、そうですね。何となく腑《ふ》に落ちない感じはもちろんします。最後、い、い、い、いに起きた密室の事件については、特に」

「だろうねえ。僕も大いに疑問を感じている。加えてそう、この手記の目的はいったい何だったのか」

「『私自身の為《ため》』とありましたけど。要は日記と同じ意味合いなんでしょう」

「うん。それは分るよ。『未来の私自身の為に書かれる〝小説〟』という云い方をしているのもまあ、理解できるんだが」

ここで鹿谷はちょっと口をつぐみ、軽く顎《あご》を撫《な》でた。

「気に懸かるのはね、どうして彼が今年の二月になって、このノートを持って東京へ出てきたのか、ってこと。しかも、火災の現場からこれだけを持って逃げ出したっていうんだろう。どうして彼は、そこまで……」

「コーヒー、どうぞ」

「ああ、ありがとう。——まあ、その辺は追い追い考えるとしようか」

出されたカップにちょっと口をつけると、鹿谷はシャツの胸ポケットから、黒い印鑑入れのようなものを取り出した。節煙用に彼が愛用しているシガレットケースで、中には一本しか煙草が入らない。昨年の時計館事件の直後、長年続けてきた「一日一本」の誓いを破ってしまった鹿谷だったが、今年に入ってからふたたび同じ誓いを立てて実行しているのであった。

「今日の一本」

と呟《つぶや》いて煙草に火を点け、しみじみとひと吹かししたあと、

「やあ、もうこんな時間か」

壁の時計を見上げて、鹿谷は云った。

「明日も会社だろう、江南君。どうする？　何なら泊まっていくかい」

2

鹿谷門実と江南孝明が、中村青司の恩師であるという神代舜之介元教授の家を訪れたのは六月三十日、土曜日の午後のことである。

その日は朝から雨が降っており、衣服が肌に粘りついてくるほどに蒸し暑かった。自由《じゆう》が丘《おか》駅のホームで待ち合わせをし、東横線《とうよこせん》で横浜へ。ＪＲ根岸線《ねぎしせん》に乗り換えて四つ目の山手《やまて》という駅で降りると、前日の電話で鹿谷が教わった道順を頼りに、二人は建ち並んだ家々を縫《ぬ》う急な坂道を登っていった。

駅から二十分くらい歩いたあたりだろうか。見晴らしの良い高台の一画に、神代宅はあった。

見るからに古びた、どちらかと云うと小ぢんまりとした家ではあるが、まわりに建つ住宅群とはたいそう風情の異なる、瀟洒《しょうしゃ》な二階建ての洋風建築だった。クリーム色の壁に焦茶色《こげちゃいろ》の木骨が幾何学模様を描いて這《は》っている、これはハーフティンバーという様式だったか。門の奥、玄関の両側に大きな二本のヒマラヤ杉が立ち並び、降りしきる雨に揺れている。

門扉は開いていた。

玄関まで進んで呼び鈴を押すと、「はーい」と澄んだ高い声が返ってきた。若い女性のようである。

まもなくドアが開き、声の主が現われた。

思ったとおり若い女性——少女と呼んだほうが良さそうだ——で、レモンイエローのワンピースが華奢《きゃしゃ》な身体《からだ》によく似合う。あどけなさの残る色白の顔に、きれいな長い髪を目の上でまっすぐに切り揃《そろ》えている。和服を着せて小さくすれば、さぞかし可《か》憐《れん》な日本人形ができあがるだろうと思わせた。

「お電話をくださった作家の先生ですね」

鹿谷が名乗る前に、少女はそう云って可愛らしいえくぼを作った。

「どうぞ。お祖父《じい》様、お待ちかねです。お連れの方もどうぞ」

神代氏の孫娘、というわけか。十代半ばの年ごろにしか見えないが、ずいぶんしっかりした応対ぶりだな、と江南は思った。

「この家、神代先生が設計されたんですか」

案内に従って薄暗い廊下を進みながら、鹿谷がそんな質問をする。少女はちょっと首を傾げて、

「さあ。たぶん違うと思います」

と答えた。

「お祖父様、ご専門は建築史のほうだと聞いてますから」

二人は広い洋間に通された。

部屋の奥にはサンルーム風の細長いスペースがあって、織物張りの大きな安楽椅子《いす》が置かれている。神代舜之介はその椅子に深々と身を沈め、ガラスの外の雨を眺《なが》めていた。

「お祖父様」

少女がそばへ寄って声をかけた。

「お客様ですよ。ほら、昨日《きのう》のお電話の」

神代氏は「おお」と呟いてこちらを振り向いた。どうやらそれまで、二人が入って

きたのに気づいていなかった様子である。

「よくおいでになりました」

しゃきっと立ち上がり、部屋の中央のソファに身を移す。

褐返《かちがえ》しの和服を着流した、背の高い老人だった。頭髪は真っ白だが、禿《は》げてはいない。彫りの深い顔立ちは、特に鼻のあたりがどことなく鹿谷に似ていた。もう七十歳だという話だけれど、先日会った鮎田冬馬よりもよほど若く見える。

「はじめまして」

丁寧《ていねい》にお辞儀をして、鹿谷は名刺を差し出した。

「物書きをやっております、鹿谷といいます。こちらは僕の友人で、稀譚社の編集者の江南君。――素敵なお宅ですねえ。今も彼女にお訊きしていたんですが、この家は……」

「浩世《ひろよ》、コーヒーを。うんと濃いやつをな」

鹿谷の言葉を無視するようにして、老人は少女に向かって云った。

「はい」

「孫娘の浩世です。なかなか美人でしょう。儂《わし》に似て頭の良い娘でしてな。まだ恋人はおらんようだから、そっちの若い方、チャンスですぞ。ただし、交際の申し込みは儂を通してもらわんといかんが」

張り上げるような声でそれだけ云って、さも愉快《ゆかい》そうに呵々《かか》と笑う。

「あのぅ、すみません」

と、少女が小声で云った。

「お祖父様は少しその、お耳が遠いんです。なるべく大きな声でお話しになってください」

「あ、はあ」

不安げな面《おも》持ちで頷く鹿谷に、

「大丈夫。頭のほうはしっかりしてますから」

悪戯っ子のように笑《え》んでそう付け加えると、少女はぱたぱたと廊下へ出ていった。

3

「中村青司、か。——ふむ。憶えておりますよ、むろん。ありゃあ、儂の知り合いの中でも五本の指に入る変人だった」

大声で云って、神代舜之介は懐かしそうに目を細くした。

「儂がまだ助教授のころでしたか、中村君を教えたのは。優秀な学生で、担当教授に大学院へ行かんかと勧められて、本人もその気になっておったが……そうそう、確か四年生のときに父親が急死したとかで、やむなく郷里へ帰ったんでしたな」

なるほど、記憶力は人並み以上に確かなようである。安心する江南の横で、鹿谷が訊いた。

「先生は何を教えておられたのでしょうか」

「近代建築史です。彼の専門ではなかったが、何となく馬が合って、儂の研究室にもよく遊びにきておった。この家にも何度か来たことがありましたなあ」

「青司——もとい、中村氏がここに、ですか。ははあ」

と、鹿谷は感慨深げに室内を見まわす。

「ジュリアン・ニコロディという建築家をご存じですかな」

白い海泡石《かいほうせき》のパイプに葉を詰めながら、神代氏が唐突に質問してきた。鹿谷が「さあ」と首を捻ると、

「今世紀の前半に仕事をしたイタリアの建築家でしてな、こっちではあんまり知る者もおらんが、儂はむかし少々関心があって、あれこれ調べては論文を書いたりもしておったのです。その影響かどうか知らんが、中村君もかなり興味を持っていたようで

したな」

「ジュリアン・ニコロディにですか」

「さよう」

「どういう建築家だったのでしょうか、そのニコロディという人は」

「話しだせばきりがないが……まあ、ひと口で云うなら、時代への嫌悪に凝《こ》り固まった男、とでもいうことになりましょうか」

「時代への嫌悪？」

「大袈裟《おおげさ》な云い方かもしれんが――」

言葉を切り、元大学教授は悠然とパイプに火を入れる。

「少なくとも、そのころ台頭してきた近代主義建築を毛嫌いしていたのは確かでしょう。いわゆる合理主義精神というやつを基底に置いた、大きな流れですな。ニコロディという男はとにかく、それが嫌いだった。いや、建築に限らず、どんどんと近代化が進んでいく世の中そのものに、加えてそうですな、否応なくそこに取り込まれていく自分自身にも、強い嫌悪と憎悪を抱きつづけていた」

「――はあ」

「まあこれは、儂のような研究者の勝手な解釈にすぎんから、本人には案外、そこまで切実な意識はなかったのかもしれません。単に子供の積木遊びの延長をやっておったのかも」

そう云って、老人はくつくつと低く笑った。鹿谷はしかし、いたく真剣な顔で身を乗り出し、

「どんな建物を建てたのですか、かの建築家は」

「役立たずの家ばかりを」

神代氏は突き放すように答えた。

「入口のない部屋があったり、昇れない階段があったり、廊下が意味もなくうねっておったり……と。そんなわけだから、今ではほとんど現物は残っておらんらしい」

「はあん。なるほどねえ」

鹿谷は独《ひと》り、幾度も頷きを繰り返す。二人の話を聞きながら江南は、かつて深川《ふかがわ》にあったという有名な怪建築「二笑亭《にしょうてい》」を思い出していた。

そこへ浩世という名のさっきの少女が、コーヒーを持って入ってきた。

カップを三人の前に並べるとすぐに部屋を出ていこうとしたのだが、「ここにいなさい」と神代氏に呼び止められた。彼女は嫌がるふうもなく、むしろ愉《たの》しそうに微笑んで、壁ぎわに置かれていたピアノの椅子を引き出し、ちょこんと腰かける。

「中村氏とは、彼が大学を出たあともお付き合いがあったと伺《うかが》っていますが」

と、鹿谷が云った。

「そう。たまに手紙のやりとりをしたり……ま、その程度の付き合いでしたが」

神代氏は答えた。

「九州の、彼の家へは？」

「一遍《いっぺん》だけ行ったことがあります。角島という小島でしたか、そこに変わった家を自分で建てて住んでおりましたな」

孫の淹れてくれたコーヒーを美味《うま》そうに飲むと、神代氏は不意に目つきを鋭くして来客を見据えた。

「鹿谷さん、とおっしゃいましたな。物書きをしておられるそうだが、何だってあんたは、わざわざ儂に会いにきてまで彼のことを知りたいのです」

「作家としての興味、では答えになりませんか」

「はん。便利な文句ですな」

老人は顔中を皺《しわ》だらけにして大声で笑うと、ピアノ椅子にかけた孫娘を見やった。

「浩世が、今日はたいそう楽しみにしておったのですよ。高校のクラブもサボって、そそくさと帰ってきおった」

「お祖父様」

と云って、少女は照れたように頰に手を当てる。老人はまた大きく笑って、

「探偵小説が好きな娘でしてな。あんたの本は全部、読んどるらしい。昨日の電話のあとはもう、大騒ぎでしてなあ。あとでサインをしてやってください」

「あ……それは、はあ、光栄です」

少女に負けず劣らず照れた顔で頭を掻《か》く作家を横目で見て、江南は思わず噴き出しそうになった。

「ゆうべ儂も読ませてもらいましたぞ。『迷路館の殺人』でしたか。あの中の、島田《しまだ》潔《きよし》という男がつまりあんただということでしょうが」

仰《おお》せのとおりです、とばかりに鹿谷はぺこりと頭を下げる。が、彼にしてみれば思いがけず嬉《うれ》しい偶然であったに違いない。

神代氏はパイプレストに置いてあったパイプを取り上げ、ゆっくりと乳白色の煙をくゆらせた。

「そしてその後もずっと、中村君が各地に残した家を訪ねてまわっておられる。そういうわけですな」

「はあ。そういうわけです」

鹿谷は居住まいを正し、例のシガレットケースから煙草を取り出してくわえた。

「で、先生。実はここからが本題なんですが」

「ご期待に沿えるよう、努力してみましょうかのう」

「二十年前——一九七〇年ごろと云うと、まだ中村氏との付き合いが続いていた時期ですね」

「うむ」

「そのころ彼が手がけた仕事について、ご存じありませんか。黒猫館と呼ばれている建物なんですが」

「はて――」

と、このとき初めて、老人は言葉を詰まらせた。鹿谷は続けて、

「当時H＊＊大学の助教授を務めていた、天羽辰也という人が依頼した仕事らしいんですが。何かお聞きではありませんか」

「ほほう」

パイプを置き、コーヒーのカップに伸ばしかけた手がぴたと止まった。

「こりゃあ愉快だ。久しぶりに若い客人が来たかと思うと、懐かしい名前が次々に出てきおる」

「えっ。――ということは」

「天羽は儂の友人ですよ」

神代舜之介は云った。

「儂よりも確か、九年ばかり下……学校教育法が施行されて、新制大学になろうかというころの入学生だったんじゃないかの。当時、儂はまだ研究生の身分で、学業の傍《かたわ》ら、ちょっとした同人誌の活動に参加しておりましてな」

「同人誌？」

「作家の先生の前でお恥ずかしい話ですが。少々その、文学に色気があったもので」

「凄《すご》くロマンティックな恋愛小説ばっかり書いていたみたいですよ」

と、浩世が口を挟んだ。

「これこれ」

と、今度は祖父のほうが照れ笑いを浮かべる。

「天羽とはその同人誌で知り合った仲でして」

「天羽氏も小説を？」

「彼は何と云うか、童話みたいなものを好んで書いておった。儂が書くような小説にはまったく共感が湧《わ》かんらしくて、しばしば口論もしたものでした」

「ふうん。童話ですか」

「それからそう、鹿谷さん、あんたがお書きになるような探偵小説のたぐいもけっこう好きだったみたいですな。江戸川乱歩《えどがわらんぽ》とか横溝正史《よこみぞせいし》とか、あの手のやつです。自分でも書いておったのかどうかは知りませんが」

「ははあ。――学者としては優秀な方だったと聞きますが」

「進化論の話をよくしておりました。〈天羽進化論〉などと呼んで儂らは囃《はや》し立てたりもしたが。結局、学界ではほとんど相手にされんかったようでしたなあ。まあそれでも、二年ほど海外留学したあとすぐH＊＊大の助教授に採用されたんだから、大したものではある」

「どういった風貌の方だったのでしょう」

「なかなかいい男前でしたな。背丈は儂よりもちょっと低かったが、わりにすらっとした感じで、留学から帰ってきてからはずっと、鼻の下と顎《あご》に髭《ひげ》を伸ばしておったようです」

「ご結婚は？」

「儂の知る限りでは、ずっと独り身を続けておった。云い寄る女は少なくなかったようですが」

「なるほど」

鹿谷は煙草に火を点けた。

「それでですね、その天羽氏が中村青司に別荘の設計を依頼した、という話を耳にしたのですが」

「ふんふん。あれは儂が紹介したのですよ」

「先生が？　そりゃあ……」

「順を追ってお話ししたほうがよろしいでしょう」

目を閉じてゆっくり息を継ぐと、神代氏はいくらか声のトーンを落として語った。

「H＊＊大の職に就いたあと、同じ札幌にいた彼の妹が、私生児を身ごもったらしいんですな。不幸にも彼女は出産直後に死んでしもうて、生まれた女の子を天羽が養女に取ることになった。そのころにはもう、何せ東京と札幌で離れておったから付き合いも疎遠になっており、めったに会う機会もなかったのですが、しばらくして……ちょうどこっちで学会があって彼が上京してきたときでしたかな、別荘を建てたいのだがいい建築家は知らんかと、儂に連絡してきおった」

「そこで、中村青司を？」

「うむ。半ば冗談のつもりで、こんな変わった男がいるが、と云って中村君のことを話したのですよ。すると天羽の奴、すっかり気を惹《ひ》かれたらしくて、わざわざ九州まで足を運んで仕事を依頼した」

「ははん」

「その別荘が完成したのが、そうそう、二十年前——確かにそのころでしたな。案内の葉書が来たのを憶えておる」

「どこに?」

と、鹿谷は鋭く質問した。

「その別荘はどこに建てられたんですか」

「阿寒《あかん》ですよ」

と、神代氏は答えた。鹿谷は落ちくぼんだ目を光らせ、

「阿寒。——阿寒湖の阿寒ですか」

「天羽はもともと、釧路の辺で生まれたという話を聞いた憶えがありますな。おおかたその関係で、あちらの土地に愛着があったのでしょう」

釧路へも阿寒へも、江南は大学時代に一度、行ったことがあった。

釧路は港町。阿寒湖は確か、そこからバスで二時間余りの場所だったはずだ。近くに人家のない森ならば、あのあたりには腐るほどある。

「阿寒ですか。阿寒……」

その地名をぼそぼそと繰り返し、鹿谷は尖《とが》った顎を撫でる。

「先生は、その別荘をお訪ねになったことは？」

「家が完成した年かその次の年だったかに一遍だけ、招かれて北海道まで行きましたなあ。釧路から阿寒湖へ向かう途中の、えらく深い森の中に建っておった」

「正確な所在地は分りますか」

「そこまではさすがに思い出せませんなあ」

「どんな家だったか、憶えておられますか」

「なかなか洒落《しやれ》た洋館だったと思うが」

「当時はまだ、黒猫館という呼称はなかったんですね」

「そんな名前は聞いておりませんな」

「猫の形をした風見鶏が、屋根に付いてるらしいんですが」

「猫の？　そりゃあ風見鶏とは云わんでしょう」

「ええ。〝風見猫〟ですね」

鹿谷が真顔でそう応じるのを聞いて、浩世がころころと笑った。神代氏はちらと孫娘のほうを見て、「ふむ」と目を細め、

「云われてみると、確かにそのたぐいのものがあったような気はするが……」

「地下室はご覧になりましたか」

「いいや。見ておらんと思う」

「そうですか。——養女の娘さんとは、そのときお会いになりましたか」

「まだ四つか五つの子供でしたな。名前は確か……理沙子《りさこ》。そんな名前だった」

鹿谷は根元まで灰になった煙草を灰皿に捨て、しばらく口をつぐんだ。

パイプの葉を詰め替える老人の肩越しに、江南はサンルームのほうへ視線を投げる。外はこの家の裏庭で、薄紫色の花をたくさん咲かせた紫陽花《あじさい》が、降りしきる雨に揺れていた。

「最後に天羽氏とお会いになったのは？　いつでしたか」

やがて鹿谷が、ぼそりと訊いた。が、声が小さすぎたのだろう、神代氏はパイプをくわえたまま、

「何ですかな」

と大声で訊き返す。鹿谷が同じ質問を繰り返すと、老人は深々と頷いて答えた。

「別荘を訪ねた、あのときが最後でした」

「その後、天羽氏と娘さんがどうしているかはご存じでしょうか」

「よくは知りません。たまにあった連絡も、何年か経《た》つうちにぱったりと来んように

なって。何か問題があって大学を辞めたと聞いたが、そのあとはいったいどうしてお
るのか。破産して、以来ずっと行方《ゆくえ》知れずとかいう噂《うわさ》も耳にしたが、それ以上は知り
ませんな」
「破産、ですか」
呟いて、鹿谷は江南のほうを見た。
「君から訊いておきたいことはないかな」
「そうですね。ええと——」
江南はいくぶん緊張しながら、意識して声を張り上げた。
「中村青司氏は何かその、天羽氏に頼まれて設計した家について、先生に話をしたり
はしなかったんでしょうか」
「記憶にありませんなあ」
神代氏は首を捻った。
「請け負った仕事の内容に関しては、けっこう秘密主義者でしたからのう、中村君
は。それほどしょっちゅう連絡を取り合っていたわけでもないし。ただ……そう、家
の話ではないが、天羽本人については何か云っておりましたな」
「天羽氏本人？」

「そうですよ。電話で喋《しゃべ》ったときでしたか、何やら皮肉めかした口振りで、こんなふうに云っておった。先生のお友だちの天羽博士は——あれはどじすんですね、とか何とか」

第五章　鮎田冬馬の手記　その三

13

八月三日の朝、目覚めは不快だった。

一晩中ずっと夢を見ていた気がする。どんな夢だったのかは（昔から常にそうなのだが）いっかな、思い出せない。

夢を見ている最中は大概《たいがい》、ああこれは夢なのだなと自覚している風だし、目覚めてしばらくのぼんやりした頭の中では、夢に出てきた映像や音声を漠然と振り返りも出来る。が、意識がはっきりして来ると途端《とたん》、それらは何の手触りも残さずに消えてしまうのだった。あたかも夜と昼、闇と光の世界は決して融《と》け合う事がないのだ、と主張するかのように。

だから私は、悪夢という物を実感した経験がない。楽しい夢だったのか恐ろしい夢だったのか、見た夢の内容を記憶に留める能力が、どうやら私には生来的に欠けているようなのである。

この事は私に、夢の世界への強い憧憬《しょうけい》を抱かせた。

悪夢であろうと何であろうと構わない、どうにかしてそちら側の世界の住人になれないだろうかと、今はもう余り考えないようにしているが、昔は切実にそう願ったものだった。

その朝の目覚めは最悪と云《い》っても良いほどに不快だったけれど、そんな訳だから、それを夢の内容と結び付けて語る事が私には出来ない。ただ、前夜に屋根裏から目撃したあの光景が、私の眠りに有難くない影響を与えたのだろう、と想像するのはすこぶる容易であった。

身繕《みづくろ》いをして寝室を出たのが、確か午前十時を過ぎた頃だった。

誰の声もしない。

物音も聞こえない。

森の野鳥達の囀《さえず》りも心なしか普段《ふだん》より大人《おとな》しく、前夜の狂騒が正に悪夢でもあったかのように、平穏な、或《ある》いは不気味なほどの静寂が屋敷を押し包んでいた。

前日の朝と同じように、厨房《ちゅうぼう》でコーヒーを一杯飲んでから、散らかったサロンの片付けをした。グラスやアイスボックスなどがテーブルに見当たらなかったが、これは若者達が大広間の方へ持って行ったのだろう。今日はこの部屋よりもあちらの掃除が大変だな、と考え、改めて大きな溜息《ためいき》に身を浸《ひた》したのを憶《おぼ》えている。

サロンの掃除を終えたのが、午前十一時過ぎ。

若者達はまだ誰も起きて来ない。

一服した後、私は様子を窺《うかが》いに行った。

玄関ホールから大広間に続く両開きの扉は、ぴったりと閉ざされていた。若干の躊《ちゅう》躇《ちょ》の後、私は両手で扉のノブを握ったのだが……。

この両開き扉は向こう側、つまり大広間の中へ向かって開く造りになっている。ところが、鍵は付いていないので当然ながらノブは素直に回ったのだけれど、そうして扉を押し開こうとしても全く動かないのである。

私はすぐさま昨夜の光景を思い出した。

氷川が入って来た後、レナの指図で風間達三人がこの扉を飾り棚で塞《ふさ》いでしまった、あの光景を。

だから、扉が開かないのだ。それは即《すなわ》ち、今もまだこの中に彼らが居《い》るという事を示している。あの如何《いかが》わしい宴《うたげ》の後、彼らは結局この部屋で眠ってしまった訳か。

声を掛けてみるのも躊躇《ためら》われた。

放っておけばその内、出て来るだろう。この時はそう判断し、私はノブから手を離した。

＊

正午を過ぎても、若者達は起きて来なかった。

私は漠たる不安を覚えてもう一度、大広間の前まで足を運んだ。先程と同じで、幾ら力を込めてみても扉は動こうとしなかった。

そこで私は、二階の部屋を見に行く事にした。全員が大広間に留まっているとは限らない、寝室に戻って眠った者も居るのではないか、と考えたのである。

廊下の両側に並ぶ四枚の扉。——誰がどの部屋を使っているのか、私はこの時点では把握していなかった。

まず左側手前の扉をノックしてみたが、返って来る声はなかった。

何度かノックを繰り返してもやはり返事はなく、私は思い切ってノブを回した。内側に取り付けられた掛金は下りておらず、扉は抵抗なしに開いた。

室内には誰の姿もなかった。どうやらここは氷川が使っている部屋らしい。ベッドの手前に置かれた旅行鞄《かばん》の色と形に見憶えがあった。

十畳ほどの部屋である。

正面奥に窓が設けられているが、これは階下のサロンとほぼ同じ造りで、青と黄の模様ガラスが嵌《は》め殺《ごろ》しになっている。上方の滑り出し窓は閉まったまま。カーテンは引かれておらず、ガラスを透して射し込む太陽光線が、明りの消えた部屋を光と影にくっきりと二分していた。

ベッドサイドのテーブルに本が一冊、置いてあったので、書名を確かめた。
P. D. JAMES "THE SKULL BENEATH THE SKIN"
そうか。彼にはこういう趣味もあるのか。

右手の壁には、隣の部屋と共用の洗面所兼浴室に通じる扉がある。ノックをして中を覗《のぞ》いてみたが、誰も居ない。そのまま洗面所を通り抜け、隣室に入ってみたのだけれど、そこにもやはり人の姿はなかった。

同様の手順で私は、南側に並んだ二つの寝室も調べてみた。しかしながら両室共、蛻《もぬけ》の殻《から》であった。

さて、どうしたものか。

廊下の真ん中で足を止め、私はしばし考えあぐねた。

このまま何もせず、大広間の扉が開かれるのを待つか。それとも中の様子がどうなっているのか、昨夜のように屋根裏へ昇って覗いてみようか。

どちらとも決め兼ねて、取り敢えず下でもう一杯、コーヒーでも飲もうかと思った――その時だった。突然、映画やテレヴィドラマでしか聞いた事のないような物凄《ものすご》い叫び声が響いて来たのである。

14

叫び声は階下から聞こえて来た。

誰なのかは分らない。だが、少なくとも女の悲鳴ではなかった。

私は階段を駆け降り、大広間の扉に飛び付いた。開けようとしたが、先程と変わらず扉は内側から塞がれたままである。

「どうしました」

私は扉を叩《たた》き、大声で問い掛けた。

「どうしたのですか。今の……」

「お……おい、ユウキ。おいっ。おいってば」

中で声がした。これはどうやら木之内らしい。今にも泣き出しそうな声音で、懸命に友人の名を呼んでいる。

「ユウキ。謙二郎。……おい、みんな起きろ。起きろよぉ」

応えて、風間の物と思われる声が聞こえた。私は扉を叩くのをやめ、扉の鏡板に耳を付けた。

「――んん？　何だよ」

「大変なんだよぉ」

「だから何だってんだよ」

「そ、それ」

「あん？」

「そ、そこ。あそこ……」

「って……ええっ!?　あ……わっ。うわっ。なな何だ何だ。まま、まさか死んでる、なんて事は……」

死んでる？　一体、誰が死んでいると云うのか。

「開けなさい！」

怒鳴《どな》り付けるように云って、私は再び両手で扉を叩いた。

「開けるんだ」

「――管理人さんだよ、おい」

ようやくこちらに気付いたらしい。木之内が怯《おび》えた声で云った。

「どうする、ユウキ」

「どうするったって……」

「早く開けなさい」

私は強く繰り返した。

「早くっ！」

しばらくの後、二人の手によって中の飾り棚が動かされた。そして――。

ようやくの思いで扉を押し開いた私がまず見たのは、風間裕己と木之内晋の蒼《あお》ざめ切った顔だった。二人共、下着一枚の恰好《かっこう》である。

女性のように長く髪を伸ばした男達が、揃《そろ》いも揃ってそんな恰好で、薄い胸を抱き込むようにして身を震わせている様《さま》は、正に滑稽《こっけい》と云う以外になかった。

「何があったのですか」

私は二人に詰め寄った。

「『死んでる』と聞こえましたが」

「か、彼女が……」

「あ、あそこに、あれ……」

同じように声を詰まらせ、小刻みに頬《ほお》の肉を震わせる二人の有様《ありさま》は、親の叱責《しっせき》を恐れる幼児さながらであった。昨夜までの横着な態度は見る影もない。縋《すが》り付くような眼差《まなざ》しで私の顔を窺い、二人してぶるぶると首を振る。

「知らねえよ、俺。俺、何も知らねえよ」

「オレだって」

「訳が分んないよぉ。何だってこんな……」

「通して下さい」

と云って二人を押し退け、私は室内に踏み込んだ。

部屋の空気は、そこが吹き抜けの広い空間であるにも拘《かかわ》らず、煙草《たばこ》と酒と汗の臭《にお》いが綯《な》い交《ま》ぜになって澱《よど》んでおり、思わず顔をしかめたくなるほどだった。一晩中エアコンを最強にしておいて、尚且《なおか》つ一度も換気扇を回さなかったに違いない。酒のボトルや市松模様の床のそこかしこに、若者達の脱いだ衣服が散乱していた。グラス、アイスボックス、吸い殻で一杯になった灰皿等々も。

「あそこに――」

と、風間がわななく指で部屋の中央を示した。

ゆうべ私が屋根裏から覗き見たあの時のまま、そこには寝椅子《ねいす》が一つ引っ張り出してある。この寝椅子の上に、変わり果てた彼女――椿本レナの姿があった。

怯え切った二人をその場に残し、私はそちらへ足を向けた。

彼女は全裸で、仰向《あおむ》けに倒れていた。

あられもなく両足を広げ、左腕は胸の辺りに。右腕はだらんと椅子の外へ垂れ、男達の目を惹《ひ》き付けた白い肌は最早《もはや》、白と云うよりも気色の悪い土気色に成り果てている。そして、まるでそんな彼女の肉体から全ての血液を吸い取ったかのような真紅のスカーフが、華奢《きやしや》なその首に巻き付いているのだった。

何歩か手前で、足を止めた。

後の二人は何処《どこ》に居るのかと思い、周囲を見回した。

右手奥の壁際《かべぎわ》に、麻生謙二郎の姿を見付けた。ソファに素っ裸で寝転がっている。

氷川隼人は回廊の端に居た。書き物机の前に坐《すわ》り、机上に顔を伏せて眠り込んでいる様子だった。

「あの二人を起こして来なさい」

私は風間と木之内を振り返り、厳しい口調で命令した。

「それから兎《と》に角《かく》、服を着て」

あたふたと自分の衣服を拾い集める二人から目を背《そむ》け、私は寝椅子のそばに歩み寄った。我れながら非常に冷静沈着な態度だったと思う。

だが勿論《もちろん》、この時の私の心に動揺や怯懦《きょうだ》が皆無であった訳ではない。余りにも平静を失った、しかも自分よりずっと年下の人間が他に居ると、自分自身は自《おの》ずと(相対的に、かも知れぬ)冷静になってしまうものなのである。

彼女が死んでいる事実に間違いはなさそうだった。

完全に血の気が失せた蒼白《そうはく》な顔面。口紅の剝《は》げた唇《くちびる》は半開きのまま、両の瞼《まぶた》は閉じたまま、ほんの微《かす》かな動きも見せない。

私は寝椅子の傍《かたわ》らに膝《ひざ》を突き、垂れた右腕を取って脈を調べた。

確かに絶命していた。死後硬直が腕にまで及んでいる事が、この時の感触ではっきりと分った。

更《さら》に私は死体を観察した。首に巻き付いたスカーフは、かなり深く皮膚に喰《く》い込んでいるようだった。

失禁の跡はない。

もう一度、右手を持ち上げて指の関節を調べてみた。ここにも僅《わず》かながら硬直が出ている。すると死後、少なくとも七〜八時間は経過している訳か。

午後一時過ぎ、という時刻を、そこで確認したのを憶えている。

今から七〜八時間前と云うと、逆算して午前五〜六時。私が屋根裏から降り、自分の寝室に戻ったのが午前二時半だったから、彼女が死んだのはそれ以降午前六時までの間である――と、取り敢えず限定出来る事になる。

そうこうしている内に、風間に叩き起こされた氷川がTシャツ一枚の姿で回廊から降りて来た。「鮎田さん」と私の名を呼ぶと、階段の途中でびくと足を止め、

「まさか」

寝椅子の死体に視線を釘付けにした。

「まさか、彼女……」

「御覧の通り。亡くなっています」

私は殊更《ことさら》のように淡々とそう答えた。眼鏡《めがね》の奥の切れ長の目を大きく見開き、氷川

は「まさか」と譫言《うわごと》のように繰り返した。

「そんな……」

「本当ですよ。御自分で調べてみますか」

階段を降り、こちらへ近寄って来たかと思うと、氷川は強く頭を振って後退《あとじさ》った。頰に両手を当て、そのまま何度も頭を振り続ける。彼がこれほどあからさまな狼狽《ろうばい》を示すのを見たのは、この時が初めてだったように思う。

「何て事を……」

死体の首に巻き付いた赤いスカーフを見詰めて、氷川は暗然と呟《つぶや》いた。

「誰かが、首を絞めて？」

私は何とも答えず、寝椅子の下に落ちていた彼女の衣服を拾い上げて、顔に掛けてやった。この時、麻生の悲鳴が響いた。ようやく目を覚まし、何が起こったかを理解したものらしい。

「一体どういう事なのですか」

この事態に如何《いか》に対処するべきか、しきりに思案を巡らせながら私は、大広間の各所に呆然《ぼうぜん》と立ち尽くした若者達全員に向かって云った。

「私がここへ来た時、入口の扉は内側から棚で塞がれていました。つまり、さっき風間の坊ちゃんと木之内さんのお二人がその棚を動かすまで、この部屋はずっと密閉された状態にあったという話ですな。誰も外から入る事は出来なかった。そしてここには、貴方《あなた》がた四人だけが居た訳です」

「――僕は、知らない」

消え入るような声で、氷川が云った。

「知らない筈《はず》はないでしょう」

「知らない。知らないんだ、僕は」

細面《ほそおもて》の端整な顔が、激しい恐怖に歪《ゆが》んで行く。

「ゆうべここへ来て、彼女に無理矢理、薬を飲まされて、それで……」

「正気を失って、何も憶えていないと仰《おつしや》るのですか」

氷川は黙って頷《うなず》いた。彼以外の三人の顔を順に見ながら、私は訊《き》いた。

「他の方達は？　皆さん、何も憶えていないのですかな」

答えを返す者は居なかった。誰もが怯え切った面持《おもも》ちで、おろおろと目を伏せる。

「取り敢えず、ここから出ましょう」

私は云った。

「皆さん、ちゃんと服を着てサロンの方へ。そこで、何がどうだったのかを順序立てて話して貰《もら》いましょうか」

15

服を着た若者達と共に、レナの死体を残して大広間から出た。そうして玄関ホールからサロンへ向かおうとした所で、ちょっとした事件があった。

木之内晋がふらつく足で（まだ薬が残っていたのかも知れない）、ホールの隅に置かれた電話台に駆け寄り、受話器を取り上げたのである。

「何処へ電話を？」

私が驚いて訊くと、

「何処って……」

木之内は吊《つ》り上がった三白眼をしばたたき、電話機のダイヤルに人差指を伸ばすのだった。

「け、警察に」

「警察だって？」

と、鋭い声を発したのは氷川である。慌《あわ》てた足取りで木之内の許へ行くと、今しもダイヤルの0に指を掛けようとしていた彼の手を押さえ付けた。

「何すんだよ」

「駄目だ」

ぴしゃりと云って、氷川は険しい目で仲間を睨《にら》み付けた。

「今ここで警察を呼んだら、どういう事になるか分っているのか」

「んな事、云ったたって」

「彼女は首を絞められて殺されているんだ。警察は厳しい捜査を始める。そうなれば君らが麻薬をやっていたのもばれてしまう。たとえ隠し立てしたところで、死体を詳《くわ》しく調べられれば、死亡時に彼女が薬で遊んでいた事がすぐに判明するだろうさ」

「…………」

「それにね、さっき鮎田さんが云ったのを聞いただろう。昨夜あの広間は密室状態にあって、中に居たのは彼女の他には僕ら四人だけだった。これがどういう意味だか、幾ら君でも分るだろう」

「そりゃあ……」

「だったら、莫迦《ばか》な真似《まね》はよすんだ」

「じゃあ一体、どうすりゃあいいってんだよ」

「それは……」

氷川は答えを呑《の》み込み、微妙に引きつった顔で私の方を振り返った。

「ねえ、鮎田さん。こんな風に云うのは卑劣《ひれつ》かも知れませんが、ここで警察が介入して来れば、貴方だって不味《まず》い立場に……」

「分っておりますよ」

私は極力、穏やかな調子で言葉を返した。

「貴方達が大麻だのＬＳＤだので遊んでいたのを、私は昨日《きのう》から知っていた。でいて、それを黙認していた訳ですからな、当然その罪を咎《とが》められる事になる」

そうだ。氷川に云われずとも、それくらいはとうに承知している。

私にしても、今ここへ警察が変死事件の捜査にやって来るのは決して有難くはなかった。だから、果たしてどう事態に対処したら良いものか、ずっと思案を巡らせ続けていたのだった。

「警察へ連絡するにしても、もう少し私達だけで事件を検討してからの方が宜《よろ》しいでしょう」

頭の中で回転する、赤と青の透明な光――。

躍起《やっき》になってそれを振り払いながら、私は若者達を廊下の方へと促した。

＊

サロンのソファに落ち着くと私は、四人から昨夜の経緯を聞き出したのだが、その際、自分が屋根裏から大広間の様子を覗いていた事は敢えて隠しておいた。彼らの話と自分の目撃した事実が合致するか否か、を確かめる為《ため》である。

事の次第を、要領良く説明出来る者は居なかった。

極寒の野外に放り出されたかのように、肩や唇をわななかせ続ける風間。

アデノイド肥大の子供のように、ぽかんと口を開けた木之内。

何を質問しても、無言で首を振るばかりの麻生。

能面のように表情を強張《こわば》らせ、抑揚の乏しい言葉を返す氷川。

様子は各人各様であったが、レナの死によって受けたショックの大きさは誰しも同じと見えた。

「氷川さんは無理矢理、薬を飲まされたと仰いましたな。あれはどういう事なのですか」

私の質問に、氷川は口惜しそうに薄い下唇を嚙《か》み締《し》め、

「いきなりキスをされたんです」

と答えた。

「あの時きっと、口移しで」

「ＬＳＤですか」

「——多分」

「入口の扉を棚で塞いだのはどなただったのです」

「裕己と木之内、それに麻生も」

「三人掛かりで？」

並んでソファに坐った風間と木之内は、蒼ざめた顔を見合わせた。麻生は無言で首を振り続けている。

「あいつが——レナが、そうしろって云ったんだ」

風間が震えの止まらぬ唇で答えた。

「隼人も仲間に引っ張り込もうってさ。あいつ、今から思うと普通じゃなかったよ。インランな女は何人か知ってるけどさ、ありゃあまるで……」

「その普通じゃない女の指図に従って僕を閉じ込めた君達は、じゃあ何だって云うんだ」

腹立たしげに従弟《いとこ》をねめつけ、氷川が声を尖《とが》らせた。風間は返す言葉もなくこうべを垂れる。私は云った。

「いずれにせよ昨夜あそこで、貴方がたは薬に酔った上で、みんなして彼女と性的な交渉を持った——と、そういう訳ですな」

誰も否定しようとはしなかった。

「氷川さんが薬を飲まされ、扉が塞がれた。それ以降の出来事は皆さん、どのくらいまで憶えておられるのです」

「僕は——」

激しい苦痛に耐えるように眉間《みけん》に深く皺《しわ》を刻み、氷川が口を開いた。

「僕は……ああいや、分りません。あの後——薬を飲まされた後は、急に頭の中が真っ白になって、じっと立っていられなくなって。それで……」

「その後の記憶はない、という訳ですか。彼女を抱いた事も？」

「——ええ」

頷いて、氷川は下唇を噛む。

「延々と夢を見ていたみたいな感じで。その中でその、彼女とそういう行為をしたような気は……ああ、けれどもよく分りません。正気に戻った時にはもう、鮎田さんがあそこに来ていた。僕は回廊の机に顔を伏せて眠っていた」

「俺は憶えてるぜ」

　と云って、風間が意地悪く笑った。

「隼人も結構、喜んでレナとやってたじゃんかよ。俺達と一緒になってさ」

「いい加減な事を云うな」

「ほんとさ。ここでそんな嘘《うそ》ついてもしょうがねえだろ」

「では、風間の坊ちゃん」

　私は彼に訊いた。

「彼女が誰に首を絞められたのか、心当たりはおありですかな」

　すると風間は、私の視線から逃げるように面《おもて》を伏せて、

「知らねえよ」

　と低く答えた。

「俺も途中から、何が何だか分らなくなっちまったからさ」

「木之内さんと麻生さんは？」

　二人は黙ってかぶりを振る。

　木之内はほんの微《かす》かに。麻生は必要以上に大きく。

「あの赤いスカーフは、彼女の持ち物ですか」

この質問には、四人共が頷いた。改めて彼ら一人一人の表情に目を配りながら、私は云った。

「結局のところ、こういう事ですか。昨夜から今朝にかけて、貴方がたは皆、効果の程度や時間に個人差はあるにせよ、LSDを服用していて正常な感覚や意識をなくしてしまっていた。幻覚の中に居て、現実を正しく認識する力を失っていた訳です。そして、その間に彼女は死んだ。貴方がた四人の内の誰かが、あのスカーフで首を絞めて殺したのです。四人の内の誰が殺したのか、貴方がた自身にも分らない。殺した当人にもよく分っていないという可能性もこの場合、大いに有り得る訳ですな」

氷川が何か云い返そうと唇を動かした。が、声が発せられる事はなく、そのままがっくりと項垂《うなだ》れてしまう。

理性こそが己《おのれ》の神である。昨日そう云い切った時の、この青年の凛然《りんぜん》とした顔を私は思い出す。今の彼の心中を想像して、少なからず同情を覚えた。

「もう一度お訊きしてみましょう。彼女の死と関係のありそうな記憶が残っている方は？　居《お》られませんか。どんな些細《ささい》な事でも結構。幻覚だったのか現実だったのか分らない、というような事でもこの際、構いますまい」

四人はそれぞれに狼狽――或いは躊躇だろうか――を見せるばかりであった。

しばらく待って、誰も質問に答えようとしないのを見極めると、私は云った。

「本当に皆さん、何も思い出せないのか。それとも、思い出した事を話したくないのか。——どちらとも取れますな。しかしまあ、ここではこれ以上は問わない事にしましょうか」

「ちょっと待って、管理人さん」

と、そこでおずおずと口を開いた者が居た。木之内である。

「何か」

「オレ……オレさぁ」

今にも泣き伏してしまいそうな顔で、かろうじて聞き取れるか聞き取れないかの低い声で、彼は云うのだった。

「あいつの首をオレ、絞めたような……」

「ほう」

「そんな気がして。その、やってる最中にさ、あいつが云ったんだ」

「云った？　何と云ったのです」

「だからその……首を絞めてみて、と」

「彼女が、首を絞めろと？」

「ああ。何度も云うからオレ、両手で喉《のど》を押さえ付けてやった。そんな、思いっ切り絞めた訳じゃないんだ。でも、そしたらあいつ、すげえ喜びやがんの。もっとして、もっと絞めて、みたいに」

「本当ですか、それは」

「はっきり憶えてる訳じゃないんだけどさ。ぼんやりとそんな……」

「確言は出来ないのですね。それ自体、貴方の幻覚だった可能性もある？」

私の問いには直《じか》に答えず、

「なあ、ユウキ」

と、木之内は風間の方を見た。

「そうだったろ。お前だって憶えてるだろう」

風間は目を伏せたまま、何とも答えない。木之内はすると、いきなり声を高く張り上げて、

「お前だってさ、おんなじように首、絞めてたじゃんか。な、そうだったろうが」

「…………」

「しらばっくれんなよ。ちゃんとほんとの事、云えよな」

強く詰め寄られても尚《なお》、風間は沈黙を続けていたが、やがて——。

「そりゃあ、お前の幻覚だろ」

ぼそりとそう吐き出した。

木之内は吊り上がった目をいっそう吊り上げ、言葉を詰まらせる。その時、それまでずっと何も喋《しゃべ》らずにいた麻生が、

「僕……」

と小さな声を洩《も》らした。

「僕も、そんな気がします」

「どういう事ですか」

私が訊くと、彼は蜥蜴《とかげ》のような目の端をぴりぴりと震わせながら、

「だからあの、彼女が、自分の首を絞めてって云ったみたいな……」

「だろう？　そうだろう？」

木之内はほっとしたような顔で、

「そうだよ。やっぱりそうだったんだ。みんなおんなじように云われて、その度《たび》に首を絞めたんだ。ユウキも氷川も、みんな……」

交わりながら相手に己の首を絞めさせる。そんな異常な性的嗜好《しこう》が、あのレナという女にはあったのか。――本当だとすれば、これでかなり話が見えて来る。

「つまり、こういう事ですか」

私は若者達を見据《みす》えた。

「彼女が死んだのは、誰かの明確な殺意の所為《せい》ではなかった。今お聞きしたような、彼女自身の異常な趣味がエスカレートして行った挙句《あげく》に発生した事故だった、と。初めは手で軽く絞めるだけだったのが、遂《つい》にはスカーフを使って、命を奪うほどに強く絞めてしまった」

四人の〝容疑者〟達は一様に身を凍らせ、目だけを動かして互いの表情を窺い合っていた。私は判決を下す裁判官の気分で云った。

「しかしながら、たとえそうであったにしても、では現実に彼女を死に至らしめたのは誰だったのか？　この問題には何ら変わりがない。それが貴方がたの内の誰なのかは分らない。誰でも、有り得る訳です。木之内さんだったのかも知れないし、風間の坊ちゃんだったのかも知れない。麻生さんかも、或いは強引に引き込まれた氷川さんだったのかも知れない。——そういう事ですな」

16

「彼女——レナさんの事について、詳しく訊いておきたいと思うのですが」

黙り込んだ四人に向かって、私は云った。

「坊ちゃんと木之内さんは昨日《きのう》、何処でどのようにして彼女と知り合ったのか。彼女はどういう素性の女性だったのか。何処に家があって普段は何をしていて、こちらへはいつ、何の目的で旅行に来たのか」

「何でそんな事を」

風間が不服そうに目を剝《む》き、訊き返した。

「どうでもいいじゃんかよ、そんなの」

「どうでも良くはありませんな。宜しいですか。これは非常に重要な点なのです」

些《いささ》か呆《あき》れた気分で、私は理由を説明した。

「彼女の変死をこのまま警察に知らせないでおくのは即ち、事件を闇に葬ってしまおうという事でしょう。死体を何処かに隠して、何もなかった事にしてしまおうと。しかしですな、人が一人行方不明になれば普通、警察は相応の動きを始めるものです。もしもそれが誘拐などの重大犯罪に関係しているとでも判断したなら、かなり大々的な捜査が行なわれるでしょう。そうなった時、私達が飽《あ》くまでも事実を隠し通せるかどうか。ここは慎重に検討せねばなりません。分りますか、坊ちゃん」

流石《さすが》に状況を理解したらしい。風間はしおらしく頷いた。私は続けて、

「出来そうもないのなら、今からでも遅くはない。警察を呼んで、有りのままを話す事ですな。その方がまだしも罪は軽くなる。——どうしますか」

「やだよ、俺。警察に捕まるのは」

「ならば兎に角、さっきの質問に答えて貰いましょう」

私は問うた。

「まず、彼女とは何処でどうやって知り合ったのですか」

「帰って来る途中で拾ったんだ」

と答えて、風間は煙草を銜《くわ》えた。火を点《つ》けようとオイルライターを取り上げたが、
指が震える為だろうか、なかなか上手《うま》く蓋《ふた》が開けられない。

「拾った、と云いますと?」

「道で拾ったのさ。デイパックを背負ってぼんやり歩いてたから、声を掛けたんだ。

そしたら喜んで車に乗り込んで来てさ。この別荘の事を話したら、じゃあ一緒に行く
わって、あいつの方から云い出して」

「ホテルに泊まる予定はなかったんでしょうかな。その予約をキャンセルしたという
ような話は?」

「聞いてないけど」

「彼女を車に乗せたのはどんな場所だったのですか。人通りの多い所でしたか」

「誰にも見られちゃいないと思うよ」

質問の意図を察して、横から木之内が答えた。

「街外れだったし、もう暗くなって来てたし」

「彼女を連れて何処か店には入りましたか」

風間と木之内は揃って首を横に振った。私は念を押した。

「真っ直ぐここへ帰って来たのですね」

「ああ」

「そうだよ」

これは幸運な事だと見做《みな》して良いだろう。二人の話を聞く限り、彼女が昨日この屋敷に来た事実を知る人間は、この世に私達五人しか存在しないという訳なのだから。

「それでは次に――」

私は質問を続けた。

「彼女はどういう女性だったのか、知っている事を話して戴《いただ》けますか」

「自分の話はあんまりしなかったよ」

やっと煙草に火を点けた風間が答えた。

「色々と訊いたんだけど、笑って誤魔化《ごまか》してたみたいな感じ」

「こちらへは一人で来ていたんでしょうな」

「そりゃあ……ああ、そう云ってた。あちこち見て回って、金がなくなったら帰って
また旅費を稼ぐんだとか、そんな事も」

「家は何処に？」

「さあ。東京なんじゃないの」

「学生だったのでしょうか」

「違うだろ。俺達より年上みたいだったたし、あの口振りだとフウゾクでもやって稼い
でたんじゃないの。クスリだってあいつの方が、何か持ってないのかって訊いて来た
んだ。あるって云ったらもう、大喜びでさ。やろうやろうって……」

あの阿婆《あば》擦《ず》れ女が、とでも云い出し兼ねぬ調子で、風間は言葉を連ねる。

昨日はあんな……少しでも彼女の歓心を買おうと犬のように尻尾《しっぽ》を振っていた癖に
――と、私は心の内で呆れ果てていた。

「親や兄弟については？　何か聞きませんでしたか」

「さあ」

　と、風間は首を傾げる。隣の木之内も同様だった。その更に隣で、麻生が俯《うつむ》いたまま「あのう」と口を開いた。

「僕、話を聞きました」

「ほう？」

「ゆうべこの部屋で……このソファで、風間さんと木之内さんがちょっと席を外した時に」

「どんな話を聞いたのです」

「『何だか暗い顔してるね』って、あの人が云い出したんです。悩み事でもあるのかって。別に、って答えたら、『悩んでも仕方ないよ。あたしなんかずっと独《ひと》りぼっちだけど悩まないようにしてる』って」

「ずっと独りぼっち、ですか。ふむ。全く身寄りがない、という意味に取れる発言ではありますな」

「それから――」

　と、麻生は顔を伏せたまま続ける。

「あの人、デタラメやってるみたいだったけど、何だかその……気ままに生きてるって云うよりも、何処か捨《す》て鉢《ばち》な感じの方が強かったように思います」

「と云いますと?」

「ええとその、人生を投げてる、と云うか」

「そういったニュアンスの話を聞いたのですか」

「どうせ死ぬんだから、楽しめる内にせいぜい楽しまないと損だ、みたいな事、云ってました。その云い方が、何だか凄く……」

「自暴自棄的だった、と?」

「——ええ」

「成程《なるほど》」

大広間で見たレナの死に顔を思い出しながら、私はこの時、初めて彼女に対して哀れみの感情を抱いた。彼女は彼女で、様々な苦悩や挫折《ざせつ》を経験しつつ二十数年間の人生を生きて来たのだろう、と思えたからである。尤《もっと》も、その個人的事情が具体的に如何なる物であったのかは、これ以上この場で考えるべき問題ではなかったし、考えたくもなかった。

いずれにせよ、ここで確認出来た重要事項は二つである。

その一は、彼女は全くの一人旅でこちらへ来ていた、という事。

その二は、風間と木之内が彼女をこの屋敷に連れて来た事実を知る人間は、私達以外に居ない、という事。

更に一つ、彼女には身寄りがなかったらしい、という事を付け加えておいても良いだろう。「独りぼっち」という言葉を希望的に解釈するならば、の話だが。

その後、彼女の荷物を調べればもっと何か分るのではないか、と提案したのは氷川であった。荷物は二階の、風間が使っている寝室に置いてあると云う。早速それを取って来るよう風間に命じると、私は若者達を残してサロンを出、厨房へ向かった。皆にコーヒーを淹《い》れてやる為である。

時刻は午後三時になろうとしていた。若者達の胃袋の中身は空っぽに違いないが、誰一人として空腹を訴える者は居なかった。

厨房の窓（この窓も他と同様の嵌め殺しだが、ガラスは透明な物が使われている）から外を見て、そこで初めて、天気が激しく崩れ始めている事に気付いた。昨日の予報で告げていた低気圧が到来した模様である。

「降り出した、か」

思わず声に出して呟いた。

空は一面、暗く分厚い雲に覆い尽くされていた。森の木々は濡れて風に揺れ、地面は早くも色を変えつつある。

おぞましい死の臭《にお》いに満ちたこの屋敷の内部とは、まるで世界の組成その物が異なるかのようなその風景に、私はしばし目を奪われた。

17

レナのデイパックの中身を調べてみて、明らかになった事実が二、三ある。

まず彼女の本籍地、生年月日、そして身長。本籍は新潟県。生年月日の正確な数字は忘れてしまったが、ここで彼女の年齢が満二十五歳だったと判明した事は憶えている。身長は確か、百五十六センチとあった。

それから、椿本レナなる氏名が彼女の本名ではなかったという事。何故に彼女がそんな偽名を使ったのかは想像に頼るしかないが、そうと分ってみれば成程、「椿本レナ」とは何処となく作り物めいた名前（源氏名《げんじな》っぽい、とでも云おうか）であった。

この時に私達が知った彼女の本名については、ここには敢えて記すまい。結果としてその後、私は大広間で起こった変死事件の隠蔽《いんぺい》工作に手を貸す羽目になった訳なのである。レナの本名を伏せておくのは、万が一にもこの手記が、私以外の人間の目に触れるような事があった場合（そんな事はまずないとは思うが）に備えての、一種の保険とも云えるだろう。
さて——。
こうして事件その物に関する一通りの検討を終えた時点で、私の意志は固まってい
た。即ち、椿本レナの死を私達五人だけの秘密として闇に葬り去ってしまおう、とい
う意志である。
そこで次に私達が考えねばならなかった事——それは、レナの死体をどう始末する
か、という問題であった。このまま大広間に放置しておく訳には勿論、行かない。何
処か人に見付からないような場所に隠してしまわねばならない。
「森の中に埋めちまおう」
と、最初に意見を述べたのは風間だった。
「車で運んで、みんなで……」
「考え物ですな。余り賢い方法とは云えますまい」
私が難色を示すと、風間は「何でだよ」と口を尖らせた。
「宜しいですか。事件を警察に知らせないと決めた以上、彼女の死体は今後、叶《かな》うな
ら永久に発見されてはならないのです。森には色々と動物が居る。死体の臭《にお》いを嗅《か》ぎ
付けて、いつ掘り返してしまわないとも限りません」

「深く埋めりゃあ大丈夫だろ」

「絶対に掘り返されない保証はありますか」

「——んじゃ、どうしたらいいって云うんだよ」

「そうですな」

私はコーヒーを一口飲み、慎重に考えを進めながら云った。

「他にあるとすれば、まず海に捨てるという手ですか。これもしかし、発見される危険が付きまとう」

「何か重りを付けて沈めたら」

「森に埋めるよりは増しでしょう。ですが、外の天気が天気ですからな」

私は色ガラスの窓の方へ顎《あご》をしゃくり、

「ここからはよく見えませんが、かなり激しく降っています。当分やみそうもない。この家から、人が来ないような海岸までは相当な距離がありますから、路面の状態などを考えると、これは困難な仕事だと云わざるを得ない」

「あのう……屋敷の裏庭に確か、焼却炉がありましたよね」

麻生がそろりと云い出した。

「つまりその、燃やしてしまうっていうのは」

「小さな焼却炉なので、死体を丸ごと焼くのは不可能です。ばらばらにでもしない限りは」

私が云うのを聞いて、麻生は怖気付《おじけづ》いた顔でかぶりを振り、身を縮めた。

「それに、迂闊《うかつ》に燃やすと臭《にお》いが辺りに広がる。近くに人家はありませんが万一、誰かに不審に思われたら厄介《やっかい》な事になるでしょう」

「じゃあ……」

「どうしたものですかな」

他に何か良い考えがなければ、挙げられた方策の中からどれかを選択せねばならない。他に何か……と、その可能性を頭に思い浮かべていると、まるで私の心を見透かしたかのようなタイミングで、

「この家の地下室は？」

そう云い出した者が居た。氷川である。

「地下室の壁に塗り込めてしまう、というのは駄目ですか」

それはもしかしたら、ゆうべ木之内がレナに語ったあのいい加減な作り話――天羽博士が昔、妻を殺して地下室に隠してしまったという――の影響で出てきたアイディア、だったかもしれない。いや、きっとそうだったのだろうと思う。

黒猫館というこの屋敷の呼称が、ポウの「黒猫」を下敷きにしたあの法螺話《ほらばなし》を引き出した。それが更に、この黒猫館の〝現実〟に影響を及ぼそうとしている。――奇妙と云えば奇妙な、皮肉と云えば何とも皮肉な事の運びであった。

当然ながら、氷川のその提案は私を大いに困惑させた。

全く以《もっ》て虫の良過ぎる話ではないか。地下室にあの女の死体を葬る――という事はつまり、この屋敷の管理人である私に今後その墓守をやれ――という事を意味する訳だから。

直《ただ》ちに反論しようとしたが、いや待て、と私は思い留まった。

この家の地下室に死体を隠す。それはそれで、或《ある》いは他では得難い利点があるのではないか、と考え直したのである。

「私も同じ事を考えていたのです」

努めて冷静な口調を保ちながら、私は云った。

「そうしてしまえば、死体が発見される気遣《きづか》いはまずありますまい。この家が取り壊されるような事態がなければ、の話ですが」

続けて私は、厳しい視線を風間の顔に向け、

「如何ですかな、坊ちゃん」

彼はしどろもどろで、「えっ」と首を傾げた。

「な、何だよ。何が云いたいんだよ」

「お父上がこの家を手放したり取り壊したりしないよう、貴方にはこの先ずっと注意を払って貰わねばならない。もしもそんな話が出たら、絶対に阻止して貰わねばならない。――という訳です。如何ですかな」

「あ、ああ。そりゃあまあ、親父は俺の云う事だったら何でも聞くから。俺がこの家を気に入ったって云やあ……」

「宜しい。どうやら問題はないようですね」

私は独り頷きながら、他の三人の反応を窺った。

「鮎田さんは？　それでいいんですか」

氷川が訝しげに訊いた。

「自分で云い出しておいて何だ、と思われるでしょうが。お嫌じゃないんですか、住み込んでいる家の地下室に死体を隠すなんて」

「気持ちの良い筈はないでしょう」

私は淡々と答えた。

「しかし何と云いますか、この年になるともう、色々な面で余り拘《こだわ》りがなくなって来るんですな。生きるとか死ぬとか、その辺の問題についても何となく無感動になって来る。無論、全く逆の人間も世の中には居て……いや、むしろそっちの方が多数派なのでしょうが」

「ですが……」

「私が信じられませんか」

「いえ、そういう訳じゃあ」

「ここまで来た以上、私は立派な共犯者ですよ」

氷川の目を見据えて、私は云った。

「心配なさる必要はない。貴方がたを裏切るような真似はしますまい。元々ここに骨を埋めるつもりでおりましたからな、お若い貴方がたの為に墓守を引き受けて差し上げましょう」

18

私達五人の〝共犯者〟は早速、大広間のレナの死体を地下室へ運ぶ作業に取り掛かった。

玄関ホールの正面奥――厨房に隣接して造られたパントリーの更に奥に、地下室へと続く階段がある。若者達は協力して死体を持ち上げ、私の案内に従ってこの階段を降りた。

かなりの広さを持った地下室である。

パントリーの真下から玄関ホール、更に大広間の東側三分の一の辺りまで、L字形に広がっている。この広い部屋に、照明は天井から下がった数個の裸電球だけで、その全部を灯《とも》してみても、方々にうずくまった闇が払われる事はない。

私の指図によって、L字に折れる曲がり角の手前で死体を床に下ろすと、若者達は一様に物恐ろしげな面持ちで、薄暗い室内を見回した。

床はコンクリートの打ちっ放し、壁は灰色のモルタル塗りである。天井は低く、最も上背のある木之内の頭すれすれといったところか。

洗濯機と乾燥機、物置用の大きな棚が階段の横手に並んでいる以外、家具らしき物は何一つない。だが、幸いと云って良いものかどうか、煉瓦《れんが》敷きになった前庭の小道を補修する為の赤煉瓦やセメントなどが、ここには相当な分量――壁の一部を壊して死体を塗り込めるのに充分なくらいは――買い置かれていた。

どの壁にするのが適当だろうかと考えながら、私はしばらくの間、無言で室内を歩き回った。若者達は息を呑んでそれを見守っていたが、やがて氷川が、「鮎田さん」と私を呼んだ。

この時、私は部屋の奥へ向かって歩を進めていた。声に振り向くと、彼は真っ直ぐこちらを指さして問うた。

「そのドアは？」

指し示されたドアは、L字に曲がった部屋の一番奥の突き当たりにあった。黒く塗られた、人が一人やっと通れるほどの幅しかない木の扉である。

不意を衝《つ》かれた気分で、私はほんの一瞬、返答を躊躇《ためら》った。すぐにしかし、ゆっくりと左右に首を振りながら、

「意味のないドアなのです」

と答えた。

「開けて御覧になりますか」

氷川は当惑顔で、その場から動こうとしない。そこで私は自ら扉に歩み寄り、把手《とって》に手を伸ばした。

「この通りです」

と云って開いた扉の向こうには、薄汚れた灰色の壁が立ちはだかっていた。こちら

を見詰める氷川と、その後ろに居る三人の若者達に、私は説明した。

「最初からこんな風だったのですよ。六年前、私がこの家に雇われた時から。何でこんな扉があるのか、私にも分りません」

扉の前を離れると、私はその手前——向かって左側の壁面に近付き、

「この辺りにしましょうか」

と、若者達を見やった。

「そこにそれ、鶴嘴《つるはし》があります。どなたかまず、ちょっとここの壁を壊してみてくれますか」

四人は黙って顔を見合わせたが、やがて「俺がやってやる」と云って風間が進み出た。鶴嘴を取り上げてこちらへ向かって来るが、普段は余り重い物を持つ事がないのだろう、非常に危なっかしい足取りだった。

「その辺りを」

と壁面を示し、私は風間のそばを離れた。「よし」と低く呟いて、彼は扱い慣れぬ道具を振り上げた。ところが——。

思ってもみなかった事がこの時、起こったのである。

振り上げた鶴嘴に逆に振り回されるような恰好で、風間が身のバランスを崩した。

ずるりと足を滑らせたかと思うと、そのまま宙を飛ぶようにして、奥の壁へぶつかって行ったのである。結構な勢いだった。彼はしたたかに肩を打ち、鶴嘴を放り出して腑甲斐《ふがい》なく膝を折った。

「大丈夫ですか」

私が駆け寄ると、風間は肩をさすりながら弱々しく頷いた。

「足がもつれちまって……」

答えながら、壁（先程、私が開けて見せた「意味のないドア」の向こうにあった壁である）に手を突いて立ち上がろうとする。その時——。

「あっ」

という短い声が、湿っぽい地下室の空気を震わせた。

「なな何だよ、隼人」

「どうしました」

声を上げたのは氷川であった。風間と私の方をじっと見詰めている。

「それは？」

と云って右腕を差し上げ、彼は人差指を突き出した。立ち上がりかけた風間の肩の辺を、真っ直ぐ指し示している。

　やっとそこで、私もその異変に気付いた。丁度《ちょうど》その辺りの壁に、煉瓦一個分くらいの穴が開いているのである。

「裕己。そこを退《ど》いて」

　命じて、氷川は壁に歩み寄る。私もまた壁に近付きながら、

「今の衝撃で崩れたんですな」

　と考えを述べた。氷川は訝しそうに首を傾げ、

「ええ。しかしこれは……」

　身を屈《かが》め、壁の穴を覗き込む。

「煉瓦を積み上げた上にモルタルが塗ってあったみたいですね。それが崩れて……ん？　鮎田さん、これは……」

「何か？」

「この向こう、部屋があるみたいですよ」

「本当ですか」

　答える代わりに、氷川は右腕を穴の中へ突っ込んで見せた。腕は肩の付け根まで入った。壁の向こうに広い空間が存在する証拠である。

「後でこんな壁を造って塞いであった、という訳ですか」

私が云うと、氷川は穴から腕を抜きながら、

「そのようですね。鮎田さんがここに来られる前の事だから、恐らくは天羽博士自身の手によって。──懐中電灯、ありますか」

「おいおい、隼人」

と、風間が口を挟んだ。

「それどころじゃねえだろ。先に死体を何とかしないと」

「だからこそ、ここを調べてみるんじゃないか」

氷川は苛立《いらだ》たしげな声を従弟に返した。

「もしもこの奥に部屋があるのなら、わざわざ新しく壁を壊すよりも、そこに隠してしまった方が早いだろう」

風間は何も云い返せず、口を閉ざす。私は、遠巻きにこちらの様子を窺っていた木之内と麻生を振り返り、

「洗濯機の上の棚に懐中電灯がある筈です。どちらか、取って来て戴けますか」

「は、はい」

麻生が吃《ども》り声《ごえ》で応じ、あたふたと階段の方へ向かった。ややあって、懐中電灯を持って小走りに引き返して来る。

氷川がそれを受け取り、壁に開いた穴の中を照らした。

「よく分らないけれど、どうやらこれは、部屋じゃなくて廊下か何かだったみたいですね。――壊してみましょうか」

云うや、氷川は風間が放り出した鶴嘴を自ら拾い上げた。さっき従弟が犯した愚を繰り返さぬよう、慎重に足場を確かめ、道具を構える。

モルタルで塗り隠された煉瓦の壁はさほど頑丈《がんじょう》には出来ておらず、氷川はさしたる苦労もなく穴を広げて行った。それでも人が通れるほどの大きさになるまでには、十分余りの時間が掛かっただろうか。

鶴嘴を足許に置き、再び懐中電灯を取り上げると、氷川は呼吸を整えながら皆を振り返った。

「入ってみよう」

と云うなり、先陣を切って穴に踏み込む。意を決し、私が彼に続いた。残りの三人も、恐る恐る後を付いて来る。

氷川が推測した通り、そこは「部屋」ではなく「廊下」であった。幅一メートル足らずの狭い通路が、暗闇の奥へと延びている。

黴臭《かびくさ》いような饐《す》えたような、何とも形容し難い臭気が漂っていた。地下水が染み出ているのか、足許が少しぬかるんでいる。氷川が持った懐中電灯の光を頼りに、私達はゆっくりと歩を進めた。

何メートルか先で、通路が大きく右に折れているのが見えた。その角を曲がるや否《いな》や――。

「うわっ！」

氷川の度を失った叫び声が、洞窟《どうくつ》めいた闇の空間に反響した。

何だ？　どうした？　と、後続者達の声が乱れ飛ぶ。私達は氷川の後ろまで、団子《だんご》になって押し寄せた。

角を曲がった所で悚然《しょうぜん》と立ち尽くし、氷川は前方の床を見詰めていた。懐中電灯の黄色い光で照らされた、その場所にあった物は……。

風間、麻生、木之内――三人の口から、今しがたの氷川と同じような叫び声が上がった。

「こ、こりゃあ……」

逃げ腰になる風間。両手で口を押さえる麻生。

「何だよ、これ」

木之内が恐怖に引きつった声で繰り返す。

「やだよ、オレ。やだよ、こんな……」

私達がそこに見たのは、汚れた水色のブラウスを着、赤いベレー帽を被《かぶ》った人間の白骨死体であった。壁に凭《もた》れ掛かり、青いジーパンを穿《は》いた両足を床に投げ出して坐っている。そして、その足許には更に一体、小さな四つ脚の動物の白骨が横たわっていたのだった。

19

思い掛けぬ白骨死体の発見にひとしきり、混乱が続いた。

私は左手を強く胸に当てて動悸《どうき》を鎮《しず》めながら、恐慌に陥《おちい》った若者達を何とか落ち着かせようと努めたのだけれども、最初の驚きが収まった後の氷川は、そんな私よりもずっと冷静な対応振りを見せた。通路の外に戻って待っているよう、昂《たかぶ》りを抑えた声で三人の仲間達に命ずると、

「この先がどうなっているのか、調べておいた方がいいでしょうね」

私に向かってそう云う。

「一緒に来て戴けますか」

私は無言で頷き、青年の後に従った。

死体の横を通り過ぎ、私達は通路を更に奥へと進んだ。しばらく行く内、周囲と同じような灰色の壁に突き当たった。行き止まりになっているのである。

「ここは屋敷のどの辺になるんでしょうか」

壁のそばまで歩み寄ってこちらを振り返り、氷川が問うた。私は低い天井を見上げながら答えた。

「恐らくもう、前庭の下辺りまで来ているのではないかと思いますが」

「庭の下、か」

呟いて、氷川は眼前に立ちはだかった壁を懐中電灯で照らし付けた。空いた手で拳《こぶし》を作り、その表面を幾度か小突きながら、

「多分これも、さっきのと同じようにして後で造られたんだろうな」

独り言のように云う。だが、先刻のようにまた壁を壊してみよう、とは流石に云い出さなかった。

「戻りましょうか、鮎田さん。やらなきゃならない事がまだ沢山ありますからね」

私達は通路を引き返した。

例の白骨死体が再び見えて来た所で、氷川は足を止め、私に問い掛けた。

「相当に古い死体と見えますが、どう思われますか」

「仰る通り、かなり昔の物のようですな。にしても、こんな物がここに隠されておるとは、私はまるで……」

「この服、見憶えがあるな。――どうですか、鮎田さん」

「はて」

「あ、いや、あの絵ですよ」

氷川は落ち着き払った声で云った。

「ほら。大広間に飾ってあったあの油絵です。あそこに描かれていた女の子、水色のブラウスに赤いベレー帽だったでしょう」

「――ああ。そう云えば確かに」

「大きさから考えて、これは子供の死体ですね。足許にあるその動物の白骨は、恐らくあの絵の中で女の子の膝に乗っていた黒猫だろう、と」

「ははあ。という事は……」

「病気や事故で死んだのなら、こんな所に隠す必要はない。殺害して、誰にも発見されないようここに隠し、入口を壁で塞いでしまった。そう見做すべきじゃないでしょうか」

「殺害……それは、天羽博士が？」

「でしょうね」

氷川は真顔で頷いた。

「そう考えるのが妥当だと思います。あの絵の女の子は、博士の娘だったかも知れないんでしたっけ。何だって博士が自分の娘を殺すような真似をしたのか、僕らには知りようがありませんが」

氷川は白骨死体から目を背け、低く息を落とした。

「ゆうべ木之内が、死んだあの女を相手にこんな話をしていました。この家では昔、恐ろしい事件があった。気の狂った天羽博士が妻を殺し、彼女が可愛がっていた黒猫もろとも地下室の壁に塗り込めてしまったんだ、ってね。だからこの屋敷は黒猫館と呼ばれているんだ、と。

勿論、あいつが冗談ででっち上げた話です。大方、子供の頃にポウの『黒猫』でも読んだ事があるんでしょう。ですから、さっきこの死体を見て一番びっくりしたのはあいつだったんじゃないかな。

思うにこの通路は、例の建築家の趣味で造られた物だったんでしょうねえ。秘密の抜け道、という訳です。行き止まりのあの壁の向こうには多分、庭の何処かへ上がる出口がある。きっとその出口も今は、外から何かで塞がれてしまっているんだと思います」

私は何とも云い表わしようのない気分で、壁に凭れ掛かった少女の白骨死体を見据えた。黒く穿《うが》たれた眼窩《がんか》が、まるで長年の間この暗闇の中に置き去りにされて来た寂しさと怨《うら》みを語るかのように、私の顔を睨み返す。私は思わず目を瞑《つぶ》り、左手を胸に当てた。

「可哀想だけれど、これはこのまま放っておくしかない」

死体をよけて歩を進めながら、氷川は自らに云い聞かせるように呟いた。

「過去に何が起こったのかは、今の僕らには関係のない事だ。——そうだ。僕らには関係のない……」

＊

そして結局、私達は椿本レナの死体を、既にあった二つの白骨死体と共に〝秘密の通路〟の中に封じ込めてしまう事となった。氷川の云う通り、最早そうするしかなかったのである。

死体を運び込むと、私達は五人掛かりで、崩れた壁の復元を始めた。壊れた古い煉瓦を取り除いて新しい煉瓦を積み上げ、上からモルタルを塗る作業である。若者達にそういった左官仕事の経験がある筈もなかったから、私が事細かに作業の指示をせねばならなかった。

　たいそうな苦労の末にそれが完了し、私達が地下室を後にしたのが確か、午後六時を過ぎた頃だったと思う。

　若者達は皆、精根尽き果てたという様子だったが、まだ休んで貰う訳には行かなかった。〝現場〟である大広間を、何も不審な痕跡がない状態にせねばならない。

　家具を元の位置に戻し、毛髪や大麻の葉が残らぬように部屋を隅々まで清掃する事を、私は四人に命じた。念の為、レナが手を触れたと思われる物々から指紋を拭《ふ》き取っておく必要もあるだろう。広間だけではなく、彼女が通った廊下や入った部屋の全てについて、これは行なわねばならない。

　若者達は取り立てて異議を唱えるでもなく、云い付けられたこれらの仕事に取り掛かった。その間に私は、大広間に散乱していたグラスや灰皿、アイスボックスなどを厨房へ運んで丹念に洗った。

　レナの衣服や荷物は、裏庭の焼却炉で燃やしてしまう事にした。洗い物を済ませた後、それらをまとめてポリ袋に詰め込み、私は独り家の外へ出た。

片手でポリ袋を持ち、片手で傘《かさ》を差して、日が暮れて真っ暗になった庭を焼却炉へと急いだ。

天候の崩れはいよいよ顕著になって来ており、外は激しい、嵐と云っても良いような吹き降りであった。傘は殆《ほとん》ど用を為さず、足は一歩毎《ごと》に沈んで重く、目的の場所まで辿《たど》り着くのに普段の倍以上の距離を歩いたような気さえした。

袋から中身を取り出し、焼却炉に放り込む。重油を入れて火を点けると、私はすぐさま踵《きびす》を返した。ちゃんと燃え尽きたかどうかは、明日の朝にでも確かめれば良い。

引き返す途中、森の中から聞こえて来る動物の声に驚いて一度、足を止めた。息を殺して周囲を見回し、それから前方の建物の影へと何気なく目を上げる。

闇に仄白《ほのじろ》く浮かび上がった屋根の端で、風向きを告げるブリキの黒猫が、壊れた磁石の針のように忙《せわ》しない動きを続けていた。

20

建物に戻った私を玄関ホールで待ち受けていた者が居た。氷川隼人である。大広間の清掃は既に完了し、若者達は他の各所に残った指紋を拭き取る作業に移っていた。

「鮎田さん」

改まった調子で呼び掛け、氷川は私に近付いて来た。

「お尋《たず》ねしたい事があるんですが」

私は上着の肩や袖《そで》を払いながら、

「何でしょう」

と応じた。氷川は云った。

「さっき地下室で、ちょっと気になった事があるんですよ。今ここでお訊きしてもいいですか」

「はて。何ですかな」

「あの部屋の天井の隅に、四角い穴が一つ開いていましたね。一辺が一メートル足らずの、正方形の穴でしたが」

「ああ……お気付きでしたか、あれに」

「壁を塗っていた時、ふとね。もっと早くに気が付いても良かったくらいですが」

彼がそこから何を考え、何をこれから云おうとしているのか、私には手に取るように分った。彼はそう、逃げ道を求めているのだ。

「穴の下の辺りに、壁に沿って梯子《はしご》が寝かしてあったのも見ました。あそこは丁度、大広間の下に当たる所だと思うんですが、あれはもしかして……」

「例の建築家、ですか」

私は先回りをして云った。

「つまりあの穴は、上の広間へ通じる抜け道なのではないか。そう考えた訳ですな」

「お察しの通りです」

青年は深く頷いた。

「だとすれば……」

「云わんとされる事は分りますよ。もしもそうならば、昨夜の事件の犯人は貴方がた四人の中に居るとは限らない事になる、と?」

「ええ。そうです」

氷川は切実な目をしていた。私は密かに、そんな彼への同情を覚えつつ、大広間の両開き扉へと足を向けた。

「付いておいでなさい。どういうからくりになっているのか、御覧に入れましょう」

＊

それは大広間の、入って左側手前の隅——方角で云えば南東の角に当たる——にあった。

氷川をそこまで導くと、私は床に両膝を落として、敷き詰められた陶器タイルの一枚を指し示した。タイルの大きさは一辺およそ四十センチ、といったところだろう。示したのは部屋の角を埋めた一枚で、これは赤と白の市松模様の中にアクセントとして交じった黒の一つでもあった。

「このタイルが、云ってみれば〝鍵〟なのです。コインを一枚、貸して戴けますか」

「あ、はい」

氷川が財布から取り出した硬貨を受け取ると、私はそれを、〝鍵〟の黒いタイルと隣の白いタイルの隙間《すきま》に差し込んだ。梃子《てこ》の要領で力を加える。すると黒いタイルが、床から少し浮き上がった。

「こうやって簡単に外せるようになっているのです。私は掃除をしていて偶然、見付けたのですが」

説明しながら私は、浮き上がったタイルを床から取り去った。

「他のタイルは外れません。しかしこの通り、四方向へスライドするように出来ています」

隣の白いタイルを滑らせて、黒があった位置へ動かして見せる。そうして空いた場所へ、今度はその下の赤を移動させる。

「『十五ゲーム』というパズルを御存知ですか。あれと同じ仕組みですな。この一画のタイル十六枚分が、こうして縦横に動かせる」

私は次々にタイルをスライドさせて行った。やがて、最初に取り外した黒いタイルと対角の位置にあった同じ色の一枚を横へずらすと、その下に張られた板の中央に、直径三センチほどの円い窪《くぼ》みが現われた。

「〝扉〟を開くスイッチが、ここに」

と云って、窪みに人差指を入れる。

窪みの中には小さな金属の突起があった。この突起を強く押すと、かちっ、と微かな音がしてロックが外れた。と同時に、〝空き〟になったスペースを含めたタイル四枚分の正方形が、ゆっくりと扉状に下方へ開き始める。

「これが地下室の天井のあの穴へ通じている、という訳です」

私は立ち上がった。氷川は「やっぱり」と呟いて身を屈め、開かれた〝扉〟を覗き込んだ。

「ここにこんな抜け穴があるんだから、この広間は昨夜、完全な密室状態ではなかった、という話になりますね。ですから……」

青年の真剣な顔を哀れみの目で見据え、私は「いや」とかぶりを振った。

「残念ながら、それは違いますな」

「えっ」

「私はこの抜け穴の存在を知っていましたが、敢えて云わないでいた。云う必要はない、と判断したからです」

「どういう意味ですか」

と、氷川は不安げな面持ちになって尋ねる。私は答えた。

「お分りになりませんか。何なら地下室に降りてお調べになっても構いませんが、この〝扉〟は、この広間の側からしか開ける事が出来ないのですよ。下からは開けられないのです」

「そんな……」

氷川は眼鏡の縁に指を当て、途方に暮れたように床の〝扉〟を見下ろした。

「じゃあ……」

「状況に何一つ変わりはないのです。ゆうべ彼女を殺す事が出来たのは、この大広間に居た貴方がた四人しかいない。彼女を殺したのは四人の内の誰かである、と。――この問題についてはもうこれ以上、考えてみても仕方ありますまい。実際にどなたが手を下したのか、特定するのは事実上、不可能でしょうから。諦《あきら》めて、現実を認める事です」

「ああ……」

呻《うめ》くような息を落として、氷川は力なくこうべを垂れた。——と、その時である。

「おい。待てよっ」

玄関ホールの方から聞こえて来た声があった。どうやら風間のようだった。

「おいシン、待て。何処へ行くんだよ」

応えて、異様な大声が響き渡った。まともな言葉になっていない。とても正気の人間が発したとは思えぬような、それは木之内晋の声であった。

何事があったのかと、私達は急いで大広間を飛び出した。

風間が廊下の方から走って来る。その後を追って麻生がやって来た。木之内は玄関の扉に背中を押し付け、私達に怯えたような視線を向けた。そして——。

「やだよオレ」

甲走《かんばし》った声で叫んだのである。

「こんな家、もう嫌だ。もう嫌だ嫌だ、嫌だあっ！」

「おいおい、シン」

「木之内さん？」

「どうしたって云うんだ、木之内」

「嫌だ嫌だよオレは嫌だもう嫌だ……」

私達の声などまるで耳に入らないらしい。制御装置の壊れた機械人形のように激しく首を振りながら、木之内は喚《わめ》き立てた。

「化物だらけなんだ。さっきも見たんだオレ。どろどろに腐ってて、それでも生きてやがるんだ。オレの肩に抱き付いて来たんだどろどろの奴が。どろどろの……ああもう、何とかしてくれよこの嫌な臭《にお》い。この臭い、どろどろの臭いどろどろのどろどろの……」

正常じゃない、と私は思った。

完全に我れを失ってしまっている。ひどく抑揚の狂った声で機関銃のように捲《まく》し立てたかと思うと、今度は自分の身体を自分の手でしきりに叩き始める。まとわり付いて来る虫の群れを払い落とそうとでもするように。

「木之内さん、落ち着いて」

私が近付こうとすると、彼は焦点の定まらぬ目を吹き抜けの天井へ向けて、「ひいいぃ」と獣じみた悲鳴を上げた。かと思うと、勢い良く玄関の扉を開け、そのまま転がるように外へ駆け出して行く。

「待ちなさい」

「戻れ、木之内」

「シンっ！」

木之内はこちらを振り返りもせず、両腕を文字通り狂ったように振り回しながら、前庭を突っ切って行く。

服が濡れるのも構わず、私達はその後を追い掛けた。門の手前でようやく追い付いた時、木之内は地面に深く埋もれるようにして倒れ伏し、両手両足をばたばたと動かしていた。

「しっかりしなさい」

私は彼を抱き起こし、顔を覗き込んだ。瞳孔が開き、虹彩が細かく震えている。口からはだらしなく涎《よだれ》を垂れ流していた。

「薬をやったな」

私の傍らに膝を突いた氷川が、それを指摘した。

「いつの間に。——裕己？」

と、従弟の方を振り返る。風間はぶるりと首を振って、

「知らねえよ。ちょっと姿が見えないと思ったら、いきなり物凄い剣幕でサロンに駆け込んで来てさ、この家には化物が居るぞって叫んで。――な？　そうだったよな、謙二郎」

麻生は何とも答えず、哀れな仲間の姿を呆然と見下ろしていた。

「こんな時に、薬でいい夢が見られる筈もないのに」

吐き付けるように云って、氷川は木之内の腕を取った。

「早く中へ戻ろう。――鮎田さん。毛布と熱いお湯を用意して戴けますか。すっかり身体《からだ》が冷えている」

＊

半ば意識を失った木之内を家の中へ連れ戻すのは、レナの死体を地下室へ運んだ時以上に大変そうだった。ようやくサロンまで辿り着いてソファに落ち着かせると、氷川が濡れた身体をタオルで拭き、肩に毛布を掛けてやった。

「気持ちは分るけれども、ここで取り乱したら元も子もないんだ。いいか？」

聞き分けのない子供を賺《すか》すように、氷川が云う。

「いいか。分ったかい？」

繰り返し云われて、木之内は放心した顔で微かに頷いた。取り敢えず、化物が襲って来るという幻覚からは解放されたようであった。

この後、氷川は私に「ちょっと話が」という目配せをして廊下に出た。そうして仲間の醜態を殊勝に詫《わ》びてから、彼は一つの提案をした。玄関の扉に鍵を掛けてしまおう、と云うのである。

「差し込み錠とは別に、内側にも一つ鍵孔《かぎあな》がありましたよね。施錠してしまえば、中からでも鍵を使わないと開錠できない仕組みだと見ましたが」

「ええ、そうです」

「勝手口の方はどうなんですか」

「同じような構造ですが」

「じゃあ、そっちも鍵を掛けてしまいましょう」

氷川は真顔で云った。

「さっきみたいな事がまた起きないとも限りません。兎に角、今夜は連中が外へ出られないようにしておいた方がいいと思うんです。一晩眠れば、多少は気も落ち着くでしょうから、それまでは」

反対する理由もなかった。確かに、ここでまた誰かが外へ飛び出して行って、何か新たな厄介事でも起こされては困る。

問題の鍵は、何年か前に合鍵の束を紛失してしまっていた為、今は一本ずつしかなかった。普段は殆ど使う事のないその鍵を探し出して来ると、私達は早速、玄関と厨房へ行って各扉を施錠した。これが確か、午後八時半頃の事である。

「その鍵、僕が預かった方がいいかも知れませんね。裕己が何か貴方に文句を云うようなら、僕が勝手にやったんだと突っぱねて下さい」

玄関と勝手口、二本の鍵を私が手渡すと、氷川はそれをしっかりと握り込み、

「大丈夫です。鮎田さんにはこれ以上、御迷惑は掛けませんから」

毅然《きぜん》とした声で云うのだった。

「僕は今後、どんな事があっても絶対に理性を失ったりはしない。信じて下さい」

21

午後九時半を過ぎた頃、私達は居間兼食事室で夕食の席に着いた。この日初めての食事であるにも拘らず、若者達はまるで食欲がない様子で、用意した料理（簡単な物ばかりだったが）の半分以上が余った。

息が詰まりそうな食卓だった。

殆ど誰も口を利く者はなく、重苦しい溜息ばかりがテーブルのあちこちで吐き出されていた。

食後、真っ先に席を立ったのは木之内である。

私達の警戒の目が集まると、彼は「寝る」と一言、吐き捨てるように云った。重病人さながらの蒼ざめた顔色だった。無精髭《ぶしょうひげ》の為、いっそう病人めいて見えた。泥酔したような覚束《おぼつか》ない足取りで部屋を出て行ったが、氷川がすかさず立ち上がり、その後を追った。

しばらくして戻って来た氷川は、

「ちゃんとベッドに寝かせて来ました」

と、私に報告した。

「もうさっきみたいな事はないと思います」

森に棲《す》む動物達の、余り上品とは云えぬ鳴き声が幾度か繰り返し聞こえて来た。風間が忌々《いまいま》しげに顔をしかめ、窓の方を睨み付ける。

「つたく、気色の悪い声だな。うるさいったらねえや」

「仕方ないさ」

氷川が、殊更のように大きく肩を竦《すく》めて見せた。

「ここの連中の頭には脳梁《のうりよう》がないんだ。僕らの気持ちを慮《おもんぱか》ってくれる筈もない」

彼にしてみれば、これは或《あ》る種、開き直りのジョークだったのだろう。しかしながら風間と麻生は、意味を取り兼ねてか何の反応も示さない。私は心中、独り苦笑したものだった。

コーヒーを淹れようと云って私が椅子から立つと、風間が、自分はウィスキーが欲しいと要求した。麻生も、コーヒーより酒の方が良いと云う。

飲まずにはいられない気持ちは分ったが、飲み過ぎて先程の木之内のように取り乱されては大変である。

「少しだけですよ」

と強く釘を刺して、私は部屋を出た。

厨房へ行って、そこで初めて気付いた事実があった。パントリーとの間の壁際に据えてある大型の冷蔵庫。それが壊れてしまっていたのである。

いつ、どうして故障したのかは分らない。だが、少なくとも昨夜の時点では、若者達の為に水割り用の氷を用意したから、正常に作動していた筈だった。後日この冷蔵庫は、新しい物に買い換える事になったのだが……。

そんな訳で、昨晩までは製氷室を覆っていた霜《しも》もすっかり解けてしまい、製氷器の中身は殆ど水になっていた。仕方なく、残っていた僅かな氷の全てをアイスボックスに入れ、グラスやボトル、水差しと共に盆に載せた。

居間に戻った時、三人の若者達は既にサロンのソファへと場を移し、何やら話をしていた。コーヒーと酒をそちらまで運ぶと、私は居間の方のテーブルに着き、彼らの会話に耳を傾けた。

「……どんな幻覚を見たかって？　んな事、よく憶えてねえよ」

アイスボックスを持ち上げ、中身を直接グラスへ流し込みながら、風間が悪態をついた。質問の主は氷川である。

「今更もう、どうだっていいだろ。死体は始末しちまったんだしさ。誰がやったかなんて、もう……」

氷川は静かに首を横に振り、

「レイコに似ていたろう、彼女」

と、冷ややかな声で云った。

「レイコに？　——ああ、まあな」

「だから、僕は思うのさ。ゆうべ君には、彼女がレイコに見えていたんじゃないかってね」

「はぁ？」

「いつも酔っ払うと喚いていたじゃないか。レイコの奴、死んじまえばいいんだ、とか何とか。その欲求を君は、幻覚の中で実行に移した」

「俺がやったって云うのか」

「そうと決め付けちゃいない。動機の問題を検討しているだけさ」

「はん。みんなラリってたんだぜ。動機もへったくれもあったもんか。大体、首を絞めてくれって云い出したのはあの女自身だったんだろうが」

風間が語気を荒らげる。対する氷川は、飽くまでも冷ややかな口振りで、

「にしてもね、潜在的に何か激しい憎しみを持ってでもいなければ、本当に殺してしまうくらい強く首を絞めたりはしないものじゃないかな」

「それを云うんだったら、俺だけじゃないさ」

紅潮した頬を引きつらせて、風間は笑った。

「シンだって謙二郎だって、レイコにいいようにあしらわれたのは同じだったんだ。隼人、お前もさ。一度や二度はあいつと寝た事、あるんだろ」

「僕は別に、レイコを憎んでなんかいなかったよ」

「分るもんか。お前みたいなインテリの方がむしろ、俺は怪しいと思うがね。いつも何だかんだで自分を抑えてるんだろう。そんな奴ほど、クスリをやると危ねえんだ」

刺々《とげとげ》しく吐き付けると、風間はグラスの水割りを一気に喉へ流し込む。そうして今度は、黙って二人のやり取りを聞いていた麻生の方を見た。

「怪しいと云やあ、謙二郎はもっと怪しいな」

「ど、どうしてですか」

麻生はぎくりと肩を震わせ、風間の視線から目を逸《そら》した。

「ぼ、僕は……」

「この際だから云ってやろうか。隼人だって知ってるよな」

アイスボックスの中を覗き、風間は「ちっ」と舌を打つ。氷がすっかりなくなってしまったらしい。両手でボックスを持ち上げ、逆様《さかさま》にしてグラスの上で振りながら、彼は鋭く麻生をねめつけて、

「お前、ひどいマザコンなんだってな」

と云った。

「そんな……誰が、そんな」

「レイコが云ってたのさ。謙二郎君、ベッドであたしの事をママって呼ぶんだから、

ってさ、大笑いしてたぜ」

私の居た位置からはよく見えなかったが、麻生はきっと血相を変えて唇を嚙んだに違いない。

「でもって、お前のママ、こないだ病院で死んじまったんだって？　頭がおかしくなって、ずっと精神科に入院してたんだろ。自暴自棄になってたのはレナじゃなくてさ、お前の方だったんじゃねえの。一昨日《おととい》の夜にしても、死にたい死にたいってしつこく喚いてたじゃんか」

麻生は項垂れ、何も答えない。

ははあ——と、私は納得した。氷川が昨日、麻生について「実家の方で色々と問題があるらしいね」と云っていた、あれはこの事だったのか。

「そうだろ、謙二郎」

風間は容赦《ようしゃ》なく続ける。

「お前はそのママの息子なんだ。突然、気が変になって人殺しをしても……」

「やめろよ、裕己」

と、氷川がたしなめた。

「それは時代遅れな偏見だろう。妥当性に欠ける」

「何を今更、いい子ぶってんだよ。そもそもお前が始めたんだろ。ふん」

風間は悪びれる風もなく鼻先で笑う。それからふと思い付いたように云った。

「なあ、隼人。そんなにゆうべの事が知りたいんだったらさ、一つ証拠が残ってるんだぜ」

「証拠？」

氷川は不審そうに眉《まゆ》をひそめた。

「何の事だい」

「すっかり忘れてたよ。な、謙二郎。何処へやったんだ、あれ」

「何を、一体……」

「ヴィデオさ、ヴィデオ」

と、風間は答えた。

「お前がクスリを飲まされてラリっちまった後、謙二郎がカメラを回してたのさ」

「本当か」

氷川は驚きの声を上げ、麻生の方を見やった。麻生は黙って頷いた。

ここで驚いたのは私とて同じである。そんな代物があるのなら、これは絶対に残しておく訳には行かない。苦労してあちこちの指紋まで拭き取った意味が、まるでないではないか。

「そのヴィデオに、あの後の出来事が映ってるって云うのか。そんな……どうしてもっと早く云わないんだ」

「ずっと撮影していた訳じゃなかったから」

麻生がぼそぼそと答えた。

「カメラに入ってたのは三十分テープだったし……」

「取って来いよ。上の部屋に置いてあるんだろ」

風間に命じられて、麻生はソファから腰を上げた。ぜんまいが切れて来た玩具《おもちゃ》のような、ひどく緩慢《かんまん》で不安定な動きであった。

やがて麻生がカメラを持って戻って来ると、風間はそれを引ったくるようにして奪い、接続用のアダプターとコードを使ってテレヴィに繋《つな》いだ。

私はそっと居間のテーブルを離れ、サロンを覗き込んだ。

いつの間に入って来たのか、カーロが足許に居て、身を擦《す》り寄せながら細い鳴き声を洩らした。麻生がそれに気付き、「ひっ」と身を竦ませる。恐らく、地下室の通路で見た白骨死体の事を思い出したのだろう。

間もなく、テレヴィの画面に映像が現われた。

昨夜の、あの大広間の光景である。

部屋の中央に置かれた寝椅子を、カメラは横から捉《とら》えている。そこには全裸になったレナが横たわっていた。そしてその彼女の身体の上に、これもまた全裸で覆い被《かぶ》さった男の姿が。紛れもなく、その男は氷川隼人であった。淫靡《いんび》な喘《あえ》ぎ声と調子の狂った誰かの笑い声が交錯して響き始め……。

……と、不意に映像が消えた。

氷川が風間の手からカメラを取り上げ、接続コードを引き抜いてしまったのだ。

「何すんだよ」

と、風間が目を剝いた。

氷川はそれを無視して、カメラからカセットを取り出した。かと思うと、中身のテープをずるずると引っ張り出し、力任せに引き千切《ちぎ》ってしまう。この時、彼の心中で渦巻いていたのが羞恥《しゅうち》だったのか屈辱だったのか、或いはもっと他の何らかの感情だったのか、私にはどれとも判断する事が出来ない。

「鮎田さん」

能面のように動かぬ表情で、氷川が居間とサロンの境辺りに立っていた私に歩み寄って来た。そうして破損した8ミリヴィデオのカセットを差し出しながら、飽くまでもやはり冷ややかな、静かな口振りで云うのだった。

「これをお渡ししておきます。残しておいてはいけない物だ。明日の朝一番に、焼却炉で燃やしてしまって下さい」

＊

この夜、私がカーロと共に寝室へ戻ったのは、午前零時前の事である。若者達もその頃にはもう解散し、二階の各々の部屋へ戻っていた。

第六章　一九九〇年七月　札幌～釧路

1

生物学者・天羽辰也が二十年前、中村青司に設計を依頼した別荘――黒猫館。

そこで昨年、発生したという殺人事件の謎を追って、鹿谷門実と江南孝明は北海道へ向かった。七月五日、木曜日のことである。

五日前、横浜の神代元教授宅を訪れたあと鹿谷は、今夜すぐにでも東京を発《た》とうと云《い》いだしかねない様子だった。それが今日まで延びたのは、江南のスケジュールに合わせてくれたためである。

他の職種に比べればかなり自由が利くとは云え、編集者とてサラリーマンであることに変わりはない。急ぎの仕事を片づけ、すでに入っていた予定の調整をするのにこれだけの時間がかかってしまったのだった。こういうときは、暇を持て余して麻雀《マージャン》ばかりしていた学生のころが本当に恋しくなる。

その日の午後、二人は一路、札幌へと飛んだ。阿寒へ行く前にまずＨ＊＊大学を訪ね、天羽博士を知る人間を探して話を聞こうという計画である。

この件はもちろん、問題の手記の筆者である鮎田冬馬にも伝えてあった。

当初は鮎田も同行する予定だったのだが、一昨日になって急に体調を崩してしまい、医者から数日間の安静を云い渡されたのだという。とりあえず札幌へは鹿谷と江南の二人だけで行き、もしも彼の健康が回復していれば、翌々日に釧路のホテルで合流する手はずになっていた。

「いくつか報告しておかなきゃならないことがあるんだがね、江南君。この二、三日で、いろいろと新しい情報が集まったんだ。なかなか興味深い事実も出てきた」

「僕のほうも一つだけ、分ったことがあります」

「じゃあ、君のから聞こうか」

「同期に入社した男で、音楽好きの奴がいるんです。自分でも学生時代にバンド活動をやっていたとかで、就職してからもけっこう、あちこちのライヴハウスへ足を運んでいるらしくて。で、ひょっとしたらと思って訊《き》いてみたわけです。あの手記に出てきた〈セイレーン〉というバンドを知らないかって。そうしたら、一度ライヴを観たことがあると」

「ふうん。そりゃあ収穫だねえ」

「吉祥寺《きちじょうじ》の某店で、去年の春ごろにたまたま観たんだそうです。ヴォーカルは女性で、レイコという名で呼ばれていたように思うとも云ってました」

「他のメンバーについては？」

「残念ながら、そこまではよく憶《おぼ》えていないと……」

羽田《はねだ》から新千歳《しんちとせ》へ向かう機上での、鹿谷と江南の会話である。江南が忙しくしていたため、二人が会うのは三日ぶりのことだった。

「僕のほうはまず、例の埼玉の風間氏についてだけれども、これは確かに実在の人物だと分った」

「息子の大学を当たったんですか」

「うん。ちょっと苦労はしたがね」

「すんなり教えてくれなかった？」

「適当に理由を付けて電話で問い合わせてみたが、取り合っちゃくれなかった。学生を狙った悪質なセールスなんかが、きっと多いんだろうなあ」

「あんなのは騙《だま》される学生のほうが悪いんですよ」

「おやおや。云うねえ」

「僕も昔、莫迦《ばか》みたいに高い英会話の教材を買わされました」

と、江南は素直に告白した。あれは大学二回生、二十歳《はたち》になったばかりのころだった。今でも思い返すたび、勧誘員の絶妙な笑顔と口上《こうじょう》に乗せられてしまった自分の頭をひっぱたいてやりたくなる。

「誰にでも辛《つら》い思い出はあるものさ。うんうん」

濃い眉毛《まゆげ》を八の字に寄せ、鹿谷は苦笑した。

「まあそんなわけで、仕方ないからコネを使うことにした」

「M＊＊大の関係者に知り合いがいるんですか」

「福岡で犯罪心理学を研究している兄貴がいるの、知ってるよね」

「ああ、はい。勉《つとむ》さん、でしたっけ」

「そう。その兄貴の友人が、M＊＊大で語学を教えていて、僕も紹介してもらったことがあって」

「顔が広いんですね」

「兄貴の顔が広いのさ」

と云って、鹿谷は鼻筋に皺《しわ》を作る。

「その先生に頼んで調べてもらったと?」

「うん。気のいい人でねえ、詳《くわ》しい理由も訊かずに、はいはいと引き受けてくれた。そこで判明した事実なんだが、風間裕己は去年の時点で商学部の二年。入学前に一年浪人したあと、教養部の単位が足りなくてさらに一年留年していたらしい。二回目の二年生をやってたってわけだ。実家は大宮《おおみや》市で、父親は確かに去年まで不動産の会社を経営していた」

「去年まで……ということは、今はもうやめてしまった?」

「そういう話になるね」

「連絡は取ってみたんですか」

「いや。それが連絡しようにも、できない状態だったんだよ」

意味を取りかねて、江南は首を傾げる。その様子に横目を流しながら、鹿谷は云った。

「風間裕己は去年の暮れ、事故で死んでいるんだ」

「何ですって?」

「裕己だけじゃない。父親も母親も、裕己の下に一人いた妹も……家族全員が一度にね。交通事故だったらしい。四人の乗っていた車が、大型トラックと正面衝突したんだそうだ」

あまりのことに江南は、しばし言葉を失った。思わず胸ポケットの煙草《たばこ》を探ろうとして、残っていた最後の一本をさっき吸ってしまったのを思い出す。

「鮎田さんの身元調査に当たった警官も、おおかたまず、ここでつまずいたんだろうなあ」

云いながら鹿谷は、尖《とが》った顎《あご》の先を掻《か》く。江南は勢い込んで訊いた。

「それじゃあその、風間氏の持ち物だった問題の別荘はどうなったんですか」

「個人資産だったみたいだから、普通に考えれば、相続権を持つ縁者の手に渡ったはずだね」

「だったら、もしかすると氷川隼人の親が相続した可能性も？」

「大いにありうるだろうねえ」

あの手記の中で氷川は、風間の父親のことを「叔父《おじ》」と呼んでいる。これはすなわち、風間の父が氷川の両親どちらかの弟であるのか、あるいは風間の母が氷川の両親どちらかの妹なのか。仮に前者だとした場合、苗字の違いから考えて、恐らくは母親のほうが風間の父の姉に当たる人物なのだろう、という話になる。

「氷川については調べてみなかったんですか」

「調べたよ」

鹿谷は答えた。

「T＊＊大の理学部で形態学を専攻している大学院生、というところまで分っているからね、彼の友人だと云って直接、生物学科の研究室に電話してみたんだが」

「何か問題が？」

「氷川隼人という名前の院生が実在するのは確かめられた。ところが、あいにく彼は去年から、アメリカへ留学してるって云うのさ」

「そう云えば、そんな台詞《せりふ》が手記にありましたっけ」

「ジョージアのほうにいるらしいんだが、電話に出た相手は、連絡先はちょっと自分には分らないって云うんだね。実家の電話番号ならすぐに教えられると云うから、とにかくそれを聞いた。昨日《きのう》の夕方のことだ」

「それで、実家のほうへ？」

「うん。しかし昨日は、何度かけても通じなくてね。今朝になってもう一度電話してみたら、通いのお手伝いさんが応答に出た。そこでまあ、今度は研究室の助手ですと身分を偽《いつわ》って、あれこれと質問をしてみたわけなんだが」

「いろんな顔を持ってるんですねえ。——彼のお母さんとは話さなかったんですか」

「奥様は電話には出られません、と云われてね。てっきり何か取り込み中なのかと思ったんだけれども、あとになってそうじゃないと分った」

「と云いますと？」

「文字どおり、彼女は電話に出られないんだな。電話という機械そのものが使えないんだ。耳と口が不自由だとかで」

「ははあ……」

「それとなく探りを入れてみて、氷川の母親が風間某《なにがし》の姉であるという事実は確認できたんだがね。肝心の氷川本人は、去年の秋にアメリカへ渡ってからこっち、一度も帰国していないらしい」

「風間一家の事故は知らされなかったんでしょうか」

「そう。僕も不審に思って訊いてみたんだが、彼はどうも、あっちへ行ってまもなく最初のアパートから引っ越してしまったらしくて、そのアドレスや電話番号を知らせてこないと云うんだよ。だから年末に事故があったときも、こっちから連絡できなかったそうなんだな」

「向こうの大学のほうへは？」

「言葉がうまく通じないから、諦《あきら》めてしまったらしい」

「そんなにあっさり諦めちゃうものですかぁ。息子の居場所が分らないというのに、心配じゃないんでしょうか」

「連絡がないのは無事な証拠。うちの親父なんかはそう云って、息子から半年や一年くらい音沙汰《おとさた》がなくてもまるで平気だったよ。氷川家のほうは多少、事情が違うみたいだがね。何て云うんだろう。冷えた家庭、とでも云うのかなあ。父親は仕事が忙しくてほとんど家に帰ってこないそうだし、母親はかなり神経の弱い人で、何でも自分の息子を怖がっているようなところがあるっていう。氷川のほうも、昔からあまり両親に懐《なつ》いてはいなかった、と。親を反面教師にして育った、っていうタイプなのかもしれないねえ」

「はあ」

会ったことのない、自分よりも一つ二つ年下の青年の顔を想像しながら、江南は何となく溜息《ためいき》をついた。

「結局、氷川隼人とも当面、連絡を取れないわけですか」

「とりあえず彼の母親に会ってみる手はあるが。にしてもまあ、この旅行から帰ってからの話さ」

風間裕己は事故死。氷川隼人は居所不明。あとの二人、木之内晋と麻生謙二郎については、調べる手立てがほとんどない。——これはやはり、問題の館《やかた》を直接、訪れてみるのが一番の近道だという話になりそうである。

「それからね、天羽辰也博士に関して、ちょっと面白い情報が手に入った」

鹿谷は続けた。

「これは昨夜の話なんだけど、このあいだの浩世ちゃんっていう女の子から電話があったんだよ」

「浩世……って、神代先生の孫娘さん？」

「うん。あのあと神代先生が、天羽博士について一つ思い出したことがあるとかで、わざわざ伝えてくれたのさ」

言葉を切って鹿谷は窓のほうを見やり、江南もその視線を追った。

外は高度一万メートルの雲の上。窓のガラスには、並んで坐《すわ》った二人の影がほんのかすかに映り込んでいる。

「私は鏡の、い、い、い、世界の住人だ」

じっと窓に目を向けたまま、鹿谷はぼそりと云った。

「鏡の世界？」

「天羽博士が昔、神代先生にそう云ったらしいんだな」

「それって、どういう……」

「浩世ちゃんの話によると、どうも神代先生はその意味を承知しているふうだとか。けれどももったいぶって、彼女にも教えてくれないらしい。ミステリ作家が相手だから、謎かけをして楽しんでいるのかもしれないな」

「ああ……そういうところありそうですね、あの先生」

「それともう一つ、二十年前に別荘が完成したとき、天羽博士が案内の葉書をよこしたっていう話があっただろう。あれが見つかったんだそうだ。浩世ちゃんが、あの家の書庫を掘り返して見つけてくれたらしい」

「本当ですか。じゃあ……」

「その葉書に書いてあった別荘の所在地をとにかく教えてもらったんだが、番地もないような森の中みたいだね。現物を見てみたかったんだけれども、何しろゆうべ遅くの電話だったから。彼女に頼んで、明後日《あさって》には釧路のホテルに届くよう、速達で送ってもらうことにした」

「ファンはありがたいですねえ」

半分からかい口調で江南が云うと、鹿谷は何も応えずにきゅっと眉をひそめ、頭の後ろで両手を組んでシートに深々と凭《もた》れかかった。

「以上、報告終わり」

2

新千歳空港に到着したのが午後五時前。

夕刻だが、夏の太陽はまだまだ高度を保っている。東京のほうは梅雨《つゆ》が明けきらず、今日もじめじめしたうっとうしい天気だったというのに、こちらの空は爽やかな青一色であった。

「いいねえ、北海道は」

天を仰《あお》ぎ、鹿谷がしみじみと云った。

「子供のころから憧れの土地だったんだよ。一度こっちに住んでみたいと思ってるんだがなあ」

「初耳ですね。何か特別な理由があるんですか」

「ま、ちょっとね」

「梅雨がないから、とか？」

江南にしても、それは羨《うらや》ましい話だと思う。しかし、九州生まれ九州育ちの自分がこちらの冬の寒さに耐えられるとは思えないから、住みたいと考えたことはない。

鹿谷は「ふん」と鼻を鳴らし、

「梅雨がないのも台風が来ないのも確かにいいけどね、問題の核心は何よりもまず、あいつらがいないことさ」

「あいつら？　何ですか、それ」

「ゴキブリに決まってるだろう」

と、鹿谷は吐《は》き捨てるように答えた。口にするのも穢《けが》らわしい、といった顔つきである。

「へえぇ。鹿谷さん、ゴキブリが嫌いなんですか。まあ、好きな人もあまりいないだろうけど」

「あんなに邪悪な生き物は他にいないさ。この国の政治家どもみたいに不潔で傲慢《ごうまん》で貪欲《どんよく》、昼間の喫茶店に集まるオバサンたちみたいに自分勝手で恥知らずで……ああもう、考えただけで胸が悪くなる。しかもだね、江南君」

ぴくぴくと眉を震わせ、鹿谷は大真面目に訴えるのだった。

「あいつらはね、切羽《せっぱ》詰《つ》まると僕の顔めがけて飛んでくるんだ」

「はあ、なるほど」

鹿谷にそんな弱点があるとは、今まで知らなかった。

今度、ジョージ・A・ロメロの『クリープショー』のビデオでも持って遊びにいこうか――などと良からぬことを考えながら、江南は懸命に笑いをこらえていた。

＊

空港から札幌市内まで、特急バスで一時間余り。大通《おおどおり》公園のそばのホテルにチェックインすると、二人はホテル内のコーヒーハウスで夕食を済ませた。

せっかくだからどこか美味《おい》しい郷土料理の店でも探して食べにいこう、と江南は云ったのだけれど、鹿谷は「ああ、うん」と生返事をするばかりで、いっこうに動きだそうとしないのだった。

こういうときの彼は、たいてい何か考えごとに夢中な状態なのだが、なかなか扱いが難しい。普通にしていても、どちらかと云うと気難しげに見える顔が、よりいっそうその度合を増すのだ。実際にはそうじゃないと分っていても、ついよけいな気を遣《つか》ってしまう。このときも、あまりしつこく誘うと、

「トラベルミステリの取材に来たんじゃないんだからね」

とても云われそうな気がして、結局ホテルの外には引っ張り出せなかったのである。

そんな江南の心中などまるで知らぬげに、「北海スパゲッティ」なるメニューを黙々と平らげてしまうと、

「そうそう、江南君」

鹿谷は不意に、それまでずっと眉間《みけん》に寄せていた縦皺を消して云った。

「一つ報告し忘れていた。ゆうべの電話で、あの娘《こ》——浩世ちゃんから聞いた話なんだが」

「何でしょう」

「中村青司が設計した時計館のことは知っているか。そう伝えるよう、神代先生に云われたんだそうだ。興味があるのならば今の持ち主を紹介してやるぞ、とね」

「時計館って、あの鎌倉の時計館ですか」

ズボンのポケットに入れてある愛用の懐中時計に思わず手を当てながら、江南は訊いた。鹿谷は平然とした顔で、

「当然そうだろう。あの時計館さ」

「今の持ち主と云うと……確かあの家は、メルボルンにいるっていう古峨《こが》倫典《みちのり》の妹さ

んが」

「足立輝美《てるみ》さんだね」

鹿谷は頷《うなず》いて、ミルクをたっぷり入れたコーヒーを飲み干した。

「憶えていないかな。そもそもどうして古峨倫典が中村青司に仕事を依頼し、青司がそれを引き受けたのか。足立輝美の旦那が青司の恩師と知り合いだったという縁が、そこにはあった」

「ははあ。じゃあ、その恩師なる人物が神代先生だった、と？」

「のようだね。いやはや、まったく世の中は狭い。最近とみに痛感するよ」

落ちくぼんだ目を眇《すが》めて、鹿谷は薄く笑う。何となく疲れているふうに見えた。そう云えばこのところ、以前よりも疲れた顔を見る機会が増えたようにも感じる。作家という仕事がやはり大変なのだろうか。それとも単に、年を取ったせいか。

考えてみれば、鹿谷ももう四十一歳である。だが、相変わらず結婚の話は聞かないし、だいたいかつて恋人がいたという話すら、これまで一度も聞いたことがない。口さがない同業者たちのあいだではお約束のように、あの男はゲイなんじゃないかという噂《うわさ》も持ち上がっているけれど、そういうわけではない——と、江南は思う（少なくとも彼はこれまで、身の危険を感じたことはなかった）。

独身と云えば——と、そこで江南の思考は、当面の彼らの問題へと立ち戻った。

例の天羽博士もまた、ずっと独り身を通していたという話だったが、そこには何か特別な理由があったのだろうか。

この疑問を鹿谷に投げかけてみると、彼は「おや」と眉を上げて、

「その件はおおよそ想像がつかないかい？」

と訊き返した。

「君自身が神代先生に質問したじゃないか。あのときの先生の答え、憶えてるだろう」

「ああ……ええと、あの、中村青司が天羽博士についてコメントしてたっていう？」

「そう。天羽博士はどじすんだった。要はそういうことさ」

首を傾げる江南を見て、鹿谷はにやにやと唇《くちびる》を曲げた。

「そうか。君、あれの意味が分ってなかったのか」

「——はあ」

「知らないんだったらまあ、仕方ないなあ。そのうち教えてあげるよ。僕も、もうちょっと考えをまとめたいから」

3

翌七月六日、二人は午前中にホテルを出て、H＊＊大学を訪れた。

事前にある程度は調べてあったのだが、それでもやはり、広大なキャンパスの中で目当ての学舎を探し出すのには多少、骨が折れた。半時間以上も学内をうろうろしただろうか。

やっと辿《たど》り着いた理学部生物学科の研究棟は、赤煉瓦《あかれんが》造りの古い建物であった。冬のあいだ雪に埋もれてしまうためだろう、学内に限らず、この街の建物はどれも、壁の色が何となく煤《すす》けた感じに見える。

キャンパスを歩く学生の数は、漠然と予想していたよりもずっとまばらだった。そう云えば、そろそろ夏休みに入る時期である。そのせいなのだろう。

建物の入口で出会った学生に鹿谷が、進化論をやっているような研究室はどこか、と尋《たず》ねた。進化論とひと口に云われても……と相手は困った顔をしたが、一階にあるのは講義室ばかりで、とりあえず二階より上へ行けば各講座の研究室が並んでいるから、と云う。

二人はさっそく二階へ上がり、適当に当たりをつけてドアをノックしては、そこにいた学生や院生たちを捕まえて天羽博士について尋《たず》ねてまわった。博士の名を知っている人間はしかし、なかなか見つからなかった。ようやく思わしい反応が得られたのは、七つ目の部屋でのことである。

「聞き憶えのある名前ですねぇ。論文を読んだことがあるのかなぁ」

どことなく間延びした調子でそう云って考え込んだのは、もやしのような髪をぼさぼさに伸ばした、三十がらみの助手らしき男だった。

「天羽辰也、ねえ。ここで助教授をしておられたの、いつごろなんですか」

「はっきりしたところは分らないんですが、少なくとも二十年前にはこちらにいらしたはずだと。その後、何か問題があって辞められたとか」

鹿谷が答えると、男は「うーん」と首を傾げて、

「年はおいくつくらいなんでしょう」

「六十過ぎだと思いますが」

「ご専門は何を？」

「進化論を研究しておられたことがある、と聞いています」

「ふうん。進化論ですか。じゃあ、動物のほうなのかなぁ」

欠伸《あくび》をするような声で呟《つぶや》いて、男はまた考え込んだが、

「ちょっと僕には分りませんねぇ」

やがて申しわけなさそうに答えた。

「何かで聞くか読むかしたのは確かなんですが」

「どなたか、天羽博士を知っていそうな方はおられませんか」

「そうですねぇ。ここ数年で、古い先生方が次々お辞めになりましたから……ああ、そうだ。橘《たちばな》さんがいた。あの人なら知っておられるかもしれませんね」

「橘？　ここの先生ですか」

「ええ。橘教授。この上の階の端に、部屋があります。たぶん今日は来ておられると思いますが」

「いきなり訪ねていっても大丈夫でしょうか」

「あの人なら大丈夫ですよ。うちの学科でも、いちばん気さくで優しい先生ですから。何なら電話でちょっと訊いてみましょうか」

「お願いします」

男は電話機を引き寄せ、内線の番号を調べてダイヤルをまわした。幸い教授は在室中で、男が用件を告げると快く承知してくれた模様であった。

「お待ちしています、と」

受話器を置くと、男は眠そうな目に満足げな笑みを浮かべて云った。

「天羽先生ならよく知っておられるそうですよ」

＊

ノックに応えたのは、おっとりとした感じの女性の声だった。江南は最初、てっきり研究室付きの事務員か秘書でもいるのかなと思ったのだけれど、ドアに掛かっている札を見て、それが当人の声なのだと分った。

〈橘てる子教授〉――女性の学者なのだ。

「おやまあ、推理作家の先生？　珍しいお客様ですこと」

鹿谷が差し出した名刺を見て橘女史は、「教授」という肩書にはおよそ似つかわしくないような、無邪気な笑顔を見せた。

「さあさ、どうぞおかけくださいな。そちらの方もどうぞ。お茶でも淹《い》れましょうねえ」

小柄な白髪の老婦人であった。

華奢《きゃしゃ》な身体《からだ》には少々大きすぎる白衣を着て、茶色い革張りの肘《ひじ》掛け椅子《いす》にちょんと坐っている。二人のほうを見てにこやかに微笑《ほほえ》む姿は、大学の先生と云うよりも、気の良い下町の女医さんといった風情である。

「天羽先生についてお訊きになりたいとか」

てきぱきとお茶を用意すると橘女史は、並んでソファにかけた二人の向かいに腰を下ろした。

「さっき二階《した》の澤田《さわだ》君が電話をくださったでしょ。懐かしい名前をいきなり聞かされて、びっくりしましたよ」

澤田というのが先ほどの男の名らしい。

「天羽さんのお名前を聞くなんて、本当に何年ぶりかしらねえ」

「天羽博士は、こちらの大学にはいつごろまでおられたんでしょうか」

と、鹿谷がさっそく質問を繰り出す。上品な銀縁眼鏡《めがね》の奥の小さな目をぱちぱちさせながら、女史は答えた。

「もう十年以上も前になりますわね。――さ、冷めないうちにどうぞ。京都に嫁いだ末の娘が、このあいだお土産《みやげ》に持ってきてくれたんですよ」

「――いただきます」

「それにしても、どうして推理作家さんが今ごろ、天羽先生のことを？　小説の取材か何かかしら」

「ええ、はい。まあ、そんなところです」

「何か事情がおありのようねえ」

湯呑《ゆのみ》を手にしたまま、女史は来客の顔を見据《みす》える。にこにこと微笑む表情は変わらないが、その視線ははっとするほど鋭かった。

この人を相手にあまり適当な話もできない、と判断したのだろう。鹿谷は自分たちがここまでやって来るに至った経緯を、かいつまんで説明した。と云っても、問題の手記の内容にまで立ち入って話してしまったわけではない。

「……僕のほうは、その中村青司という建築家に以前から興味がありまして、ここは何としてでもその別荘を訪れてみたいと。阿寒のほうにあると分ったので、じゃあこちらにも立ち寄って、天羽博士について知っておられる方を探してみようか、ということになったんです」

「記憶喪失、ですか。それはお困りでしょうね」

橘女史は納得顔で頷いた。

「今日はその、鮎田冬馬さんは？」

「一緒に札幌へも来るはずだったんですが、体調を崩されまして」

「このあと阿寒のほうへ向かわれるのかしら」

「はい。明日には釧路へ行って、そこで鮎田氏と合流する予定なんです。問題の家を探すのは明後日《あさって》になりますか。——あの、先生。何かその、天羽博士の別荘に関してご存じではありませんか。黒猫館、という名前で呼ばれているそうなんですが」

「名前はどうか存じませんけれど、確かに昔、阿寒のほうに別荘を建てたという話をお聞きした憶えがあります」

「二十年前、ですか」

「——ええ。そのころでしたっけねえ。大学が紛争で荒れていた時分でしたから」

鹿谷は湯呑の茶を飲み干し、ちょっと居住まいを正した。

「そんなわけでして、天羽博士についてできるだけ詳しくお伺《うかが》いしたいんです。物書きとしても、つまりその、非常に興味をそそられる人物なので」

「詳しくとおっしゃっても、もうずいぶんと昔の話ですからねえ」

と、女史は心許なげに小首を傾げ、

「そちらから具体的に質問してくださいな。そのほうがうまく思い出せるでしょうから」

「じゃあ、順番に」

鹿谷は頷き、質問を始めた。

「まず、そうですね、天羽博士がこちらの大学に来られたのはいつ……何年のことだったんでしょうか」

「ええと、わたしが助手をしていたころですから、かれこれ三十年ほど前になるかしら」

「と云うと、一九六〇年ごろですか」

鹿谷はブルゾンのポケットから手帳を取り出し、メモを取りながら続ける。

「助教授をなさっていたという話ですが、それは橘先生と同じ講座の？」

「いいえ。専門が違いましたからねえ。ですけどまあ、学問の分野で云うとお隣さんとでもいったところかしらね」

「留学から帰ってきて、すぐにこちらへ招かれたとか」

「ええ、ええ。オーストラリアのタスマニア大学に二、三年おられたんですよ、確か。わたしよりもいくつかお若いのに……まだ三十になったばかりで、助教授に」

「優秀な方だったわけですね」

「優秀と云うか、天才肌の人でした。でも、かえってそれが仇《あだ》になったみたいな部分があって、学界では孤立しておられたようです」

「異端視されていた、と?」

「そういうことなんでしょうね。人付き合いもあまり上手な方ではありませんでしたし。学者よりむしろ芸術家のほうが向いてらしたのかも。ご本人も、この世界での地位だの名誉だのには執着がない様子で。——そうそう。絵を描くのがお好きで、ご自分のお部屋でもよく描いておられましたね」

「自分の部屋というのは、大学のですか」

「ええ。変わった方でした。見た感じはけっこうな男前で、女子学生にもたいそう人気があったみたいでしたけれど」

気のせいだろうか、そこで橘女史は微妙に声を曇らせた。

「先生は、個人的には博士と親しくしていらっしゃったのでしょうか」

「同郷だと分ったものですから、それで、他の方たちよりも気安くお付き合いしていたようなところがありました」

「同郷。博士の生家は釧路のほうだと伺いましたが」

「はい。わたしも釧路の出身ですのよ。——留学先でのお話とか、よく聞かせていただいたものです。車で家まで送っていただいたり、お酒がお好きで、飲みに連れていってもらったり。あの二人は怪しいんじゃないか、なんて勝手な噂をする人たちもいましたっけねえ」

語りながら、女史は懐かしそうに目をつぶる。

「ずっと独身でおられたそうですね」

「ええ。わたしの知る限りでは」

橘女史はそこでまた微妙に声の色を変え、こう続けた。

「何て云うんですか、天羽先生はきっと、女性というものにあまり興味をお持ちじゃなかったのでしょう」

鹿谷は口をすぼめ、幾度か小さく鼻を鳴らした。今の女史の言葉を咀嚼《そしゃく》しようとしているふうに見えたが、やがておもむろに次の質問へと移る。

「妹さんが産んだ女の子を引き取られた、という話はご存じですか」

「ああ、理沙子ちゃんね」

と、女史はすぐに答えた。

「お会いになったことがある？」

「しょっちゅう大学に連れてきておられましたから。可愛らしい女の子でしたよ。無口で、人に懐かない子でしたけれど。天羽先生は、それこそ猫可愛がりに可愛がっておられましたねえ」

「その子のお母さんについては、何か知っていらっしゃいますか」

「一度だけお会いしましたっけねえ」

「それは、どちらで？」

「ご自分でスナックをやっておられて、そこへ先生とご一緒に、一度」

「どんな女性でしたか」

「さあ。よく憶えておりませんけれど、きれいな——どことなく小悪魔っぽいって云うんですか、そんな感じの人だったように」

「理沙子さんを産んだあと亡くなったそうですが」

「ええ、そうでした。あのときは先生、ひどくお嘆きでした。一人きりの肉親だったらしくて」

「その後、天羽博士が大学をお辞めになったのはどういうわけで？　何か問題を起こされたという話も聞きますが」

「あれは——」

　橘女史はいくらか表情を硬くして口ごもったが、そっと息をついて言葉を接《つ》いだ。

「お酒が過ぎて、ちょっとしたトラブルを。酔った勢いで、先生の上におられた教授に喰《く》ってかかって、殴ったの殴らないのと。それも昼間に、大学構内で起こった不祥事でした。もともと学内でも変人視されていた方でしたから、誰もかばう人がいなくて、結局あんな……」

「ははあ。それはいつごろの？」

「十年と少し前でしたか」

「大学を追われたあと、博士がどうされたのかはご存じですか」

「しばらく札幌には残っておられたようですが」

「破産されたという話を聞きましたが、本当なのでしょうか」

「人づてには、わたしもそのように。夜逃げ同然にして町を出ていった、とも」

女史はやや目を伏せ気味にして、

「ある意味でとても純粋な方でしたから。悪く云えば、世間知らずということになるのかしらねえ。お金に関してもずいぶんと大雑把《おおざっぱ》なところがあって。もしも本当だとしたら、きっと誰かに騙されるかどうかされたんでしょう」

「現在の博士の消息はまったくご存じないわけですね」

「ええ。自殺したらしいとか海外へ逃げたらしいとか、いくつか話は伝わってきましたけれど、どれも無責任な噂ばかりで。そのうち何も聞かなくなりました」

「理沙子さんがどうなったのかは？　何かご存じありませんか」

「それが――」

女史はここでまた、今度はさっきよりも長く口ごもった。どうやら彼女にとって、天羽博士の思い出は、現在に近いものほど話しづらくなってくるようである。

「行方不明になってしまった、と。その先で。大学をお辞めになる何年か前のことでした。二人でどこかへ旅行に出られて、その先で。さんざん探したのだけれど、どうしても見つからなかったそうで……そんな事情もあってその後、先生は昼間からお酒を飲んだりされるようになったのです」

「そのとき――行方不明になったとき、理沙子さんはおいくつだったのでしょう」

「確か、もうすぐ中学に上がるころ。十二歳くらいだったかしら」

これは核心に触れる問題だった。

鮎田冬馬の手記に記されていた地下室の白骨死体は、果たして誰のものなのか。今の話が事実だとすれば俄然《がぜん》、あれはその、行方不明になった理沙子の死体であるという可能性が高くなってくるが……。

鹿谷は手帳を閉じると、メモに使っていたボールペンの端を顎に当てながら、独《ひと》り小さな頷きを繰り返した。やがて、その様子をじっと見つめていた橘女史の顔に視線を戻し、

「いや、どうも時間をお取りして申しわけありません。あと一つだけ、お訊きしたいんですが」

「テレビの探偵さんみたいですわねえ」

と、女史はおかしそうに頰《ほお》を緩める。

「気にしないでくださいな。わたしももうすぐ退官の年ですからね、たまにはこういう刺激がないと老け込んでいくばかり」

「はあ。まあ、そう云っていただけるとこちらも気が楽ですが。何だかその、無遠慮な質問ばかりしてしまったみたいで」

「いえいえ。そんなことはありませんよ」

「そうでしょうか。じゃあ、あと一つだけ。——これは最初にお話しした、神代先生という天羽博士の大学時代のご友人からお聞きした話なんですが、博士はよく『私は鏡の世界の住人だ』と、そんなふうに云っていたというんです。この言葉について、何か心当たりはありませんか」

「鏡の世界の住人……」

心持ち声を低くして、橘女史は答えた。

「そうでしたね。わたしにも幾度か、そのようにおっしゃったことがありましたわねえ」

「どういう意味なのか、先生にはお分りになりましたか」

「いいえ。分らなかったので、何度も天羽先生にお訊きしたんですのよ。そのたびに笑ってごまかされて……ところが、あるときぽろりと」

「教えてくれたのですか」

「直接その質問に答えてくださったわけではなかったのです。それとは別の脈絡でお聞きしたことだったんですけれど、あとで考えてみて、ああそういう意味だったのか、と思い至ったのでした」

鹿谷は神妙な面差しで、女史の口許を凝視する。彼女は続けた。

「あれは……先生は、ご自分の身体的な特徴のことを云っておられたのです」

「身体的な……？」

「全内臓逆位症。ご存じですわね。心臓だけじゃなくて、全部の内臓が左右逆になっているという。天羽先生は生まれつき、そのようなお身体だったとか」

全内臓逆位症。

なるほど——と、江南は心の中で手を打った。

内臓がすべて常人とは左右逆の位置にある。そんなみずからの肉体の先天畸型《きけい》を、彼は「鏡の世界の住人」というレトリックを使って公言（告白と云ってもいいだろうか）していた。——そういう話か。

「お二人とも、お昼はまだでしょう」

立ち上がって、橘女史が云った。

「近くに美味しいお寿司屋さんがあるんですけど、ご一緒にいかがかしら。そこで推理作家さん、今度はあなたのお仕事についていろいろ聞かせてくださいな」

4

橘教授ご推奨の寿司屋でだいぶ遅くなってしまった昼食を済ませたあと、鹿谷と江南は女史に教えてもらってさらにいくつかの研究室を訪れ、天羽辰也の名を知る何人かの人々と話をした。しかし結局、女史から聞いた以上の情報は得られなかったと云って良い。ここに付け加えるべきものがあるとすれば、せいぜい次の二点くらいだろうか。

一つは、天羽博士の「助教授」としての仕事ぶりに関する情報である。

自室に画材を持ち込んでいたというエピソードからも明らかなように、彼はこの大学においては、あまり熱心な研究者でも教育者でもなかったらしい。欠勤は多い。教授会には出てこない。ゼミの学生は放ったらかし。かと云って、自身の研究活動に没頭していた様子もなく、特に後年の研究業績は皆無に等しかった。

夏休みや冬休み前後の休講も非常識なほどに多くて、ひどい年の冬などは十月半ばごろからはやばやと閉講にしてしまい、年明けは二月上旬まで大学へ出てこなかったという。そんな次第だから、ああいった不祥事がなくてもいずれ何らかの処分があったのではないか、と語る者もいた。

もう一つは、博士の破産に関する情報。

在職当時から、博士はほうぼうから相当額の借金をしていて、大学を辞めたころにはもうすっかり首がまわらなくなっていたという。とうとう夜逃げ同然に町を出ていったという話も、まんざらでたらめではないらしい。とすれば、阿寒に持っていた別荘も当然、そのとき債権者の手に渡ったはずである。そこからさらに転売が重ねられた結果、昨年の時点では例の風間氏の所有物になっていたわけか。

そうこうして二人がホテルに戻ったのは、もう日が暮れたころのことであった。

鹿谷は昨夕とは打って変わってたいそう元気そうで、さあこれから外へ飲みにいこうとでも云いだしそうな気配だったが、今日は江南のほうがすっかり疲れてしまっていて、とてもそんな気にはなれなかった。たった半日で見知らぬ何十人もの人間と会ったのだ。しかも、馴染《なじ》みのない研究室の学生や学者たちばかり。彼らと話をするのはほとんど鹿谷のほうだったが、かえってそれが精神的には応えたのかもしれない。肩や首筋の強烈な凝《こ》りに加え、胃の調子までおかしくなっていた。

こういうときにはつい、四年前の「十角館」事件を思い出してしまう。鹿谷と二人、探偵の真似事《まねごと》をしてあちこちを飛びまわり、そのたびに大きな徒労感と自己嫌悪にさいなまれた記憶が……。

あのときと今回とではまるで事情が違うけれど、こうなってみると今さらながら、自分はやはり〝名探偵〟の器じゃないなと痛感する。いや、こんな体《てい》たらくではワトソン役すら失格かもしれない。

「かなり話が見えてきたねえ」

昨日と同じコーヒーハウスで、今夜は「北海ドリア」なる料理を平らげたあと、鹿谷はすこぶる上機嫌な声で云った。

「橘教授に会えたのは本当にラッキーだったなあ。ねえ、江南君」

「ええ、まあ」

何とか気を持ち直そうと、江南は意識して背筋を伸ばした。

「内臓逆位症の件は驚きました」

「うん。普通は右心症って云うよね。俗に云う右心臓ってやつだが、たいていの場合は他の臓器も左右逆になっているものらしい。心臓だけ右というのもあるんだが、こっちのほうがいろいろと問題が多いんだな」

「全部が逆なら、健康には別に支障がないってことですか」

「そう聞くよ。学校の健康診断で初めて気づくケースも多いらしいから」

鹿谷は例のシガレットケースから「今日の一本」を取り出し、唇の端にくわえた。

「それにしても、そんな自分を『鏡の世界の住人』と云い表わすなんてね、実に興味深い人物じゃないか、天羽博士は。生物学者よりもむしろ、文学者や絵描きのほうが向いていたと見るべきなのかねえ。いつかぜひ、彼の論文を探して読んでみよう」

「娘さんの行方不明という話も出てきましたね」

「ああ。正確な年が分らないのが残念だけれども、とりあえず聞いた話に合うように時間を計算して、こんな表を作ってみたんだよ。見てくれるかい」

そう云って鹿谷が開いてみせた手帳の一ページには、天羽博士に関する簡単な年表が記されていた。

一九四七	T＊＊大に入学
	神代らとともに同人誌活動
一九五七？	タスマニア大へ留学
一九六〇？	H＊＊大の助教授に
一九六四？	理沙子、生まれる　妹、死亡
	理沙子を養女に
一九七〇	阿寒に黒猫館を建てる
一九七六？	理沙子（十二歳）、行方不明に
一九七八	H＊＊大を辞める
一九八二？	破産　消息不明に

「だいたいこれで、博士のまわりで過去に何が起こったのか、想像することができるだろう。無責任な憶測でもいいのなら、彼が何を考えていたのか、どんな想いに衝《つ》き動かされて何をしたのか、その辺もほぼ説明できそうな気がする」

「はあ」

と、江南は力のない相槌《あいづち》を打つ。鹿谷は構わず続けた。

「鮎田氏の手記に出てきた例の白骨死体ね、あれが行方不明の理沙子のものだと仮定しようか。十何年か前、彼女は黒猫館で死んだ。死体が地下の通路に隠されていた事実からして、やはり彼女は誰かに殺されたと見るのが正しいと思う。殺したのはそして、手記の中で氷川隼人が断定していたように、理沙子の養父であり、別荘の主人でもあった天羽辰也自身だという可能性が高い」

「ええ。それはそうでしょうね」

「しかし何だって博士は、『猫可愛がりに可愛がって』いたという娘を殺さなければならなかったのか。どう思う、江南君」

「さあ……」

「いささか短絡的すぎるかもしれないが、僕はそこで一つの結論を出したよ。橘教授が、何だか微妙な調子で云ってたろう。博士は女性というものに興味がなかったのだろう、と。加えて例の、彼はどじすんだという中村青司のコメントだ。どうだい？ぴんと来ないかな」

「さあ。僕には何とも」

「おや。そうかい」

くわえていた煙草にやっと火を点《つ》けると、鹿谷は美味《うま》そうに煙をくゆらせた。それからやおら、テーブルに置いてあった黒いバインダーを取り上げる。

このバインダーに綴《と》じ込まれているのは、問題の手記のコピーだった。江南の分にもう一部コピーを取り、オリジナルのノートは鮎田本人に返してある。

鹿谷はそれ以上何も云おうとはせず、涼しい顔でバインダーを開いた。

「教えてくれないんですか」

江南が不満を示すと、鹿谷は微苦笑を浮かべて、

「もうちょっと自分で考えてごらん。僕にしても、まだまだ分らないことがたくさんあるんだ。特にやっぱり、この手記だねえ。読めば読むほど、何だか妙な点が目につくんだなあ」

そう云うと、シャツの胸ポケットから赤いボールペンを引っ張り出して、手記のコピーに何やら書き込みを始める。江南は手持ち無沙汰《ぶさた》で頰杖《ほおづえ》を突き、そんな鹿谷の様子を眺《なが》めていた。

「ああ、そうそう」

と、やがて鹿谷が顔を上げた。

「さっき鮎田氏に電話してみたら、もう体調は大丈夫だそうだ。霧で飛行機が着陸で

きないような事態にでもならない限り、明日の夜までには釧路のホテルへ行くと云っていたよ」

「明日の出発は早いんでしたっけ」

「うん。夕方までには着きたいね。いくつか向こうで調べたいこともあるし。——今夜はせいぜい早寝をするとしよう」

5

翌日の移動は、石勝《せきしょう》線経由の特急〈おおぞら〉を使った。

昨夜は早くにベッドに入ったのだが、神経が昂《たかぶ》っているせいか、なかなか寝つかれず、けっきょく江南はひどい睡眠不足のまま列車に乗った。鹿谷のほうも似たようなものだったらしく、しきりに目をこすったり欠伸をしたりしていた。そんなわけで、札幌から釧路までの五時間足らず、二人はほとんど各々《おのおの》の夢の中で列車に揺られていたのだった。

釧路に到着したのが午後三時前。

札幌も、今ごろの東京に比べれば遥かに過ごしやすい気候だったが、こちらはさらに涼しい。街を行く人々の服装も長袖《ながそで》のほうが断然、多かった。聞けば、真夏でも平均最高気温が二十度を超えないという。うっすらと霧が漂う街並みは、それ全体が淡く水に滲《にじ》んだような不思議な風情を感じさせた。

ホテルにチェックインすると、鹿谷は休むまもなく行動を開始した。

まず最初は、釧路市の電話帳である。

五十音別と職業別、両方をフロントから借りてくると、ロビーのソファに坐ってページを繰りはじめた。——が、どうやら目当ての番号は発見できなかったらしい。しばらくすると低く息をついて電話帳を放り出し、傍《かたわ》らでぼうっとしていた江南の顔を見やった。

「足立秀秋という名前が出てきただろう、あの手記の初めのほうに」

「ああ、はい。こっちで風間氏の代理人をしているっていう？」

「そう。恐らく彼は、天羽博士が別荘を手放した当時から、売却や運営の窓口になっていた現地の業者なんじゃないかと思うんだよ。とすれば、この釧路市内にいる可能性が高いだろう。電話帳で見つかれば儲《もう》けものと思ったんだが」

「載ってませんでしたか」

「残念ながら」

電話帳を返しにいったついでに、鹿谷はホテルの従業員を捕まえて何やら質問を始めた。江南はソファにいて、ロビーに置いてあった観光マップを開いていたのだが、鹿谷たちのやりとりは彼の耳までぽつぽつと聞こえてきた。

「ところで君、ＵＦＯを見たことはありますか」

「はあ……いえ」

「ここ一、二年、こっちのほうで目撃者が増えてるって噂を聞いたんだけどなあ」

「はあ……いえ。あまりそのような話は……」

「じゃあ、アイヌ民族のあいだでムー大陸に関係した伝説があるというのは知ってますか」

「……………」

「いやいや、別に知らなくてもいいんです」

「はあ。申しわけございません」

「熊を見たことはありますか」

「動物園の熊でしたら、何度か」

「さすがに釧路の街中には出ませんか。出ませんよねえ」

「はい、さすがに。山間部の村のほうでは、ときどき被害があるようですが」

「ははあ。いやいや、どうもありがとう」

江南の許に戻ってくると、鹿谷は隣のソファに腰を下ろし、しかつめらしく腕組みをした。今の質問はいったい何なのかと尋ねたのだが、放っておいてくれ、とばかりに唇を尖らせ、無言でかぶりを振る。かと思うと、江南が膝《ひざ》の上で開いていた観光マップをさっと取り上げ、

「こいつが例の監獄跡だね」

と、地図の一点を指さした。

「ほら。あの手記の中で、氷川隼人が鮎田氏を相手に話していただろう」

江南は鹿谷の手許を覗《のぞ》き込んだ。

「塘路湖《とうろこ》」という細長い湖が、釧路市から北東へ行ったあたり――広大な釧路湿原の東側にある。そのすぐそばに――。

「『郷土館』ってあるだろ。標茶町《しべちゃちょう》郷土館。これが実は、かつて釧路集治監《しゅうちかん》の本館だった建物なんだよ。網走刑務所の前身とも云われるね」

「ああ、なるほど」

「ふうん。こうして見るとわりに距離があるなあ。列車で三十分、さらに徒歩十分か。余裕があれば見にいってみたいところだがね」

鹿谷はマップから目を離し、「さてと」と呟いて立ち上がった。

「鮎田氏が到着するまでにはまだ時間があるだろう。それまで、とりあえず別行動を取ることにしようか」

「構いませんけど、鹿谷さんはどこへ？」

「まずレンタカーの予約をしておかないとね。次に、警察に電話を。去年の八月に阿寒のほうで起こった変死事件の情報が得られるかもしれない。そのあとはね、ちょっと本屋へ行ってくるよ。近くに大きな書店があるらしいから」

「本屋さんですかぁ。道路地図でも？」

「いや、地図だったらちゃんと用意してきてるさ。少々その、専門的な調べ物をしたいんだ。たまには勉強しないとね」

*

鮎田冬馬はぶじ釧路に到着した。

江南はちょうどそのとき、一階のラウンジで紅茶を飲みながら手記のコピーをまた読み返していたのだが、ロビーに入ってきた老人の姿を目の端で認め、すぐに鮎田だと分った。茶色いズボンに茶色い上着、頭には茶色い鍔《つば》なしの帽子。右手で杖を突いて、ゆっくりとフロントへ向かっていく。

席を立ち、彼の許に駆けつけた。「お疲れさまです」と声をかけると、鮎田はほっとした表情で江南を振り向き、

「何とか辿り着けましたな」

と嗄《しわが》れた声で云った。

「お身体はもう？」

「ちょっと夏風邪《かぜ》をひいただけだったのですよ。抵抗力が落ちておるんでしょうな。おかげさまで、たいがい良くなりました」

そう応じて皺だらけの顔で笑うが、九日前に新宿のホテルで会ったときと比べてみても、そこには目に見えて濃い疲労の色が滲んでいた。数ヵ月間ずっと入院生活を強《し》いられていた身だ、久しぶりの遠出ですっかりくたびれてしまったのだろう。

「この街の感じはいかがですか。何か思い出せそうでしょうか」

江南が問うと、鮎田は左目を隠した眼帯のずれを直しながら、「そうですなあ」と呟いた。

「妙に懐かしい印象はあります。確かに昔、ここには来たことがあるような……」

「札幌で、天羽博士についていろいろ情報を仕入れてきましたよ。問題の別荘が阿寒

にあるのも間違いないようです」

「ほう。そうですか」

「明日はさっそく、車を借りて阿寒まで行ってみようという段取りです。別荘の所在地もだいたい見当がついているので。——その後は相変わらず？　何も思い出せないんですか」

「ええ」

小さく頷いて、老人は顔を曇らせる。

「頭の奥のほうでときどき、ちらちらするものはあるのですが。どうしてもそれを摑《つか》み取れないといった有様で」

「きっと明日は何か進展がありますよ」

と微笑んでみたものの、そこで江南はふと物憂《ものう》い気分になるのだった。

何か進展がある。それが果たして、この満身創痍《まんしんそうい》の老人にとって良いことなのかどうか。このままずっとみずからの過去を取り戻せないままでいたほうが、もしかすると彼は幸せなのではないか。——明確な理由があっての話ではないが、そんな気がしたのである。

*

鹿谷が外出から帰ってくるのを待って、三人で夕食を摂《と》った。「もう大丈夫」とは云いながら、鮎田はどうもまだ身体が本調子ではない様子で、食事が済むと早々に部屋へ引き揚げていった。

明日の出発は午前九時半の予定だった。今日のように列車でうたた寝というわけにもいかないから、鹿谷も江南も、備えて今夜こそは早めに眠る必要がある。

見せたいものがあるから、あとでちょっと部屋に来ないか。

鹿谷がそう云いだしたのは、鮎田が場を去ってまもなくのことである。

いったん部屋へ戻り、シャワーで汗を流してから、江南は隣室の鹿谷を訪れた。鹿谷はベッドに寝そべってテレビを眺めていた。

「今日は土曜だったねえ」

コントローラーを取り上げて、鹿谷は云った。

「『イカ天』を見たいんだけど、遅くなっちゃうなあ」

ぼそぼそと云いながら、チャンネルを次々に替えていく。地方にしては映る局の数は意外に多いようだった。

「これは？」

ベッドの隅に無造作に投げ出されていた一冊の本に目を留め、江南は訊いた。

「さっき買ってきたんですか」

書名と装幀の感じから見て、何やら動物学関係の専門書らしいが。

「ああ、それね」

鹿谷は身を起こし、両手の人差指を左右の瞼《まぶた》に押しつけた。

「なかなか勉強にはなったんだが……」

「警察のほうはどうだったんですか。電話してみたんでしょう」

「お話にならなかったよ」

と、鹿谷は憮然《ぶぜん》と肩をすくめてみせる。

「いきなりそんなことを訊かれても答えるわけにはいかない、お前は何者だ？　ってね、取り付く島もなかった。いやはや、やっぱりああいう警察官がいるんだねえ。政治家連中と同じで、何か自分の立場を勘違いしてるんだな」

「九州のお兄さんの名前は出さなかったんですか」

鹿谷には、犯罪心理学の研究者である長兄の他にもう一人、兄がいる。大分県警捜査一課の警部で、江南も幾度か会ったことがあった。

「それも莫迦莫迦しいからやめたよ」

と云って、鹿谷は低く溜息をついた。

高校時代に一度、バイクのスピード違反で捕まった経験が江南にはある。あのときの警官の、「お前はクズだ」とでも云いたげな高圧的な態度を思い出すと、鹿谷が溜息をつきたくなる気持ちもよく分った。いつだったかの鹿谷の台詞ではないが、同じ警察官でも、本当にいろいろな種類の人間がいるものなのだ。

「で、見せたいものっていうのは？　何なんでしょうか」

江南が訊くと、鹿谷は「これさ」と答えて、ナイトテーブルに手を伸ばす。手記のコピーを綴じ込んだ例のバインダーの横に、薄桃色の封筒が置いてあった。それを摘《つま》み上げて、

「今日ここに着いたとき、フロントで受け取った。もっと早くに見せても良かったんだが、君はすぐ顔に出ちゃうほうだからねえ」

云いながら、封筒の中身を取り出す。それは黄色く変色した一枚の葉書であった。

「ああ、浩世さんが送ってくれたんですね。神代先生のところへむかし届いたっていう、天羽博士からの葉書？」

「そうだよ」

頷いて、鹿谷はちらりとその葉書の文面に目を落とす。江南に椅子を勧め、自分はベッドの端に腰かけると、改まった口調でこう云った。

「江南君。君はあの手記を読んで、まずこんな疑問を感じなかったかな。どうして鮎田氏は、若者たちが椿本レナを死なせてしまったと知ったとき、警察への連絡はやめにしようという氷川隼人の意見に、あんなにもあっさりと従ったのか」

「彼らが麻薬で遊ぶのを黙認していたから、でしょう？　そのことがばれるとまずいから」

「手記にはそう書いてあったね。なるほど、一応それで筋が通ってはいるが……にしても、もっと彼自身の中で激しい葛藤《かっとう》があっても良さそうなものじゃないか」

「まあ、確かに」

「それから、レナの死体を目の前にしたときの、鮎田氏の冷静な対応ぶりだ。脈を調べ、死後硬直の進み具合から難なく死亡時刻を推定しているが」

「手際が良すぎる、と？」

「僕にはそう思えるね」

鹿谷は真顔で頷いた。

「まだある。そのあとレナの死体を地下室に隠そうという話が出たときも、鮎田氏は強く反対しようとはしなかった。これもやはり、僕には不可解な行動に思える。あえてその意見に賛成しようと決めたさい、彼はこんなふうに考えているね。

『それはそれで、或《あ》るいは他では得難い利点があるのではないか』

いったい、その『利点』とは何だったんだろう」

江南は返答に詰まった。

鹿谷はブラウン管の中で始まったニュース番組に一瞥《いちべつ》をくれたあと、封筒から取り出した葉書をおもむろに差し出した。

「とにかくこいつを見てごらんよ。文面はどうってことのない案内状だけどね。そこに、今の疑問に対する答えがある」

6

七月八日、日曜日の朝。

鹿谷門実と江南孝明、鮎田冬馬の三人は車で阿寒へと向かった。

借りた車はグレイメタリックのハイラックスサーフ。馬力のある四輪駆動車である。鹿谷がハンドルを握り、鮎田が助手席に、江南は後部座席に坐った。

釧路の街は朝から濃い霧で、ほんの数メートル先を歩く人の影も見えないような状態であった。黄色いフォグランプがのろのろと行き交う市街を抜け、国道二四〇号線を阿寒へと走る。街を離れるにつれて霧は晴れてき、車のスピードも上がった。

阿寒町に入ると、鹿谷は何度か車を停めて町の住人たちに道を尋ねた。

別荘の存在を知る者はなかなか見つからなかったが、やがて立ち寄った古い電気屋の主人が、有効な情報を提供してくれた。昔、何かの修理を頼まれて森の中に建つ洋館へ行ったことがある――と云うのである。

「あんな辺鄙《へんぴ》なところに家を建てるなんて、おかしな人間もいたもんですなあ。何でも札幌の、大学の先生だったみたいなんですがね」

「天羽さんという名前じゃなかったですか」

鹿谷が訊くと、主人は「忘れたなあ」と首を傾げる。

「もうずいぶん前の話だからねえ。そう云えば、小さな女の子がいたっけなあ」

「その後、その家に行かれたことは？」

「いやあ。行った記憶はありませんな」

「去年まで、鮎田さんという人が管理人をしていたはずなんですが、ご存じありませんか。あちらの方が、その管理人さんなんですけどね。ちょっと事故があって、昔の記憶をなくしてしまわれたんです」

　鹿谷は助手席で待っている鮎田のほうを示した。主人は首を捻《ひね》って、

「さあねえ。あたしはてっきりもう、誰も住んでおらんのだろうと思ってましたが」

「足立秀秋という名前は？　心当たりがありませんか」

「知らないねえ」

「最近、その家で人が死ぬような事件があったことは？」

「はて。そんな話は聞きませんなあ」

　電気屋の主人は昔の記憶を頼りに、別荘へ行く道順を示した簡単な地図を描いてくれた。鹿谷は丁重に礼を述べると、その地図を鮎田に手渡して車を発進させた。

　途中で交番の前を通ったのだが、鹿谷は車を停めようとしなかった。昨日、警察に電話してぞんざいな対応をされたせいで、しばらく警官というものには近づきたくない気分なのかもしれない。

　阿寒町を離れ、三人を乗せた車は「まりも国道」の愛称で呼ばれる道を阿寒湖へ向かって北上する。教えてもらった目印を見つけて西へ折れる脇道に入り、さらに幾度か右左折を繰り返すうち、道は未舗装《みほそう》の悪路となって深い蝦夷松《えぞまつ》の森の中へと分け入っていった。

そして――。

そろそろ正午になろうかというころ、ようやく三人はその屋敷の前に辿り着いたのであった。

第七章　鮎田冬馬の手記　その四

22

八月四日、金曜日の朝が来た。

起きた時の不快感は前日以上であった。例によって私には、目覚める前に見た夢の内容を思い出す事は出来ない。だが、仮にそれが人の云《い》う悪夢の内容を備えた物だったとして、その夜の夢が具体的にどのような爪《つめ》と牙《きば》を以《もっ》て私の眠りに襲い掛かったのか、想像してみるのは容易《たやす》い話だった。

椿本レナの蒼白《そうはく》な死に顔。その細い首に巻き付いた血の色のスカーフ。地下の暗がりで私を睨《にら》み付けた、あの虚《うつ》ろな眼窩《がんか》。そしてその足許に横たわった、あの猫の白骨死体。……

あれから一箇月《かげつ》が経《た》った今でも尚《なお》、それらの物達は私の網膜に焼き付いて離れようとしない。耳を澄ますと地の底から、寂しげな少女の啜《すす》り泣きと怨《うら》めしげな猫の鳴き声が、重なり合って響いて来るような気さえする。

こうなってみると、自らの夢を記憶に留める能力の欠如が、却《かえ》って有難く思えた。もしも人並みにそういう能力があったなら、私は夜毎《よごと》に眠りを恐怖し、その所為《せい》で確実に若い頃の不眠症へと逆戻りしたに違いないから。

こんな風に考えてしまうのはしかし、ある意味では大いに悲しむべき事なのかも知れない。最早《もはや》かつてのように「あちら側の世界」への憧憬《しょうけい》を抱かなくなった――いや、抱けなくなってしまった自分自身を、その心の形の移ろいを、否応なく思い知らされるからである。

仮にあの時あのような事件が起こらなかったとしても、もしかすると私の中のそうした変化は必然だったのかも知れない、とも思う。世界を拒否し、世界に拒否され、そこから逃げ出した私のような人間の、きっとそう、これは哀れな宿命なのであって……。

……閑話休題。

八月四日の朝の話に戻ろう。

前夜はやはりなかなか寝付かれず、眠りも浅かったのだろう。この朝、起きた時の私の顔は全くひどい物であった。洗面台の鏡の前で寝惚《ねぼ》けた目を擦《こす》りながら一瞬、これが本当に己《おのれ》の顔なのかと疑いたくなったくらいである。瞼《まぶた》は水を含んだように腫《は》れぼったく、頬《ほお》は肉を削ったように痩《こ》けていた。唇《くちびる》の色は黒ずみ、皺《しわ》の数は倍以上にも増えたかに見えた。

一晩で十歳ほども年を取ってしまった心地で、のろのろと顔を洗う。

今一度、鏡に映った自分の老いた姿を見詰め、深く長い溜息《ためいき》をついた。そう云えばその時、私に付いて浴室に入って来ていたカーロの黒い影が鏡の隅で動き、思わずびくっと身を強張《こわば》らせたのを憶《おぼ》えている。

カーロを抱き上げて浴室から出ようとした時、ふとその音に気付いた。何処かで水の流れる音がしていたのである。

私自身が水道の栓《せん》を締め忘れた訳ではなかった。どうやら、この部屋の真上の位置にある二階の浴室で、誰かが水か湯を使っているらしい。この時はしかし、それを取り立てて不審に感じもしなかった。

寝室を出てサロンを覗《のぞ》いたのが確か、午前九時半頃である。

予想に反して、サロンのソファには既に若者達の内の一人が居《い》て、音声を消したテレヴィの画面を覇気のない面差《おもざ》しで眺《なが》めていた。木之内晋である。

「あ……どうも」

私の姿を認めると、木之内はそう云っておろおろと視線を逸《そら》し、胸ポケットから円い黒眼鏡《めがね》を取り出して掛けた。

「少しは気分が落ち着きましたかな」

室内に歩を進めながら、私は訊《き》いた。若者は真っ直ぐにこちらの顔を見る事が出来ぬまま、

「あの……すみません、昨日《きのう》は」

呟《つぶや》くように声を落とした。

「あのう、オレ……」

「済んでしまった事は仕様がない。気になさらぬ事です」

項垂《うなだ》れた若者の、長く髪を伸ばした頭のてっぺんを見下ろして、私は云った。

「旅行から帰ったら、ここでの出来事は全て忘れてしまいなさい。後はきっと時間が解決してくれましょう」

「――はい」

素直に返事をすると、木之内はテーブルの上に散らかったままになっていたグラスの一つを取り上げた。底の方に少し残っていた水を一息に飲み干す。その手が微《かす》かに震えているのを見ながら私は、彼が昨夕、幻覚の中で遭遇した「化物」のおぞましい姿を想像してみていた。

空になったグラスを置く際、木之内の手がテーブルの端にあったアイスボックスに引っ掛かった。払い飛ばされるようにしてアイスボックスは床に転がり、中に入っていた水が市松模様のタイルを濡らした。

あたふたとソファから腰を上げ、木之内が容器を拾い上げる。「すみません」としおらしく謝るのに、絨毯《じゅうたん》ではないから慌《あわ》てなくても大丈夫、と応えてやり、私はサロンを出た。

モップを取りに厨房《ちゅうぼう》へ向かったついでに、玄関ホールへ行った。そうしてそこで、ゆうべ施錠した玄関の扉に異状がない事を確かめていたところへ、氷川隼人が二階から降りて来た。

「お早うございます」

穏やかな声で挨拶《あいさつ》をする氷川の顔にも、やはり拭《ぬぐ》い難い疲労の色があった。金縁眼鏡のレンズの向こう、切れ長の目の周りに薄く出来た隈《くま》が、何とも痛々しく見える。

「木之内さんがサロンに居ますよ」

扉から離れながら、私は告げた。

「だいぶ落ち着いた様子ですな。昨日のような真似《まね》をする心配はもうないでしょう。——コーヒーを淹《い》れますが、飲まれますか」

「戴《いただ》きます」

答えて、氷川はズボンのポケットを探った。ゆうべ預けた二本の鍵を取り出し、

「これ、お返ししておきます」

と、私に手渡す。

「何と云ったらいいかその、鮎田さんには本当に御迷惑をお掛けして……」

「それはもう、云いっこなしにしましょう。さっきも木之内さんに話しましたが、済んだ事は仕様がない」

受け取った鍵の内の一本を左手の指先で摘《つま》み、私は再び玄関の扉へと向かった。無性に外の空気が吸いたくなったのである。

低気圧は夜の間に去ったらしい。天候は回復しつつあり、雲の連なりが途切れて太陽が顔を覗かせていた。

陽射しが金色のカーテンのように降り注ぎ、地に白く反射して目を眩《くら》ませる。私は

背筋を伸ばして深呼吸を繰り返し、肺の中に重く澱《よど》んでいた空気を入れ換えた。

＊

午前十時半になって、風間裕己がサロンに姿を現わした。

憔悴《しょうすい》した様子は他の二人と同様だったが、氷川は兎《と》も角《かく》、木之内や麻生と比べれば多少、神経が図太く出来ているらしい。私の顔を見るなり、腹が減ったから早く食事にして欲しいと注文した。

「謙二郎はまだ寝てるのかな」

壁の時計を見上げながら、風間が云った。

「起こして来いよ、シン」

云われて、ぼんやりと煙草《たばこ》を吹かしていた木之内は「変だな」と首を傾げた。

「オレ、あいつはとっくに起きてると思ってたんだけど」

「何でだよ」

「シャワーの音がしてたからさぁ」

「はあん？」

「今朝、目が覚めてトイレに行こうと思ったらさ、シャワーを使ってる音がしてたんだ。声を掛けてみたんだけど、返事はなくてさ。水の音で聞こえないんだろうと思って……しょうがないから、もう氷川が起きてるみたいだったんで、頼んでそっちのトイレを使ったんだ」

木之内は氷川の方を見やる。金縁眼鏡の青年は黙って頷《うなず》いた。

「だからさ、あいつ起きてる筈《はず》だぜ」

私が顔を洗った後に気付いた水音は、そのシャワーの音だった訳か。サロンで木之内を見付けたのが九時半、顔を洗ったのはその何分か前の事だから、時間関係は今の話と合う。

「その後また寝ちまったんじゃねえか」

ぶっきらぼうに云って、風間は天井を睨み付けた。

「起こして来いよ、シン」

「あ……ああ。そうだな」

木之内は気怠《けだる》そうに腰を上げ、サロンを出て行った。

風間が替わってソファに坐《すわ》り、木之内がテーブルに残して行った煙草の箱から一本、取り出して唇の端に銜《くわ》える。所在なげに長い髪を掻《か》き回しながら、黙々とコーヒーを啜っている従兄《いとこ》の顔を横目で窺《うかが》って、

「あのなあ、隼人」

相手の機嫌を探るような声音で云った。

「ゆうべあれから思ったんだけどさ」

「何だい」

と、氷川は冷たく言葉を返す。風間は声の調子を更《さら》に和らげ、

「つまりその、俺達の誰かがあの女を殺しちまったっていうのは……そんな風に思い込むのはやめた方がいいんじゃないか」

「意味が分らないね」

「あれはさ、俺達じゃなくてあの女が悪かったんだ。どう考えたってそうさ。俺達は別に悪くない。殺人じゃなくて事故だったんだよ、事故。責任はあいつの方にあるんだ。なあ、そうだろう」

「何を今更」

氷川は眉《まゆ》をひそめ、充血した切れの長い目に冷笑を湛《たた》えた。

「どんな解釈をしてみても、彼女が死んだ事実には変わりがない。自殺だったとでも云うのなら兎も角……」

木之内がサロンに駆け込んで来たのは、この時である。鼻の頭の方へずれ落ちた黒

眼鏡を直そうともせず、がっしりとした肩を大きく上下させながら、

「変だよ、やっぱ」

と、私達に訴えた。

「何が変だって？」

風間が鬱陶《うっとう》しそうに目を剝《む》いた。

「謙二郎は？　寝てたんだろう」

「違うよ。違う」

木之内は強くかぶりを振って、

「まだシャワーの音がしてるんだ。ドアは開かないし、呼んでみても全然、返事はないし。寝室の方も覗いてみたんだけど、誰も居ないし」

私は時計を見た。もう十一時になろうかという時刻である。

木之内の報告が本当だとすると、確かにこれは変だと思わざるを得ない。幾ら何でもこんなに長い時間、浴室に独《ひと》り閉じ籠《こも》っているというのは……。

「行ってみよう」

困惑顔の風間を促して、氷川が立ち上がった。

「鮎田さんも、一緒に来て戴けますか」

23

麻生が使っている寝室は、階段の方から向かって右側奥の部屋だった。建物の南東の角に当たる位置で、一階の私の寝室の丁度《ちょうど》、真上になる。これと向かい合った左側奥の部屋が風間の寝室。木之内と氷川はそれぞれ、この二部屋と浴室を挟んで隣り合った手前の寝室を使っていた。（作者註　巻頭「黒猫館平面図」参照）

私達四人はまず右側手前の木之内の部屋に入り、浴室の扉に向かった。

黒塗りの木製扉で、丸い真鍮《しんちゅう》のノブが付いている。鍵孔《かぎあな》はなく、内側から掛金を下ろして施錠する仕組みになっている。

木之内の云った通り、扉は開かなかった。そして耳を澄ましてみるまでもなく、浴室内からは確かにシャワーの水音が聞こえてくる。

「麻生」

氷川が扉を叩《たた》き、呼び掛けた。

「麻生、居るのか」

「謙二郎」

と、横から風間が声を重ねる。

「おい、謙二郎」

返事はなく、水の音だけが単調に続いた。

氷川が再びノブを握り、力を込める。だがやはり、扉は開こうとしなかった。中の掛金が下りているのである。

「隣へ行ってみよう」

と云って、氷川は足速に廊下へ向かった。私達三人もそれに従った。

麻生の寝室の様子その物には別段、異状は見られなかった。入って正面及び左側に設けられた窓にはどちらもカーテンが引かれており、後で私が調べてみたのだが、上方の滑り出し窓は両方共、閉まったままだった。照明は点《つ》いていたが、これは先程、木之内が覗いた時からそうだったらしい。

「部屋のドアには、鍵は掛かっていなかったのですね」

と、私は木之内に訊いた。黒眼鏡の若者が無言で頷くのを確かめると、氷川の後を追って浴室の扉に足を向けた。

こちら側の扉も、隣室と同じで開かなかった。幾度かまた氷川が声を掛けてみたが、やはりうんともすんとも返事はない。

もしかしたら、と思ったのだろう。氷川は浴室の扉の右手に並んだクローゼットを開け、覗き込んだ。しかし、中の様子に異状はない。その傍《かたわ》らで私は、何とか外から扉を開ける術《すべ》がないものかと思案していたのだけれど、すぐにこれはもう、扉自体を壊してしまうしかないという結論に達した。

この時、意識的に観察してみて分ったのだが——。

浴室の扉と扉枠の間には僅《わず》かの隙間《すきま》も——それこそ太さコンマ何ミリの糸を通すような隙間すら——ない。上下左右、どの部分を見てもそうだった。鍵孔もないし、ノブの取り外しも容易には出来そうにない。扉は寝室の方から見て外開きで、蝶番《ちようつがい》は浴室側に付いているから、扉ごと外してしまう手も不可能である。これらは全て、先に見た隣室側の扉についても云える事だった。

「体当たりしてみましょう」

氷川が云った。

「鍵は簡単な掛金一つだ。何とかなるでしょう。——裕己、手伝ってくれ。鮎田さん、下がって下さい」

氷川の合図でタイミングを合わせ、二人して肩から扉にぶつかる。だが、中の掛金は氷川が予想したよりも頑丈《がんじよう》で、三度四度と繰り返しても壊れる気配がなかった。地下室から何か道具を持って来た方が早いだろうか、と私は思い始めたが、その意見を口に出す寸前にようやく、二人の体当たりが成果を上げた。

錆《さ》びた金属が軋《きし》むような鈍い音がして、扉が動いた。聞こえて来るシャワーの水音が、それまでよりも大きくなった。

体当たりに使った右の肩をさすりながら、氷川が扉の向こうを覗き込む。途端《とたん》、

「ああ」と掠《かす》れた声を洩《も》らした。

「ああ……麻生」

浴室の中で何が起こっているのか、この時点で私には大方の見当が付いていた。恐る恐る氷川の背後へと歩を進める風間にしても、扉から離れて様子を見守る木之内にしても、きっとそれは同じだったに違いない。

「謙二郎」

風間が低く声を震わせた。

「何だってお前……」

二人に続いてすぐに浴室に踏み込んだ私だったが、その際、開放された扉の状態を意識的に調べてみた事を憶えている。

扉の内鍵は、扉枠に取り付けられた真鍮製の掛金を扉の受金《うけがね》に落として施錠する、

単純な構造の物である。氷川と風間の体当たりによって、二つの金具の内の片方——扉の受金の方——が壊れていた。取り付け用の木ネジごと板から引き抜かれ、かろうじて扉の内側にぶら下がっていた。

この金具に何らかの細工が施された形跡はないか。そう思ってわざわざ目を寄せてみたのは、「内側から鍵が掛かっている」という、所謂《いわゆる》〝密室状況〟それ自体が、この時の私の思考中に或る種の疑念を喚起《かんき》したからに他ならない。

私の見た限り、掛金にも受金にも不審な点は一切なかった。扉や扉枠についても同じだ。例えば糸の切れ端が巻き付いていたとか、金具の表面に新しい引っ掻き傷が出来ていたとか、或《ある》いは蠟《ろう》や煤《すす》など、本来そこにある筈のない物が付着していたとか……そのような類《たぐい》の不審点である。

ちなみにこれは、隣の寝室へと通じるもう一枚の扉に関しても確認出来た事で、更に付け加えるなら、例えば私よりも先に踏み込んだ氷川や風間が、私の目を盗んで扉に何らかの小細工をするような暇《いとま》も決してなかった。取り敢《あ》えずそう断言して良いだろう。

この浴室の〝密室性〟に関わる問題については後程、色々と調べてみた事があるのだが、それは後で改めて記すとして——。

窓のない長方形の部屋は、床と壁が例によって市松模様のタイル張りで、入って左手の奥に黒いバスタブが据《す》えられている。四本の猫脚《ねこあし》が浴槽《よくそう》を支えた古風な型の物である。

このバスタブの中に、麻生謙二郎は立っていた。いや、正確には「立っていた」訳ではなかったのだが、少なくとも最初、私にはそのように見えたのだった。

青いパジャマを着て、力なく頭を下げ、両腕をだらりと伸ばしていた。シャワーから噴出する水（湯ではなかった）が吹き降りの雨のように、やや前方に傾いたその身《から》体《だ》を濡らしている。身体に当たって散った水の飛沫《しぶき》は、手前の洗面台や洋式便器、更には入口の扉の付近まで及んでいた。（作者註「現場見取り図」p.300参照）

先に踏み込んだ氷川と風間は、黄色い明りが灯《とも》った狭い部屋の中央辺りで、身を寄せ合うようにして呆然《ぼうぜん》と立ち尽くし、物云わぬ仲間の姿を見詰めていた。私はそんな二人を押し退け、水飛沫で服が濡れるのも構わずバスタブに近付いて行った。

麻生は「立っていた」訳ではなかった。何故《なぜ》ならば彼は、自らの足によって自らの体重を支えてはいなかったから――。

立っていたのではない。彼の身体は上から吊《つ》り下がっていたのである。

「首を吊りやがった」

最後に中を覗き込んで悲鳴を上げた木之内を振り返り、風間が云った。

「自殺しちまったんだ、こいつ」

麻生は死んでいた。左手を胸に当てて懸命に動揺を抑えつつ、私は眼前で揺れる死体の状態を観察した。

喉《のど》に喰《く》い込んだ索状物は黒いビニールのコードだった。どうやらこれは、例の8ミリヴィデオのカメラをテレヴィに繋《つな》ぐ為《ため》の接続コードらしい。

コードの一端は、上方に渡されたシャワーカーテン用のポールに結び付けて固定してあった。ポールの高さは二メートル余り。首を吊るには充分な高さだが、浴槽の中を覗いてみて、身体が完全に宙吊りになっている訳ではないと分った。

足の先が槽の底に付いている。膝《ひざ》を少し曲げて爪先立《つまさきだ》つような恰好《かっこう》、と説明すれば良いだろうか。

専門的には、全体重が索状物に懸《か》かった形での縊死《いし》を「定型的縊死」、そうでない物を「非定型的縊死」なる用語で呼ぶらしいが、この場合は当然、後者に該当する事になる。紫色に腫れ上がった顔面の様子からも、それは明らかだった。胴体と頭部を結ぶ動脈の閉鎖が不完全であった為、こういった鬱血《うっけつ》状態になるのだ。

背後で風間が、「うぐっ」と喉を鳴らした。洗面台に向かって身を折り、胃の辺り

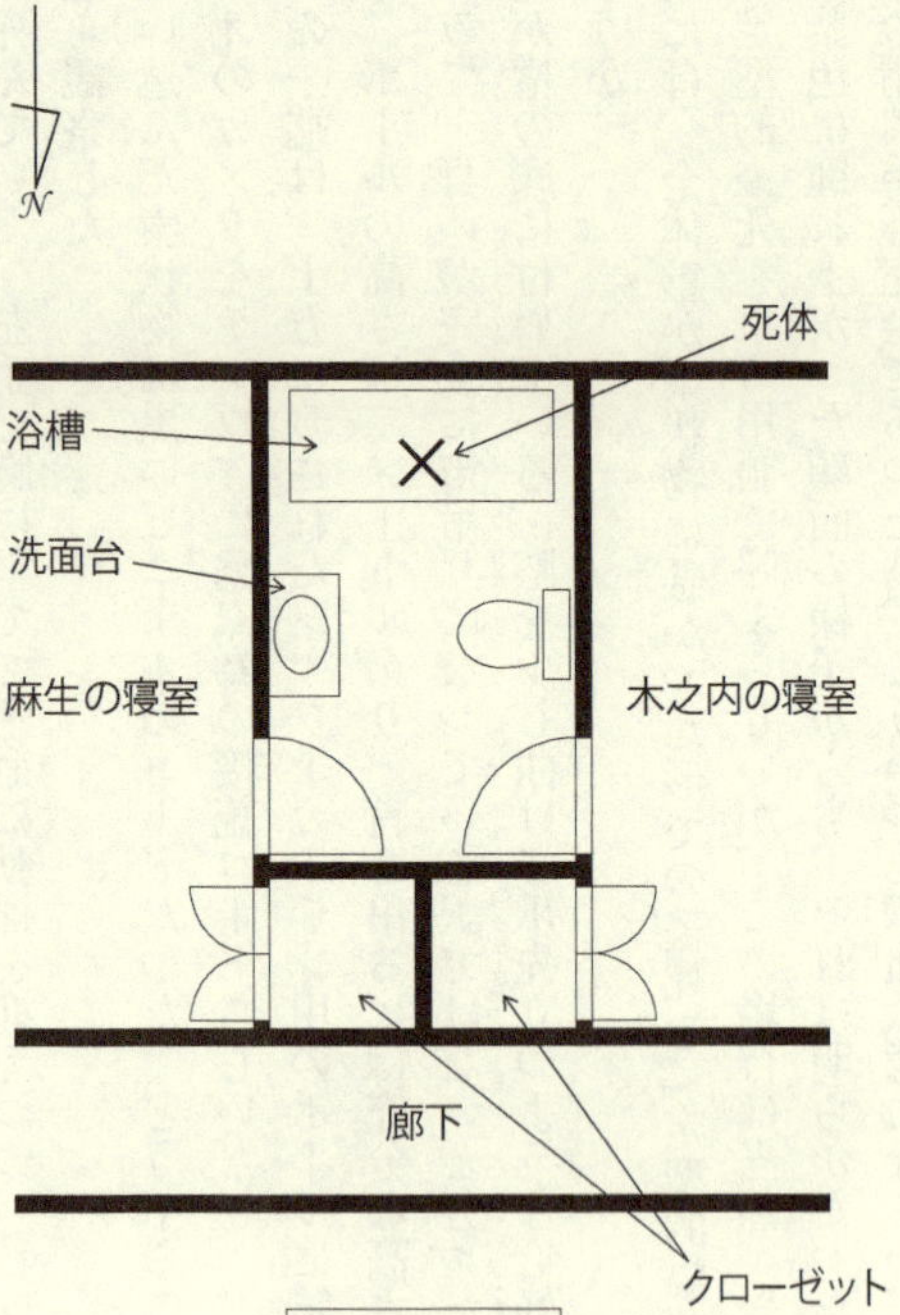
死体
浴槽
洗面台
麻生の寝室
木之内の寝室
廊下
クローゼット
N

現場見取り図

を両手で押さえて苦しそうに喘《あえ》ぎ始める。嘔吐物《おうとぶつ》の嫌な臭《にお》いの所為で、私も急に胸が悪くなって来て、堪《たま》らずその場から退散した。

「管理人さん」

私よりも一足先に浴室から逃げ出していた木之内が、そこで声を掛けて来た。

「こんな物が」

と云って、ベッドサイドのテーブルを尖《とが》った顎《あご》で示す。そうして彼が私に向かって差し出した手には、二つ折りにされた一枚の紙があった。

「あいつが——謙二郎が書いたんだ。遺書って奴なんじゃないかな」

「本当ですか」

私はそれを受け取り、開いてみた。白い横書き用の便箋《びんせん》だった。

「ああ、これは」

一目見て、私は思わず呟いた。

「確かにこれは、彼の……」

便箋には、黒いインク（たぶんボールペンの）で記された見憶えのある字が並んでいた。活字かと見まがうような、角張った几帳面《きちょうめん》な文字。——一昨日たまたま目にした、あのヴィデオカセットのラベルの文字と同じ筆跡であった。

もうこれ以上、隠していられない。
もう僕は、頭が変になりそうだ。
昨日の夜、あの女を殺したのは僕でした。
はっきり憶えています。
みんなに迷惑を掛けて悪かったと思う。
どうか許して下さい。

麻生

24

その後の経緯は簡単に記すに留めよう。

麻生謙二郎は、椿本レナを絞め殺した犯人は他ならぬ自分であった事を当初から自覚していた。幻覚剤を服用した状態にあって、それがどのくらい明確な殺意を抱いての行為だったのかは分らないが、兎にも角にも彼の頭には、彼女を殺したのは自分だ

――という記憶がはっきりと残っていたのである。

しかし昨日、事件の検討を行なった段階では、麻生はその〝真相〟を皆に告げられなかった。他の三人の記憶が非常に曖昧《あいまい》であったのを良い事に、彼はそれをひた隠しにしていた訳だが、結局は昨夜、人を殺した罪の意識に耐え切れなくなって、自身の命を絶つ道を選んだ。

そういった解釈が、残された三人の若者達の合意として打ち出されたのは、当然と云えば余りにも当然の結果であった。私は敢えてそこに異論を差し挟もうとはせず、仲間の死を悲しみつつも、自分は殺人者ではなかったのだ――という安堵《あんど》の色が彼ら各々の顔に浮かぶ様《さま》を、傍観者の眼差《まなざ》しで見ていたのだった。

続いて彼らが議論せねばならなかったのは、云うまでもなく、この事件を警察に届けるべきか否かという問題である。これには私も積極的に加わり、最善の対処法を検討した。

前日のレナの事件とは違って、麻生の死その物を世間の目から隠してしまう訳には行かない。彼がバンドのメンバー達と共にこの屋敷に来ているのは、周知の事実なのである。下手な隠蔽《いんぺい》工作をしたところで、却《かえ》って余計な不審を招くだけなのは明らかだった。

ここはむしろ、レナの死に触れている「遺書」のみを処分して、後は有りのままを警察に知らせるべきではないか――と、これが私達の最終的な結論となった。

麻生は単に旅先で自殺を図ったのだ、という事にすれば良い。

遺書は残っていないけれども、自殺の動機には皆、心当たりがある。先頃、実家の母が亡くなったばかりで、母親っ子の彼はひどく落ち込んでいた。精神的にとても参っていたようで、こちらへ来てからも、事ある毎《ごと》に自殺を仄《ほの》めかすような言葉を洩らしていたから……。

全員が口裏を合わせてそう証言すれば、警察も納得するだろう。加えて、現場の浴室は完全な密室状態だったのだ。その中で首を吊っていたのだから、素直に受け取ればこれは自殺としか考えられない。

こうして――。

問題の「遺書」を、ゆうべ氷川が取り上げた例のヴィデオテープと一緒に裏庭の焼却炉で燃やしてしまった後、私は若者達にもう一度、各人が証言するべき事と決して云ってはならぬ事について念押しをし、警察への通報を実行に移したのだった。

知らせを受けて黒猫館に駆け付けた警察官達は、現場の状況と私達四人の証言を元に、予想外の速やかさで「自殺」の判定を下した。専門家による死体の所見も幸いその判定を裏切らぬ物で（死亡推定時刻は概《おおむ》ね、八月四日の午前一時から四時の間だと云う）、また、気懸かりだった捜査員の地下室への立ち入りもなく——。

数日後には無事、若者達は彼らの本来の住処《すみか》へ帰れる運びとなった。

25

先に一通り述べた、浴室の〝密室性〟を巡る問題に関して、幾つかの補足をしておくとしよう。

麻生謙二郎の死体があった浴室の状況は、考え得る限りおよそ完全に近い〝密室〟であった。二枚の扉はそれぞれ内側から閉ざされ、窓は一つもない。大広間にあるような秘密の出入口の類も、この浴室には一切存在しない事を私は承知している。室外の空気と接触する部分があったとすれば、それは天井に設けられた小さな換気口と床の排水口くらいの物だろうか。

この換気口と排水口について私は、後に次のような確認を行なっている。

換気口は、天井裏を通って建物の南側壁面まで続く管で外気と繋がっている。ここには空気の入れ換えを促進する為の電動ファンが組み込まれていて、死体が発見された時、このファンは回転していた。ちなみにファンのスイッチは、照明のスイッチと並んで洗面台の横に取り付けられている。

排水口はバスタブの手前にあり、目の細かい金網のカヴァーが被せられている。老朽化の為、このカヴァーは縁の金具がすっかり錆《さ》び付いており、ドライヴァーを捩《ね》じ込んで力を加えなければ取り外せなかった。取り外した後、元通りに嵌《は》め込もうとしたのだが、この作業もまた余り容易ではなかったという事を書き加えておこう。

閉ざされていた二枚の扉については、ほぼ先に記した通りである。

掛金や受金及びその周辺には何ら不審な痕跡《こんせき》は残っておらず、扉と扉枠の間には僅かな隙間もなかった。私は後日、更に入念な観察と実験を行ない、それによってこれらの扉の〝密閉性〟を改めて確認している。

さて、以上のような事実を一つ一つ確かめる事によって一体、私が何を証明したかったのか。それは最早、云わずもがなであろう。

あの日、麻生謙二郎は覚悟の自殺を図った。彼の死を取り巻く状況はこぞって、そう物語っていた。動機、遺書、そして現場の密室状態……。

しかし――と、私は考えた訳である。

それ以外の可能性はないものか。つまり、麻生が何者かに殺されたという事は有り得ないのだろうか、と考えた……いや、考えざるを得なかった、と云った方が良いかも知れない。

浴室の〝密室性〟を中心に綿密な検討を重ねた結果、私はこの問題に対する一つの明白な解答に行き着く事になる。

しかしながら私には、そうして得た結論を誰かに話そうという気持ちはまるでなかったし、敢えてそんな真似をする必要も感じなかった。あれから一箇月が経ち、ようやくこの屋敷も以前の静けさを取り戻したが、その気持ちは現在も変わっていない。今後も恐らく、余《よ》程《ほど》の事態にならない限り変わらぬだろうと思う。

椿本レナなどという女がこの屋敷にやって来る事はなかった。麻生謙二郎は個人的な悩みが原因で自ら首を縊った。

これが、一九八九年の八月に起こった事件の全てである。

そういう事にしておけば良い。——そう。それが一番良いのである。

第八章　一九九〇年七月　阿寒

1

……強い風がひとしきり、庭に点在する木々を大きくざわめかせて吹き過ぎた。あたりを押し包んでいた霧が散り、ほんの短いあいだではあるが、南中した太陽の光線が地に射した。

「さあ。行こうじゃないか」

高らかに云《い》って、鹿谷が束《つか》の間《ま》の陽射しに照らされた館《やかた》の玄関に向かって足を踏み出す。からからと小さな音を立てて向きを変える屋根の上の影にちらりと目をくれてから、江南は鮎田老人とともにそのあとを追った。

江南が案じたとおり、玄関のドアには鍵が掛かっていた。

鹿谷はしばらくのあいだ、両手でノブを摑《つか》んで押したり引いたりしてみていたが、扉は微動だにしない。そのうち二人のほうに向き直ると、

「車から道具を取ってくるから」

そう云い置いて、門のほうへと駆けだした。

数段の短い階段で地面と結ばれた玄関のポーチで鹿谷を待つあいだ、鮎田はひと言も喋《しやべ》らず、右手の杖《つえ》をこつこつと鳴らしながら、汚れた象牙《ぞうげ》色《いろ》の扉やその左隣に並んだステンドグラス風の嵌《は》め殺《ごろ》し窓《まど》を見つめていた。江南はどうにも複雑な気分で、

「見憶《みおぼ》えがありますか」

と尋《たず》ねてみたが、老人は何も云わずにただ小さく首を振るだけだった。

やがて鹿谷が、車に積んであった自動車修理用の工具を持って戻ってきた。それを使って扉を抉《こ》じ開けるのに、十五分ばかりの時間がかかっただろうか。

「よし」と満足げに呟《つぶや》くと、鹿谷は額に浮かんだ汗を手の甲で拭《ぬぐ》いながら、先頭を切って建物の中に踏み込んでいった。

館内は、江南が何となく予想していたよりもずっと寂《さび》れ果てた様子で、「廃屋」という言葉がふさわしいようにさえ思えた。市松模様のタイル張りの床に積もった埃《ほこり》やあちこちに作られた蜘蛛《くも》の巣の状態から見て、長らく人が足を踏み入れていないのは

明らかである。

吹き抜けの玄関ホール。

色ガラスの窓から射し込む光が薄闇に絡みつき、不思議な静寂感と透明感を醸《かも》し出している。そこへ、扉を開けて踏み込んだ三人の影が伸びた。

中央まで進み出てホール内を見まわすと、鹿谷は腕組みをし、犬が唸《うな》るような低い声を洩《も》らしながらその場に佇《たたず》んでいた。

江南は手前の壁に電灯のスイッチらしきものを見つけ、押してみた。だが、当然のように明りは点《つ》かない。状況からしてこれは、電球が切れているのではなく、送電が止まっているのだと考えたほうが良さそうだった。

正面奥に仄白《ほのじろ》く、扉の影が見える。パントリーへ通じるドアだろうか。その左側手前には、象牙色の手すりが付いた二階への階段が……。

鮎田の「手記」にあった玄関ホールの描写を思い出そうとしながら、江南は鹿谷と同じように腕を組み、薄暗い空間を見まわす。

そのとき、ぎぎっ……と甲高《かんだか》い軋《きし》み音《おん》が響いた。

鮎田老人が、入口から向かって左手の壁にあった象牙色の両開き扉を押し開けたのである。

老人の姿が開いた扉の向こうへ消えるのを見て、鹿谷は腕組みをほどき、あとを追った。江南も慌《あわ》ててそれに続く。

吹き抜けの大広間に出た。

長方形の部屋の三方には、二階の高さに張り出した回廊がある。白い布を掛けられた家具がいくつか（飾り棚や寝椅子《ねいす》のたぐいだろう）、その下に並んでいる。壁面に並んだ何枚ものステンドグラスから射す複雑な色合いの光で、空間は隣の玄関ホール以上に不思議な彩りを帯びていた。

広間の真ん中あたりまで進んだ鮎田冬馬が、ゆっくりと頭上を振り仰《あお》いだ。そのまま、しきりに首を捻《ひね》りながら少しずつ横へ移動する。みずからの手記にあった例の天井の節孔《ふしあな》を見つけようとしているのだろうか。

鹿谷は入口付近で足を止め、またしても犬のような唸り声を洩らしはじめていた。江南が「どうしたんですか」と訊《き》いても、何も答えてくれない。ふたたび腕組みをすると、鋭く眉根《まゆね》を寄せたまま身動き一つしようとしない。

江南は鹿谷の横をすりぬけ、室内へと進んだ。鮎田老人のそばまで行くと、改めて広々とした吹き抜けの空間を見渡す。

部屋を取り巻いたステンドグラスにはそれぞれ、トランプの絵札をモティーフにしたものと思われる図柄が描かれている。端から順に、あれは〈スペードのK《キング》〉、次は〈ダイヤのQ《クイーン》〉か……。

回廊の上には、それらのステンドグラスのあいだを埋める形で何本もの書棚が並んでいた。しかしこの位置から見る限り、どの棚の中身も空っぽのようである。一冊も本の姿が見えないのだ。

そのことを告げようと鹿谷のほうを振り返ったところで、さらに江南は気づいた。入口の扉の横手に掛かっていると手記で述べられていた、例の油絵が見当たらないのである。

「絵がありませんね」

と、江南は鹿谷に向かって声を投げかけた。

「うん？——ああ、本当だ」

「書棚の本もなくなってるみたいですけど」

「そのようだね」

うわの空のような声で応えながら、鹿谷はこちらへ向かってくる。無言で首を捻りつづける鮎田の様子をちらと窺《うかが》ってから、腰に両手を当てて周囲を見まわし、

「どういうことなんだろう」

と呟いた。

「いったいこれは……」

何かとてつもなく不可解な事態に直面してしまった、とでもいうような表情が、このときの鹿谷の顔にはあった。江南は何と応じれば良いのか分らず、いたずらにまた室内を見渡すしかなかった。

荒れ果てた館内の様子。書棚に本がないこと。壁に絵が掛かっていないこと。――鮎田の手記に描かれた昨年八月時点の黒猫館との、こういったいくつかの相違点は、妙と云えば確かに妙ではあるが……。

しばらくして大きな吐息を一つついたかと思うと、鹿谷は黙って部屋の隅へと足を向けた。入口の扉から向かって右手手前の隅、である。

肩に掛けていたバッグを傍《かたわ》らに置くと、鹿谷は床に両膝《りょうひざ》を突き、その付近のタイルに積もった埃を掌《てのひら》で払いはじめた。それを見てすぐ、江南は彼が何をしようとしているのか了解した。地下室につながる例の抜け穴を調べるつもりなのだ。

「――ふん。どうやらこいつのようだね」

江南が近寄っていくと、鹿谷はそう云って、埃で汚れた一枚のタイルを指さした。部屋の角に当たる位置を埋めた白いタイルである。

「ねえ、江南君。コインを一枚、貸してくれるかな」

あの手記にあった、鮎田と氷川のやりとりの再現だった。

ジーンズの前ポケットから百円硬貨を探り出して鹿谷に渡すと、江南は鮎田のほうを振り向いた。二人の様子にやっと気づいたらしく、彼はそろそろとこちらへ向かってくるところだった。

鹿谷はコインをタイルのあいだに差し込み、捻るようにして力を加えた。みしっ、と鈍い音がして〝鍵〟のタイルが浮き上がる。それを床から取り外すと、隣の黒いタイルに手をかけ、横へスライドさせた。なるほど、これはまさに子供のころ遊んだ「十五ゲーム」の要領である。

埃が隙間《すきま》に詰まっているせいだろう。どのタイルもなかなかスムーズに動いてくれなかったが、鹿谷は根気よく作業を続け……やがて、〝扉〟を開くためのスイッチが現われた。

「これか」

と呟いて、鹿谷が指を伸ばす。小さな金属音が響き、タイル四枚分——一辺八十センチほどの正方形の〝扉〟が、下方へと開いた。

赤と黒の市松模様の床に四角く口を開けた穴。——中は真っ暗で何も見えない。

コインを江南に返すと、鹿谷は傍らに置いてあったショルダーバッグから小型の懐中電灯を取り出した。このあたりの準備に抜かりはないようである。

懐中電灯を点けて、鹿谷は床に這《は》いつくばった。頭を突っ込むようにして穴の中を覗《のぞ》き込み、

「はあん。確かに地下室へ続いているみたいだな」

「降りてみますか」

江南が云うと、鹿谷は穴から顔を上げ、難しい表情で首を振る。

「梯子《はしご》がかかってない。飛び降りるのはちょっと危険だろう」

埃まみれになった服をはたきながら、鹿谷は立ち上がった。懐中電灯を元どおりバッグにしまうと、床の穴を見下ろす江南と鮎田に向かって、

「他を見にいこうか」

そう云うなり、さっさと扉のほうへ歩きだした。

2

大広間を出ると、三人は一階にある他の各部屋を見てまわった。

居間兼食事室、それと続き間になったサロン、厨房《ちゅうぼう》、寝室……どの部屋にも家具らしい家具はほとんどなく、わずかに残っている調度類にはたいてい白い布が掛けてあった。床は埃だらけ、壁や窓も汚れ放題の有様《ありさま》で、窓ガラスにはひびが入っているものもある。送電はやはり止まっているらしい。どの部屋も照明は点かないし、厨房や浴室の蛇口からは水もまったく出なかった（立地から考えて、水は地下水をポンプで汲《く》み上げていたのだろうが）。これはいよいよ「廃屋」以外の何物でもない。

「どういうことなんでしょうね、鮎田さん」

鹿谷はますます難しい顔になって、黒猫館の管理人に問いかけた。

「少なくとも、あの手記が記された去年の九月の時点までは、あなたはこの家に住み込んでいたわけですよね。それが今、こんな状態だというのは……」

言葉を切り、鮎田の反応を窺う。老人は目をつぶり、力なくかぶりを振っていた。

「何か事情があって、その後あなたはここから出ていかなければならなくなった。そこで、家具やなんかは持ち主がまとめて売り払ってしまった。どうもそう考えるしかないようですが、いかがですか。思い当たるふしはありませんか」

「私には――」

鮎田はかぶりを振りつづけながら、嗄《しわが》れた苦しげな声を返した。

「私には、何も」

「家の中を見てみて、何か思い出せたことは？」

「いや。ああ……ですが、自分は以前この屋敷に住んでいたのだなと、そんな実感はあります。さっきの広間やサロン……確かに見憶えがある。ずっと遠い昔のような感じですが、確かに……」

＊

　そのあと鹿谷と江南は二階を見にいった。

　鮎田老人はこのとき、階段を昇るのが辛《つら》いからという理由で独《ひと》り階下に残ったのだが、どうも先ほどから彼の表情や態度に微妙な変化が現われてきているような気が、江南にはしていた。たとえばそれは、最初に新宿のホテルで会ったときの彼の様子と比べてみると、なおいっそう明らかだった。

　あのときの鮎田は、何とかして失った記憶を取り戻そうと躍起《やっき》になっているふうに見えた。たとえその記憶がいかなるものであろうとも、何も思い出せない現在の状態よりは遥かに良いはずだ、と云いきってはばからなかった。

　ところが今はどうだろうか。

恐らく——と、江南は思う。

心のどこかで、大きな重石《おもし》を載せて水底に沈められたような具合になっていた記憶の塊《かたまり》が、この地にやって来、屋敷に足を踏み入れたことが契機となってようやく、目立った動きを始めたのに違いない。これまではせいぜいほんのかすかな蠢動《しゅんどう》を見せる程度だったのが、あるいは今、重石をはねのけてしまうほどに激しく揺れ動きはじめているのではないか。

鮎田の顔にいま窺えるのは、隠しがたい恐れの感情だった。

彼は恐れている。忌《い》まわしい記憶がやがて意識の水面《みなも》に浮上してくる、その予感にきっと怯《おび》えているのだ……。

二階の廊下には、左右に二枚ずつドアが並んでいた。色褪《いろあ》せ、ところどころ塗りの剝《は》げた象牙色の鏡板に、鈍く金色に光るノブが付いた頑丈《がんじょう》そうな扉である。

鹿谷と江南は、順番にそれらのドアを開けていった。中はどれもほぼ同じような造りの部屋で、それぞれ古びたセミダブルのベッドが置いてあった。

四つの部屋をひととおり覗いたあと、鹿谷は階段から向かって左側手前の一室にふたたび入り、隣室と共用になっている浴室兼洗面所の中へ踏み込んだ。ここが、麻生謙二郎が首を吊《つ》った問題の〝密室〟だったわけか。

いわゆるユニットバスとはまるで趣の違う造りだった。

天井は白の漆喰《しっくい》、床と壁は赤と黒の市松模様のタイル張りで、猫脚《ねこあし》の白いバスタブが奥に据《す》えられている。シャワーカーテンが下がったポールにしても、両端がしっかりと壁に埋め込まれたもので、首を吊るのには充分な高さと強度がある。

江南は恐る恐る、バスタブの中を覗いてみた。

例によってここも埃だらけである。確かあの手記には、浴槽の色は黒だと書いてあったような気もするが……と、このとき思ったのだけれど、それ以上は気に留めることもなかった。

鹿谷がいちばん関心を示したのが、両隣の寝室に通じる二枚のドアであったことは云うまでもない。

汚れた象牙色の扉の内側には、どちらも同じ真鍮《しんちゅう》製の掛金《かけがね》が付いている。二つのうちの片方が壊れていないのは、事件のあと鮎田が修理したからか、あるいは〝現場〟の浴室は廊下を挟んだ向かい側のほうだったのか。——手記の文章を暗記していたわけではないので、江南はいま一つ、各部屋の位置や方角の関係が把握できないでいるのだった。

「どう思う、江南君」

ノブを握って扉を前後に動かしながら、鹿谷がおもむろに訊いた。

「なるほど、ドアの造りはしっかりしたものだね。扉枠とのあいだにまったく隙間がなかったっていうのも、あそこまではっきり云いきっているんだから、少なくともあの時点では確かにそのとおりだったんだろう」

「針や糸なんかを使って外から掛金を下ろすのは不可能だったはずだ、ということですよね」

「うん、そう。それだけじゃない。あの手記には、掛金や受金《うけがね》、扉、扉枠……これらの状態に不審な点はまったくなかったと記されている。糸の切れ端、新しい引っ掻《か》き傷、蠟《ろう》や煤《すす》、といった具体例を挙げて、そのようなものはいっさいなかった、と」

「そうでしたね。でも鹿谷さん、糸や引っ掻き傷は分りますけど、蠟とか煤とかはどういう意味なんでしょう」

「おやおや」

これは驚いた、とでもいうふうに鹿谷は両腕を広げ、

「江南君。仕事が忙しすぎて、早くも脳が老化してきているのかな」

「…………」

「この手の掛金に細工をして密室を作るトリックには、実にたくさんのヴァリエーシ

ヨンがあるからねえ。たとえば――」

と、鹿谷は扉枠のほうに取り付けられた真鍮の掛金を指で摘《つま》み、

「これをこう、斜めに持ち上げた状態で、下に蠟を詰めて固定してやる。ドアを閉めたあと、外から何らかの方法で熱を加えて蠟を溶かすと、掛金は自分の重さで受金に落ちる。

同じように、紙マッチを挟んで掛金を固定する方法もあるね。火を点けてから素速くドアを閉める。マッチが燃え尽きた段階で掛金が下りる」

「はあ、なるほど」

云われてみると、むかし読んだミステリの中にそんなトリックが出てきたものがあったようにも思う。だが、だいたいにおいて江南は、その種の細々とした機械トリックが嫌い――と云うか、苦手なのだった。

いわゆる〝密室物〟があまり好きじゃないのもそのせいだ。時刻表を使ったアリバイトリックと同じで、まあどうにかしたんだろうな、という気分になってしまって、種明しをされても「ふーん」としか思えないのである。

「他にもいくつかヴァリエーションがあるけれども、要するに鮎田氏は、このたぐいのトリックが用いられた可能性を一つ一つ消去していった、というわけさ。蠟を使っ

たのならばその跡が残っていたはずだ、何かを燃やしたのならば煤が付いていたはずだ……という具合にね。

氷川隼人の部屋にあったP・D・ジェイムズの原書を見て、『彼にはこういう趣味もあるのか』とすぐに了解しているぐらいだから、鮎田氏自身もけっこうなミステリ好きだったと考えられる。この程度の密室トリックの知識があっても、別におかしくはないだろう。

そうして彼は、とにかく何も不審なものは残っていなかった、と述べている。氷川や風間が早業でそういった痕跡《こんせき》を消し去る暇もなかったはずだ、と断言しているね。僕らはとりあえず、その言葉を信じるしかないわけさ」

「磁石はどうですか」

と、江南は思いつきを口にした。

「外から磁石で掛金を動かすんです。これなら何も痕跡は残らない」

「残念ながら、真鍮は磁石に付かないよ」

「あ、そうか」

「それから、換気口と排水口の問題だ」

鹿谷は扉から離れて浴室の奥へ進み、天井の換気口とバスタブの手前の排水口を順に見やった。

「たとえば、こういうトリックが考えられるね。掛金から伸ばした糸を換気口を通して建物の外へ垂らし、その糸の端を引っ張って施錠する。あとはうまく操作すれば、糸が掛金から外れて手繰《たぐ》り寄せられるようになっている」

「相当に面倒臭そうですね」

「確かに。――しかしこの方法も、鮎田さんの検証によって否定されているんだな。死体発見時、換気口の中のファンはまわっていた。いま云った方法だと、回転中のファンに糸が絡んで切れてしまうね。ファンのスイッチはこの浴室内にしかないから、密室工作をしたあとでファンをまわしたとも考えられない。丈夫なテグスを使って、ファンの回転そのものを動力にするという方法もあるが、それにしてもやはり、スイッチが浴室内にあっては実行が困難だろう。加えて、下手にそんな真似《まね》をすると、糸がファンに絡みついてにっちもさっちもいかなくなる恐れがある。決定的な証拠が残ってしまうことにもなる」

「――なるほど」

「次に排水口だけれども、換気口の場合と同じ要領で外から糸を操作して……という方法もあるにはあるが、二階のこの場所から外の排水溝まで、そうそう簡単に糸を通せるとはとても思えない。可能性があるとすれば、糸の先に何か重りを付けて、排水口へ流れ込む水の力で引っ張るというやり方だろう。そう考えて、鮎田さんは金網のカヴァーを調べてみたわけさ」

「ところが、カヴァーには外した形跡がなかった」

「そういうことだ」

と、鹿谷は軽く頷《うなず》いて、

「縁の金具が錆《さ》びついていて、ドライヴァーを使わないと取り外せないような状態だったと書いてあったね。元どおり取り付けるのも困難だったという。もしもそれ以前に誰かが外したとすれば、当然それなりの痕跡が見られるはずだが、と云いたいわけだよ。カヴァーを外さなければ重りの付いた糸も通せない。従ってここで、この排水口を使ったトリックも消去されることになる」

「じゃあ、結局はどうだったと云うんですか」

じれったくなってきて、江南は問うた。

「やっぱり麻生謙二郎の死は自殺だったと？」

「どうなんだろうねえ」

鹿谷はしかめっ面で、ふたたびドアの前に立った。

「他にもまだ、こんな方法が考えられるんだが」

と云って、さっきの掛金に手を伸ばす。

「こうやって掛金を、真上に持ち上げる。回転軸になっているネジの締め加減を強くすれば、何とかうまくバランスを取って、この状態で止めることができるはず……やあ、この掛金はうまい具合に止まってくれるね」

そうして鹿谷はドアを手前に開き、力いっぱい閉めた。どんっ、と激しい音が響いたが、掛金は真上を向いたまま動かない。

「今の程度じゃあ駄目か」

と呟いて、鹿谷は同じ行為を繰り返した。

今度はさっきよりもさらに力を込め、叩《たた》きつけるようにしてドアを閉める。振動でバランスを崩した掛金が、弧を描いて倒れた。だがしかし、倒れた方向が違った。扉の受金とは反対側へまわってしまったのである。

「要はまあ、こんな方法さ」

三度目の試みをしようとはせず、鹿谷は江南のほうを振り返った。

「これなら何も跡が残りませんね」

江南が云うと、鹿谷はちょっと肩をすくめて、

「痕跡は残らないが、問題は音さ。今みたいなとんでもない騒音を深夜に立てて、いったい誰も気づかなかったと思うかい。すぐ隣の部屋には木之内が、真下には鮎田氏がいたんだよ。しかも、一度だけで成功するとは限らない。首尾よく受金のほうへ倒れてくれる確率は二分の一だ」

「——確かに」

「手記の最後のほうに、鮎田さんは『入念な観察と実験』を行なったと書いている。きっとこの方法も『実験』してみただろうさ。そうして恐らく、いま僕が云ったのと同じような理由で可能性を否定したんじゃないかと思う」

結局のところ、ではどう考えれば良いと云うのだろうか。えんえんとこの浴室の〝密室性〟を検討した結果、鮎田は、そして鹿谷は、いったいどんな結論に達したと云うのか。

江南は頭を抱えたくなった。

「ここまで煮詰まってくると、答えはもうすぐそこにあるはずなんだがなあ」

独り言のように云いながら、鹿谷はせわしなく顎《あご》を撫《な》でまわす。

「麻生はやはり自殺したのか。あるいは……しかし、問題はあの冷蔵庫……あの……ん？」

と、そこで顎を撫でる手が止まった。

「ははあ。とすれば……いや、まさか。……はあん、そうか。鏡の世界の住人……鏡か。鏡……うん、なるほど。とすると……あれは？　……あれはどうだ？　……あれは？　……ああ、あれも、あれもか……」

「どうしたんですか、鹿谷さん」

江南が声をかけても彼は見向きもせず、まるで新米の坊主が読経《どきょう》の練習でもしているように、ぶつぶつと意味の分らないことを呟きつづける。しばらくして急に口を閉ざしたかと思うと、今度はじっと宙の一点を見つめ、浅黒い顔の表情を完全に硬直させた。そのまま、石像にでもなったかのようにその場に立ち尽くす。

「……ああ」

やがて鹿谷の唇《くちびる》から、感きわまったような溜息《ためいき》が洩れた。

「まったくもう、何てことだろう。大莫迦者《おおばかもの》もいいところだ。ああもう！　まったくもう！」

吠《ほ》えるように云ったかと思うと、バネで弾かれたように浴室を飛び出していく。

「鹿谷さん」

江南は慌ててあとを追った。

「ねえ、いったい何をそんな……」

「鏡だよ、江南君。鏡の世界の住人だったんだ、天羽博士は」

寝室のベッドの横でくるりとこちらを振り返り、鹿谷は声高にそう云うのだった。

江南は途方に暮れる思いで首を傾げ、

「ええ。でも、その件は一昨日《おととい》、札幌で……」

「あのときはまだ、何も分っちゃいなかったのさ。あの言葉を教えてくれた神代先生にしても、何も分っちゃいなかった」

「でも——」

江南はさらに首を傾げた。

「ゆうべホテルの部屋で話していたことは？　あれでたいがいの説明はついたはずだったんじゃないんですか」

「ああ、あれね」

鹿谷は大きく頷いた。

「もちろん、あれはあれでいいんだよ。しかし、そうだねえ、云ってみればあれは解答の八十パーセントでしかなかったんだ。残りの二十パーセントこそが本命の問題だったわけで……」

云いながら、鹿谷はベッドを迂回《うかい》して部屋の窓に歩み寄った。

嵌め殺しになった色ガラスの窓である。その上方に設けられた換気用の小さな滑り出し窓を、開閉用に垂れ下がった紐《ひも》を操作して開いた。

「ふん。一階の部屋の窓も全部、確かにこれと同じ構造だったねえ」

背伸びをして、開いた滑り出し窓の状態を調べようとするが、窓は長身の鹿谷の背丈よりもずっと高い位置にある。

鹿谷は室内を見まわすと、奥の隅に置いてあった円《まる》いストゥールを見つけて窓の下まで持っていき、その上に跳び乗った。そして何を考えたのか、外側に向かって狭い口を開けた滑り出し窓に、みずからの手を差し込もうとするのだった。

「よしよし。こりゃあ駄目だ」

満足げに呟いて、鹿谷は椅子から降りた。

「何が駄目なんですか」

江南が問うと、鹿谷は紐を引いて元どおり窓を閉めながら、

「この滑り出し窓について手記に、『目一杯に開いてもせいぜい十センチ足らずの隙間が出来る程度の代物』という記述があっただろう」

「よく憶えてますね」

「嫌というほど読み返したからねえ」

両手を叩き合わせて埃を落としながら、鹿谷は云った。

「間違いなくあの記述どおりだ。開くと云っても、せいぜい七、八センチ。しかも窓が斜めに滑り出した状態だから、どう頑張ってみても駄目なのさ。四本の指すら満足に外へ出すことができない」

「――はあ」

「さてと、鮎田さんが待ちくたびれているかもしれないね。屋根裏を見る必要はもはやないだろう。次は地下室だな。行こう、江南君」

3

鮎田冬馬は階段の下で、二人が降りてくるのを待っていた。

鹿谷が浴室の扉で行なった「実験」の音はやはり階下まで響いたらしい。凄《すご》い物音がしたがいったい何だったのか、と尋ねてきたが、鹿谷は「まあ、ちょっと」と言葉を濁して説明しようとはしなかった。

三人はそして、パントリーの奥に設けられた地下室への階段に向かった。

電気が止まっているため、明りは鹿谷の持つ懐中電灯一つである。鹿谷が先頭に立ち、続いて鮎田が、そのあとを江南が、一列になって暗い階段を降りていった。

外光が射さぬ地下の部屋には、思わず身震いしてしまうほどひんやりとした空気が澱《よど》んでいた。頭上にのしかかり、足許を埋め、背後から押し迫る濃密な闇によって、身体《からだ》が徐々に溶かされていくような気分になる。

前方に揺れる黄色い光の円だけを見つめて、江南は摺《す》り足《あし》で歩を進めた。

光が照らすのは汚れたモルタルの壁とコンクリートの床ばかりで、調度類は何一つ見当たらない。まっすぐに進んだところで、部屋は直角に右へ折れていた。L字形に曲がっている。――あの手記で述べられていたとおりである。

角を曲がると、上方からひと筋の光線が射し込んでいるのが見えた。

向かって右手前方――天井の端に、四角い穴が白く口を開けている。先ほど大広間の床に見つけた、あの抜け穴らしいと分った。

「梯子がここにある」

と、鹿谷が懐中電灯の光を投げかけた。壁に沿って、古びた木製の梯子が寝かされている。

穴の真下へ進み出、首を捻りながら外の光を見上げる鮎田老人を「さあ」と促し、鹿谷はさらに部屋の奥へと向かった。そしてやがて――。

光が、突き当たりの壁にある細長い灰色の扉を捉《とら》えた。手記の中で鮎田が「意味のないドアなのです」と云った、これがそれなのか。

肩のバッグを掛け直し、鹿谷が扉に歩み寄る。懐中電灯を左手に持ち替え、右手を扉の把手《とって》に伸ばそうとするのを、

「待ってください、鹿谷さん」

と、鮎田がとどめた。

「私が――」

嗄れた声で云いながら、扉に向かって進んでいく。

「私が開けます」

江南は息を呑《の》み、鮎田の動きを見守った。

右手に握っていた杖を壁に立てかけると、鮎田はそろりと腕を差し上げた。鈍く光る把手を握り、ひと呼吸おいてからゆっくりと扉を手前に開く。

煉瓦《れんが》を積み上げ、上からモルタルを塗った偽物の壁が、そこにはあるはずだった。

ところが――。

「ああっ」

喉《のど》を突いて出る声を、江南は抑えられなかった。

「どうして……」

驚いたのは、扉を開いた鮎田も同じと見えた。把手を握ったまま呆然《ぼうぜん》と立ちすくんでいる。

「こ、これは——」

強く頭を振りながら、老人はみずからに問いかけるように呟いた。

「どういうことなんだ」

そ、そこには壁など存在しなかった。かつてそのようなものがあった形跡すらない。扉の向こうには狭い通路が、さらに闇の奥深くへと延びていたのである。

「行ってみましょうか」

混乱する江南と鮎田をよそに、平然とした調子で鹿谷が云った。

「この奥がどんな状態なのか、ちゃんと確かめておいたほうがいいでしょう」

「しかし鹿谷さん、これは……」

鮎田は喘《あえ》ぐような声で、

「まさか、あの手記に書いてあったことは全部でたらめだったと」

「思い出せませんか、まだ」

「私は……私には……」

激しい頭痛と戦うかのように、老人は右手を拳《こぶし》にしてみずからのこめかみを打つ。

「行きましょう」

とまた云って、鹿谷は懐中電灯の光を扉の向こうに投げかけた。まっすぐに延びた通路のどこにも、不審なものの影は見当たらない。

「江南君も、さあ」

そしてふたたび、三人は暗闇の中を一列になって歩きはじめた。

どこかから地下水が染《し》み出しているのだろう、通路の床には随所《ずいしょ》にぬかるみができていて、足を滑らせないよう注意しなければならなかった。左右の壁に腕が触れるたび、その冷たさにわれ知らず悲鳴を上げそうになった。

しばらく進むうち、通路が前方で大きく左に折れているのが見えてきた。

あの角を曲がったところで、手記に登場する五人は少女と猫の白骨死体を見つけたわけか。一年前に上の大広間で死んだ椿本レナの死体も、もしかしたらそこまで運んであるのかもしれない。きっともう、少女や猫と同様にその死体も白骨化して……。

そう考えて、江南は今さらのように身を硬くしたのだが。

「何もありませんね」

曲がり角で足を止めた鹿谷が、後続の二人を振り返って云った。

「どうですか、鮎田さん。このとおり、ここには白骨死体なんて一つもない」

「ああ……」

鹿谷が巡らせる黄色い光を目で追いながら、鮎田は呻《うめ》いた。鹿谷の云ったとおりである。死体などどこにも見当たらない。

これはいったい、どういうことなのか。何をどう考えれば良いというのか。

江南は軽い眩暈《めまい》を感じ、思わず額に手を当てた。

「おや」

と、そのとき鹿谷の声が闇に響いた。

「あれは何だろう」

目を向けると、何メートルか先に仄白い影が見えた。何か板のような平べったいものが、右手の壁に立てかけられているのである。

二人を促して、鹿谷がゆっくりと前へ進む。

それはやはり板のようだった。大きさは縦横六、七十センチくらいで、汚れた白い布がその上に掛けられている。

鹿谷が手を伸ばし、布を取り去る。そうして三人の前に現われたのは、銀色の額縁に収められた一枚のキャンバスであった。

「なるほど」

呟いて、鹿谷は鮎田のほうを見やった。

「天羽博士が描いた絵のようですね、これは」

籐椅子《とういす》の上で胡坐《あぐら》をかいた少女の絵が、キャンバスには描かれていた。水色のブラウスにデニムのオーヴァーオール。胸許に垂れた茶色い髪。頭には赤いベレー帽。手記にあった大広間の油絵と同じ構図である。――が、しかし。

一点だけ、違っているところがあった。少女の膝《ひざ》の上にうずくまっていると記されていた「真っ黒な猫」が、この絵には描かれていないのだ。

加えて一つ、絵には大きな異状が見られた。少女の顔から胸、腹にかけて、幾本もの黒い亀裂が縦横斜めに走っているのである。これは――。

恐らく誰かが、刃物でキャンバスを切り刻んだのだ。

悚然《しょうぜん》と佇む江南の傍らで突然、鮎田老人が短い叫びのような声を発した。

振り向くと、鮎田はぶるぶると頭を振っていた。これまで一度も見たことがないような激しさで。そうしながら、まるで眼前の絵から逃げるようにしてあとじさっていき、反対側の壁に背がぶつかって止まった。

杖が手から落ち、派手な音を立てた。杖を拾おうともせず、鮎田は壁に背をへばりつかせたような体勢で頭を振りつづける。それでも目だけは、絵の中の少女を見つめている。

「……ああ」

干涸《ひか》らびた唇が震えた。

「りさ……こ……」

「鮎田さん」

江南は驚いて、彼の名を呼んだ。

今、確かに彼は「りさこ」と云った。りさこ、、、——理沙子、と。

「鮎田さん。もしかして記憶が？」

「私は……」

老人はようやく絵から目を離し、壁に背をつけたまま深く項垂《うなだ》れた。

「私は……ああ……」

「先へ進みましょうか」

鹿谷が云い、床に転がった杖を拾い上げて鮎田に持たせた。

「このまま行けば出口があるはずです。そこから出ましょう」

鹿谷の言葉どおり、湿っぽい闇の中をさらにいくらか進むと、通路は手記の記述とは違って行き止まりにはなっておらず、入ってきたのと同じような灰色の扉に突き当たった。鹿谷がそれを開くと、そこには地上へ向かう急な階段があった。

「昇れますか」

と、鹿谷が鮎田を振り返る。老人は押し黙ったまま、かすかに頷いた。

階段を昇る。出口はマンホールの蓋《ふた》のような黒い鉄の円盤で塞《ふさ》がれていた。懐中電灯を足許に置くと、鹿谷が両手を突っ張ってそれを押し上げる。鈍い軋み音とともに蓋が開き、同時にまばゆい外の光が射し込んできた。

こうして三人が、地下から這い上がるようにして昇り着いた場所は、高さ二メートル余りの庭木で四方を囲まれた狭い空間であった。これは前庭の植え込みの中、と思われた。〝秘密の通路〟の出口を隠すため、このようなドーナツ形の植え込みが造られていたというわけか。

奔放《ほんぽう》に葉を茂らせた枝を折り、足許を踏み分けて、鹿谷が植え込みの外へ出る道を作る。江南は鮎田の手を引き、腕のあちこちに掻き傷を負いつつ、やっとの思いで植え込みの内側から脱出した。

「やあ。すっかり霧が晴れたねえ」

鹿谷は周囲を見渡す。青空から降り注ぐ午後の陽射しに、眩《まぶ》しそうに手をかざす。

江南はジーンズのポケットから懐中時計を手繰《たぐ》り出し、時刻を確かめた。

午後二時過ぎ。

この屋敷に到着してからまだ二時間余りしか経《た》っていないけれど、何だかその倍以上もの時間、地下の暗闇を歩いてきたような気がした。

「ご覧よ、江南君」

と云って鹿谷が腕を上げた先に、二階建ての洋館の姿が見えた。

霧が晴れ、澄み渡った空気の中、それは最初に見たときとはまるで別物のような風情で、深い蝦夷松《えぞまつ》の森を背景に建っていた。

薄灰色に汚れた壁は、元は美しい象牙色に塗られていたと察せられる。ステンドグラスが嵌め込まれた白枠の窓がいくつも並んでいる、あれが大広間だろうか。急勾配《きゅうこうばい》の切妻屋根は、陽光を受けて白く輝いていて……。

「何だか変ですね」

と、そこでようやく江南は気づいたのだった。

「確かあの手記には、建物の色は真っ黒だと書いてあったような」

「やっと思い出したか。困ったもんだねえ」

と応じて、鹿谷は大袈裟《おおげさ》に肩をすくめた。

「一日目に鮎田さんが若者たちを連れて帰ってきたところでは、『建物の真っ黒な影』とだけ述べられているね。この他にも、たとえばこんなエピソードがあっただろう。

二日目の午後の出来事だ。庭へ散歩に出ていた鮎田さんが、玄関の脇に麻生謙二郎の顔を見つけて驚く。『瞬間、まるでその顔が宙に浮かんでいるように見えたから』と云うんだな。その少しあとの記述で、麻生はこのとき黒い上着を着ていたと分る。つまり、黒い壁の前に黒い服を着て立っていたせいで、顔だけが宙に浮かんで見えたってわけさ」

「ははあ」

頷きながら、江南は鮎田のほうを窺った。彼は何も云わず、陽光に白く照らされた館を見つめている。

「じゃあね、江南君」

鹿谷が云った。

「建物の内装はどうだったか、憶えているかい」

「内装ですか。ええと……」

「黒塗りの壁に、窓枠もドアもすべて黒だ。二階のバスタブの色も黒。床は赤と白の市松模様にところどころ黒のアクセントが入ったタイル張り。あの手記にはそう書かれていたんだがね。いま君が見ているあの家の中は、さて、どうだった？」

「壁は、ええと……アイボリーでしたね。ドアも同じような色だった。バスタブは白で……そう、あのときはちょっと妙だなと思ったんですけど。床は……ああ、赤と黒の市松模様だ。そこに白のアクセントが入っていた。そう云えば、大広間の抜け穴を開く〝鍵〟のタイルも、色が違ってましたっけ」

「手記の中では黒、さっき僕が取り外したのは白だった」

「すると鹿谷さん、あの手記の中身はみんな嘘っぱちだったんですか」

江南が問うと、鹿谷はきっぱりと首を横に振り、

「違うね。あの手記は、冒頭で筆者が宣言しているとおり『如何《いか》なる虚偽の記述も差し挟ま』ずに綴《つづ》られたものだよ。僕はそう確信している」

「じゃあ、いったい……」

「まだ分らないのかい」

鹿谷はふたたび腕を上げ、洋館を指さした。

「あれをご覧。左端の、あの屋根のてっぺんだ」

「——はあ」

「何が見える？」

「何がって、例の〝風見猫〟が……あっ、あれも色が違うのか。黒じゃなくて、薄い灰色。もともとは白かアイボリーだったんでしょうね」

「もっとよく見てごらん」

屋根の上に突き出したブリキの動物をぴたりと指し示したまま、鹿谷は云った。

「本当にあれは〝風見猫〟なのかな」

「はい？　ええと、あの……」

江南は目を凝《こ》らした。

云われてみるとなるほど、何だか〝猫〟とは違う形をしているように見える。猫と云うにはちょっと体の線が丸すぎる。猫にしては妙に後ろ脚が大きい。猫にしては異様に耳が長い。あれは——。

「兎《うさぎ》、ですか」

「そう」

鹿谷は真顔で頷いた。

「あれは猫じゃなくて兎だ。白い兎だよ」

「でも、それが……」

「アリスだよ、江南君。アリスなんだよ。この家は『鏡』じゃなくって『不思議』のほうだったんだ」

「ありす？」

「ゆうべ話しただろう。どじすんっていうのはチャールズ・ラトウィッジ・ドジスン、すなわちルイス・キャロルの本名だと」

「ええ。それは……」

「二十年前、仕事を依頼にきた天羽博士の本性を見抜いた中村青司は、ちょっとした悪戯心《いたずらごころ》でも起こしたんだろうかね、ルイス・キャロルの『アリス』で味つけした建物を設計したんだよ」

「…………」

「この家は『黒猫館』じゃない。しいて命名するとすれば、あの〝風見兎〟にちなんで『白兎館《しろうさぎかん》』とでもいうことになるんだろうねえ。本物の黒猫館は別の場所に――鏡の向こう側に建っているのさ」

なおも首を傾げる江南から目をそらし、鹿谷は無言を守る鮎田冬馬のほうを振り向いた。

「そうだったんでしょう、鮎田さん」

右手で突いた杖に全体重を乗せるようにして寄りかかり、老人は力なく面《おもて》を伏せる。鹿谷は続けて云った。

「さっきの絵が引き金になって、だいぶ記憶が蘇《よみがえ》ってきたんじゃないんですか。自分が何者なのか、もうお分りなんでしょう？　鮎田……いや、天羽辰也博士」

4

鮎田冬馬と天羽辰也は同一人物である。

江南がその事実を知ったのは昨夜のことだった。鹿谷に呼ばれて部屋を訪れた、あのとき——。

二十年前、神代元教授の許に届いた天羽博士からの案内状。神代の孫娘、浩世が送ってくれたその葉書を見せられて、江南は愕然《がくぜん》とした。そこに記されていた文字の筆跡が、鮎田冬馬の手記のそれと酷似していたからだ。

葉書と手記、両者は同じ人間の手によって書かれたものである。二つを並べて比較もしてみたが、専門家の鑑定を乞《こ》うまでもなく、それは明らかだと思えた。

「椿本レナの変死を知ったとき、どうして鮎田氏は、警察への連絡はやめにしようという氷川の意見に、あんなにもあっさりと従ったのか」

問題の葉書を見せる前に指摘した手記の内容への疑問点を、鹿谷は改めて示した。

「若者たちがドラッグで遊んでいたのを黙認していたから、という理由ももちろんあっただろう。けれどもそれ以上に、彼は恐れたんだ。変死事件の捜査に来た警察の連中が、屋敷の中をあちこち調べまわることをね」

「地下室に白骨死体が隠してあったから？」

江南が訊くと、鹿谷はためらいなく「そう」と頷き、手記のコピーが綴《と》じられた黒いバインダーをナイトテーブルから取り上げた。

「ここにこんな記述がある。

『私にしても、今ここへ警察が変死事件の捜査にやって来るのは決して有難くはなかった。だから、果たしてどう事態に対処したら良いものか、ずっと思案を巡らせ続けていたのだった。』

どうかな。まさにそのときの彼の心中を正確に表わした文章だとは思わないかい」

「確かに……」

あの白骨死体は行方不明になったとされる天羽博士の養女、理沙子のものだった。

彼女を殺し、死体を地下の通路に隠したのは、当時の屋敷の持ち主であった博士自身だったと考えられる。鮎田冬馬がその天羽博士と同一人物なのであれば、当然ながら彼は、地下通路の存在もそこに隠された死体の件も知っていたわけである。

だからこそ彼は、警察への連絡を嫌ったのだ。下手に屋敷を調べられて万が一、地下通路の死体を発見されるような事態にでもなれば……と恐れたのだ。

「レナの死体を検《あらた》め、死後硬直の状態から死亡時刻を推定した手際の良さ」

と、鹿谷は二番目の疑問点を挙げ、みずからそれに答えた。

「これにしても、彼が天羽辰也であったと分れば大して不思議な話でもない。麻生謙二郎の死体の観察についても、同じことが云える。

素人考えかもしれないが、生物学——しかも動物学関係の研究室に長年いたわけだからね、天羽博士は。もしかすると医学部の、解剖学教室あたりに関係していたかもしれない。実際、僕の昔の友だちでそういう男がいてねえ。理学部で動物学を専攻して、そのあと医学部で解剖学の助手をやっていた。今はヒューストンの大学にいて、なかなか会う機会もないんだけれども。

だからまあ、鮎田冬馬こと天羽辰也がある程度の法医学の知識を持っていたとしても、何ら不思議はない。神代先生が云っていたようにかつて乱歩や正史の探偵小説が好きだったのなら、なおさらそうだろう」

「地下室にレナの死体を隠すことの『他では得難い利点』っていうのは？」

「その提案が出たときには、彼は大いに困惑しただろうと思う。実際そうだった、と手記にも書いてあったね。一方でしかし、そこには大きな『利点』もあった。それはつまり、彼にとって一種の保険となりうるものだったからさ」

「保険？」

「自分が今後もずっと黒猫館に住みつづけていく、そのための保険だよ」

「…………」

「今や黒猫館は彼の所有物ではなく、風間裕己の父親のものだった。彼は一介《いっかい》の使用人にすぎず、だから云ってみれば、オーナーの意向次第でいつなんどきその職を追われるか分からない立場だった。けれども屋敷の地下には、自分が殺した理沙子の死体が眠っている。屋敷そのものにも愛着がある。彼は決して黒猫館から離れるわけにはいかないし、離れたくもなかった。

　レナの死体を屋敷の地下室に隠し、自分がその『墓守』を引き受ける。これはすなわち、オーナーの息子である風間裕己の決定的な弱みを手中に握るということに他ならないわけさ。彼は風間に強くこう釘を刺した。『お父上がこの家を手放したり取り壊したりしないよう、貴方《あなた》にはこの先ずっと注意を払って貰《もら》わねばならない』とね。こうしてオーナー氏は、屋敷を手放すことも管理人の彼をクビにすることもできなくなる。彼は今後ずっと黒猫館に住みつづけられる保証を得る。場合によっては、風間裕己が犯した罪とその証拠をネタにオーナー氏をゆすって、屋敷をみずからの手に取り戻すことも可能だろう。まあ、この手記の書きっぷりだと、彼もそこまでは考えなかったように思うが」

「なるほど。それで……」

「以上がとりあえず、さっき挙げた疑問点に対する答えだね」

鹿谷はベッドの端に腰かけたまま、膝の上で手記のコピーをゆっくりとめくっていく。コピーにはところどころに青い付箋《ふせん》が貼ってあった。江南は椅子から身を乗り出して訊いた。

「いつからその、鮎田さんは天羽博士だという事実に気づいていたんですか」

「確信を持ったのは今日、その葉書を見てからだよ。漠然とした疑いはずっと持っていたんだけれども。何せ、手記中での彼の言動にいかにも妙な点が散見されたからねえ。しかしそう、疑いが決定的なものになったのは昨日《きのう》、H＊＊大で橘教授の話を聞いた、あのときかな」

手記のコピーに落としていた視線を上げ、鹿谷は云った。

「天羽辰也は全内臓逆位症だった。これが決定的な手がかりになった」

「どうしてですか」

「この手記の中に、鮎田氏もまたそれだったと暗示する記述がいくつかあるのさ」

「えっ。本当に？」

「うん。微妙な表現ではあるがね、最初に読んだときからちょっと引っかかってはいたんだ。たとえば――」

と、鹿谷は素速くコピーのページを繰り、

「最初の夜、寝室に戻って眠ったときのことを、彼はこんなふうに記している。

『久しくやめていた酒を飲んだ所為《せい》だろうか、胃が凭《もた》れて不快だった。楽になるよう、身体の左側を下にして横になると、サロンから伝わって来る若者達の声から気を逸《そら》しながら瞼《まぶた》を閉じた。』

普通、胃がもたれたら右を下にして寝ればいいって云うだろう？　これは胃の向きがそのようになってるからだね。ところが彼は逆に、左を下にして横になっている。何故《なぜ》か。胃の向きが常人とは逆だったからだ。

それから……ああ、ここだ。二日目の深夜、屋根裏の節孔《ふしあな》から大広間の様子を覗くシーン。若者たちの乱行を見ていたときの自分について、彼はこう書いている。

『見知らぬ生き物が蠢《うごめ》く異世界を覗き見ている。そんな感覚にさえ囚《とら》われ、私は思わず左手で胸を押さえた。

心臓の鼓動が速くなっている。』

ねえ江南君、自分の心臓を押さえるとき、君はどっちの手を使う？」

「んんと……右手ですね。右手で、こうやって」

と、江南は実際に胸を押さえてみせた。鹿谷は「うんうん」と頷いて、

「心臓が胸の左側にあれば、その鼓動を確かめるのには普通、右手を使う。左利きの人間でもこれは同じだろう。ところが鮎田氏は、左手で胸を押さえている」

「ははあ」

「同様の記述が他にも二、三あるね。たとえば、地下で白骨死体を見つけたときのはこうだ。

『私は左手を強く胸に当てて動悸《どうき》を鎮《しず》めながら、恐慌に陥《おちい》った若者達を何とか落ち着かせようと努めたのだけれども……。』

浴室で麻生の死体の前に立ったときにはこう。

『左手を胸に当てて懸命に動揺を抑えつつ、私は眼前で揺れる死体の状態を観察し

た。』

ざっとこんなところかな。彼は常に左手を胸に当てている。何故か。心臓が右側にあったからだ」

鹿谷はバインダーを閉じ、テーブルに戻した。腰をベッドの枕の上に移し、ヘッドボードに背を凭せかける。

「順番に全体を整理していこうか」

と、彼は話を続けた。

「生物学者・天羽辰也博士は、留学から帰ったあとH＊＊大学の助教授になり、札幌で暮らしはじめた。しばらくして、唯一の肉親であった妹が私生児を産んで死亡。彼は理沙子という名のその女の子を、養女として引き取った。

天羽は理沙子を、橘教授の言葉を借りるなら、それこそ猫可愛がりに可愛がった。しょっちゅう大学にも連れてきて、趣味で描いていた油絵のモデルにしたりもした。そんな二人が傍目《はため》に、単なる微笑《ほほえ》ましい父娘《おやこ》の姿と映ったのかどうか、僕には微妙なところだと思えるんだがね。

一方で天羽辰也は、友人の神代教授の紹介で建築家・中村青司を知り、別荘の設計を依頼した。青司はそれを引き受け、阿寒の森の中に黒猫館を建てることになったわけだが、のちに青司は建築主の天羽について、『あれはどじすんですね』といった感想を洩らした。さて、このどじすんという言葉の意味なんだが――」

ここで鹿谷は江南の顔を見やり、

「ルイス・キャロルは知ってるよね」

と訊いてきたのだった。

「ええ、そりゃあ。『不思議の国のアリス』を書いた人でしょう」

「じゃあ、彼の本名は？」

江南は「さあ」と首を捻った。鹿谷はにやにやと目を細めながら、

「チャールズ・ラトウィッジ・ドジスン。これがキャロルの本名だ」

「ドジスン……」

「ルイス・キャロルというペンネームは、この本名を元に作られた名前だった。本名のチャールズ・ラトウィッジをラテン語化して、前後を入れ換えて、さらに英語読みに直して。

要するに青司は、天羽辰也はルイス・キャロルだ――と、ある種の皮肉を込めて評したわけさ。わざわざドジスンと本名のほうで云ったところに、青司という人間の性格が窺えるような気もするね」

「そう云えば神代先生が、むかし作っていた同人誌で、天羽博士は童話みたいなものを好んで書いていたとか、そんな話を」

「そう。そんな話もあったたねえ。他にも、ルイス・キャロルと云えばすぐに思い浮かぶことがあるだろう」

「確か、オックスフォード大学の先生だったんでしたっけ」

「クライスト・チャーチ・カレッジで長年、数学の講師を務めたというね。他には？」

「ええと……すみません。僕、子供のころに『不思議の国』を一回、読んだだけで」

「別に謝る必要はないさ」

「はあ、すみません」

「これはけっこう有名な話なんだがね、キャロルには性的に少々異常な趣味があったんだよ。普通の、成熟した女性にはまるで関心を示さなかった。興味の対象になるのは十三歳以下の少女だけだった、というんだな」

「少女……へえぇ。ロリコンだったんですか」

「身も蓋《ふた》もない云い方だなあ」

鹿谷は澄ました顔で大振りな鷲鼻《わしばな》をこする。江南は云った。

「つまり、こういうことですか。天羽辰也という人も、実はその、キャロルと同じような趣味の持ち主だったと」

「なかなかいい男前で云い寄る女も少なくなかったと、これは神代先生も云っていたよねえ。ところが彼は、ずっと独身を通していた。橘教授はこんなふうにも云っていたね。天羽博士は女性というものにあまり興味がなかったのだろう、と」

「ああ、そうでしたね」

「仕事の打ち合わせで天羽博士と何度か会って話すうち、中村青司はそんな彼の本性を見抜いてしまったわけだよ。天羽辰也は〝女〟になる前の〝少女〟をしか愛せない男だ。そして目下、彼のそういった感情はもっぱら養女の理沙子に向けられているのだ、とね。人里離れた森の中に別荘を建てたのもきっと、自分と理沙子が二人きりになれる場所が欲しいと願ってのことだったんだろう。

阿寒の別荘——黒猫館が完成すると、天羽博士は機会あるごとに理沙子を連れてそこへ行き、二人だけの時間《とき》を過ごした。たまには友人を招くこともあったんだろうけどね。そうして月日が流れるうち、当然ながら理沙子はすくすくと成長していった。天羽は娘を愛しつづけた。ところが、理沙子がもうすぐ中学へ上がるというころになって彼は、恐らく発作的な激情にかられるかどうかして、みずからの手で彼女を殺してしまった……」

「どうしてそんな真似をしたんですか」

と、江南が口を挟んだ。

「博士は理沙子を愛していたんでしょう」

「愛していた。ただし、あくまでも〝少女〟の理沙子を、だ。だからこそ彼は、彼女を殺した。彼女が〝少女〟でなくなり、穢《けが》らわしい〝女〟へと成長していく、それが許せなかったのさ。女の子の十二歳ごろと云えば、ある意味でまさに子供から大人への移行期だろう。胸が膨《ふく》らんできたり、初潮があったりと」

「ははあ」

「むろんこれは僕の、きわめて無責任な想像にすぎない。実際にはもっと入り組んだ事情があったに違いないが、さしあたりここでは図式的な解釈をしていくより他にしようがないからねえ。

天羽博士は理沙子を殺した。飼っていた黒猫を殺したのも、どんな理由があったのかは分らないけれども、恐らく同じときだったんだろう。二つの死体を屋敷の地下の秘密通路に運び込み、その入口を塞いでしまうと、表向きは娘が行方不明になったと偽って、何とかうまく己の犯罪を隠し通すことに成功したわけだが――。

その後の彼の淪落《りんらく》ぶりは悲惨だった。理沙子を失ったショックがやはり大きかったんだろうね。酒浸《さけびた》りの日々が続き、やがて問題を起こして大学を追われ、ついには破産して札幌の町にもいられなくなった。せっかくの別荘も、このとき他人の手に渡ってしまうことになったが、地下通路に隠した理沙子の死体を隠しつづけるためにも、彼女との思い出のためにも、彼は黒猫館から離れるわけにはいかなかった」

「そこでみずから、屋敷の管理人になった？」

「そう。足立秀秋なる現地の業者に頼み込んで、屋敷の新しいオーナーには本名や素性を隠したうえで、ね。もしかするとこの足立氏とは、それ以前から懇意にしていたのかもしれないが、他の事情はともかく、理沙子の死体の件だけは足立氏にも秘密にしておかなければならなかった。これが六年前の……いや、今から見ると七年前の話になる」

「鮎田冬馬という偽名には、何か特別な意味があるんでしょうか」

「うん、それね」

鹿谷はナイトテーブルにあったメモ用紙を取り上げ、投げ出した膝の上でペンを走らせた。

「このとおり、簡単なアナグラムさ。もっとも、僕も昨日の夜になってやっと気づいたんだが」

そう云って江南に手渡したメモ用紙には、「鮎田冬馬」がローマ字表記で書かれていた。

「AYUTATOMA」――と。

「複雑な綴り替えをする必要はない。それをそのまま、そこの鏡に映してごらん」

江南は椅子から腰を上げ、壁に貼られた鏡の前に向かった。云われるままに、メモを映してみる。

「ああ……」

思わず声が洩れた。

「そうか。完全に逆さまになってるんだ」

鏡の中には「鮎田冬馬」ではなく、「天羽辰也」の名前があった。

「AMOTATUYA」――と。

「まさに『鏡の世界の住人』ってわけだね」

いくぶん芝居がかった調子で、鹿谷が云う。江南は鏡に映った九つの文字を見つめたまま、黙って頷いた。

「さて、こうして天羽辰也は、黒猫館の管理人・鮎田冬馬として余生を送ることになった。その後、屋敷の所有者は幾度か替わったものの、そのたびに足立氏の口利きがあって、天羽は独り『世捨人』の生活を続けることができた。そして――。

去年の八月、屋敷に風間裕己たち四人の若者がやって来た。天羽にとってそれが決して喜ばしい事態ではなかったのはまあ、当然だね。

そんな彼の複雑な心中が窺われる記述を、いくつか抜き出してみようか」

鹿谷はふたたび手記のコピーに手を伸ばし、ページをめくった。

「たとえばだ、椿本レナが来た二日目の夕食のさい、木之内晋が彼女を相手に〝黒猫館の伝説〟とでも云うべき話をした。昔この家で凄い事件があったんだ、という木之内の言葉を聞きとめた鮎田氏は、『何を云い出すのか――と驚いて』『廊下に出た辺りで思わず足を止め、聞き耳を立て』ている。このときはそりゃあ驚いて、まさかとは思いつつも気が焦《あせ》っただろうねえ。木之内の話が単なる作り話だと分って、さぞやほっとしたに違いない。

それから、レナの死体を地下室へ運んで、氷川が例の地下通路のドアについて質問したときには、『不意を衝《つ》かれた気分で、私はほんの一瞬、返答を躊躇《ためら》った。』とある。壁が崩れて通路が発見され、氷川が先頭を切って中へ踏み込んだときには、『意を決し、私が彼に続いた。』と述べているね。どちらの記述も、そのときの彼の心情を考えれば、さもありなんと納得できるものじゃないか」

「一つ疑問に思うんですけど」

と、そこで江南が云った。

「椿本レナの死体を屋敷の地下室に隠してしまう、それが一種の保険だった、というのは分ります。だけど鮎田さんの、かつて自分が殺してしまった理沙子に対する気持ちを考えると……」

「そんなことは許せなかったはずだ、と？」

「ええ。レナのような女はきっと、魅力を感じないどころか、彼がいちばん嫌いなタイプだったはずでしょう。そんな女の死体を、溺愛《できあい》していた娘と同じ場所に葬ってしまうのは嫌じゃなかったんでしょうか。強い抵抗を覚えたんじゃないですか」

「ふん。確かにそういう想いもあっただろうね」

鹿谷はいったん頷いてみせたが、すぐに小さく首を振りながら、

「しかし一方で、こんな解釈もできる」

と続けた。

「レナの風貌に関する描写に、こういう一節があったのを憶えているかな。

『少しなりとも興味を持ったとすれば、それは彼女の顔（特に目許の辺り）に私自身

の死んだ肉親の面影を、微《かす》かにではあるが認めた事、くらいだろうか。』

　この『死んだ肉親』というのは当然、彼の妹、すなわち理沙子の母親のことだろうね。橘教授はその妹を評して、小悪魔っぽいきれいな人、と云っていたね。レナもたぶん、よく似た感じの美人だったんだろう。とすれば彼は、いま君が云ったような抵抗を覚える一方で、こんなふうにも考えたんじゃないか。母親に似たこの女を地下室に葬れば、同じ地下の闇の中で眠る理沙子の孤独が、多少なりとも和らぐかもしれない……」

　江南が得心して頷くのを見ると、鹿谷はバインダーを閉じて傍らに放り出した。

「ここまで考えれば、鮎田氏が何の目的で、今年の二月に東京へ出てきたのかも分るだろう。この手記が、その彼にとっていかに大事なものだったのかもね」

　鹿谷は続けて語った。

「警察に届けざるをえなかった麻生謙二郎の死も無事、単なる自殺として処理され、若者たちは東京へ帰り、黒猫館には平穏な日々が戻った。そこで彼は、未来の自分自身を読者に想定した〝小説〟としてこの手記を書き綴ったわけだけれども、その後、思わぬ出来事が立て続けに起こった。

　まず、彼自身の身体を襲った病だ。脳梗塞《のうこうそく》か何かで倒れた彼は、命は助かったものの、利き腕である左手の自由を失ってしまった。

　次に起こったのが、昨年末の風間一家の交通事故だった。一家全員が死亡し、父親の個人資産の一つであった黒猫館は、氷川隼人の母親の手に渡る運びとなった。そうしてそこで、氷川の母親は――これは想像だけれど――相続した屋敷を売りに出すとか取り壊すとか、そういう意向を示したんじゃないか」

「ははあ、そうか」

　江南はようやく話が呑み込めてきた気がして、

「鮎田さんはそれをやめさせるために？」

「そのとおり。新しいオーナーのありがたくない意向を知らされて、彼は大いに慌てた。すぐさま氷川隼人に電話して母親を説得させようとしたが、困ったことに氷川はアメリカへ渡ったきり音信不通で、連絡先も分からない。いつ日本に帰ってくるかも分らない。こうなればもう、自分が直接、氷川の母親に掛け合ってみるしかないと腹をくくった。すべての事情を打ち明ければ、息子のために彼女は、屋敷の売却あるいは取り壊しを思いとどまるだろう。ところが――」

「彼女は耳が不自由で、電話で話すことができなかったわけですね」

「そう。電話では伝えられない。手紙を書くにしても、とにかく特殊で複雑な事情だから、説得力のある説明をするためにはそれ相応の文章を書かなきゃならないのに、その時点で彼は利き腕の自由を失っていた。とてもではないが、そんなに長い文章はしたためられない。内容が内容だけに、誰かに代筆を頼むわけにもいかない。残された方法は一つしかなかった。すなわち、すでに書いてあったこの手記を彼女に読ませることだ。彼は心を決めてこの二月、それを実行に移すべく東京へ向かったのだったが……」

よりによってそこで遭遇してしまったホテル火災、そして記憶喪失。何と皮肉な、救いようのない偶然の連続だろうか——と、江南は暗然たる心地になった。

「とりあえずこれで、だいたいの説明はできたと思うんだけれども」

みずからの膝に肘《ひじ》を突いて顎に手を当てると、鹿谷は痩《や》せた頬《ほお》をちょっと膨らませて唇を結んだ。そのまましばらく目をつぶり、何事か独り考えに沈んでいたが、やがておもむろに瞼を開くと、

「残る問題はまず、麻生謙二郎の死が本当に自殺だったのかどうか、だが」

そう云って、江南の反応を窺った。江南は云った。

「手記の最後で、鮎田さんは一つの『結論』に達したと書いていますね。それがどん

な結論なのか、鹿谷さんには分ってるんですか」

「そいつが微妙なところなんだなあ」

　鹿谷は眉間《みけん》に深い縦皺《たてじわ》を作る。

「僕にはいま一つ理解できないんだよ。その結論なるものに彼が辿《たど》り着いた道筋に、い、い、い、い、い、いどうしても見えない部分があってねえ。おおむねは見当がつくんだけれども、何て云うんだろう、最後に残ったパズルのピースの形が合わない。無理に嵌め込もうとすると、パズルそのものが壊れてしまう。そんな感じなんだなあ」

　江南は何もコメントできず、ただ曖昧《あいまい》な頷きを返すばかりだった。鹿谷は眉間の皺をいっそう深くして、

「それからね、江南君」

　と言葉をつなげた。

「どうもまだ、この手記には引っかかる箇所《かしょ》がある。あちこちに妙な違和感を感じてしまうんだが」

「さっきいろいろと説明をつけたところ以外にも、まだあるんですか」

「うん。たとえば……」

　云いかけて、鹿谷は思い直したように口をつぐみ、後頭部をぐったりと壁に押しつ

けた。そうしてまた、しばらくのあいだ目をつぶる。

「まあ、いずれにせよ明日が正念場さ」

深々と溜息をついてから、鹿谷はみずからをなだめるようにそう云った。

「とにかく黒猫館だ。実際に屋敷を見れば、鮎田氏の記憶も戻るかもしれない。僕の違和感も解消するかもしれない」

「地下通路を調べてみたりもするんですか」

「恐らくね」

「でも……」

「鮎田氏に記憶を取り戻させるのが、そもそもの僕らの目的だったわけだろう。あなたは実は天羽辰也なんですよ、とここで僕が云ってしまってもいいが、もしかするとますます彼の頭を混乱させる結果にもなりかねない。彼自身が自力で思い出す可能性があるのならば、そっちを優先させるべきだと思う。そのためには壁の一枚や二枚、壊すくらいのことはしないとねえ」

「でも鹿谷さん、それで死体が出てきたら……」

「警察に知らせなきゃいけない、ってかい？」

と、これはことさらのように軽い口振りで云って、鹿谷は大きく肩をすくめてみせるのだった。

「その判断はね、あくまでも鮎田氏自身に委《ゆだ》ねるつもりだよ。僕は刑事じゃない。善良な一般市民の倫理ってやつにも、最近は少々うんざりしてるものだから。——もっとも、君がどうしても警察沙汰《ざた》にしたいって云うのなら、無理に止めはしないがね」

5

ここは黒猫館ではない。本物の黒猫館は別の場所にある。

その、衝撃的と云えばあまりにも衝撃的な言葉を何度も心中で繰り返しつつ、江南は鹿谷に促されてふたたび建物の玄関へ向かった。鮎田冬馬は、鹿谷が何を話しかけても顔を伏せたきりひと言も応えようとせず、まるで鎖《くさり》に引かれる虜囚《りょしゅう》さながらの足取りであとをついてきた。

「門の前に立ったときからもう、妙な点は見えていたんだよ」

開けっ放しにしてあった象牙色の扉を抜け、薄暗い玄関ホールに歩を進めながら、鹿谷は江南に云うのだった。

「僕たちが入ってきた門の通用口、あれは扉の左端にあっただろう。ところがね、手記の中では『門の右端に設けられた通用口』とあるんだな。さっきの〝風見兎〟の位置にしてもそうだ。ここのは屋根の、向かって左端にあるけれども、黒猫館の〝風見猫〟は反対側に造り付けられている。手記には『西の端』と記されているが、方角を考えるとこれは、向かって右の端だと分る」

西が右——ということは、黒猫館は玄関を北に向けて建っていることになる。

江南は懸命に手記中の描写を思い出そうとしたが、そのような細かい点まではやはり憶えていなかった。せめてあのノートに建物の平面図でも付いていたなら……と、理不尽な苛立《いらだ》ちが込み上げてくる。

そんな彼の気持ちを読み取ったかのようなタイミングで、

「これをご覧」

と、鹿谷が云った。肩に掛けていたバッグから二つ折りにした一枚の紙を取り出し、江南に手渡す。

「手記の文章を元に作ってみた図だよ。大雑把《おおざっぱ》なものだけれども、それを見ればどこが妙なのか一目瞭然だろう」

江南は紙を開いて見た。鹿谷の言葉どおり、そこには建物の大まかな平面図が描かれていた。

北向きの玄関。これを入ると、向かって右手の奥に二階へ上がる階段がある。大広間は玄関ホールの右隣、すなわち西側に位置する。左手奥の廊下を東へ行くと、両側に居間兼食事室とサロン、厨房、そして鮎田の使っていた寝室が並び……。

平面図から目を上げ、江南はいま自分がいる玄関ホールを見渡した。

「――違う」

己の記憶力と観察力のなさを、このときほど痛感したことはない。

「全部、逆だ」

階段は左手奥にある。大広間は左隣。廊下は右手に延びていて……。

すべての位置関係が、手許にある図面とは左右逆になっているのだ。まるでそう、鏡に映したかのように。

「そこには描いてないが、さっき降りた地下室の形や地下通路の曲がり方も、ことごとく手記の記述とは左右が逆さまだった。それから――」

鹿谷は玄関の扉のほうへ視線を投げながら、

「図に示してあるとおり、黒猫館の玄関は北を向いている。手記には確かにそう記してあった。ところが、この建物は違うんだな」

「ああ、そう云えば……」

江南はつい二、三時間前、三人で屋敷の前に立ったときの情景を思い出した。立ち込めていた霧があのとき、ひとしきり吹き過ぎた強風に散り、束の間の陽射しが玄関を照らした。そろそろ正午になろうかという時刻だったから、太陽は南中していたはずだ。すると当然、この建物の玄関は南向きであることになる。

本物の黒猫館は鏡の向こう側にある。

なるほど、まさにそのとおりではないか。今いるこの館と手記の中の黒猫館——二つの館は、ちょうど鏡を挟んで向かい合ったような恰好《かっこう》で建っているのだ。

「大広間へ行こうか」

云って、鹿谷は象牙色の両開き扉に足を向けた。

「鮎田さんも、ご一緒に」

促されて、老人は相変わらず俯《うつむ》いて押し黙ったまま、のろのろと二人のあとに続いた。

*

外の霧が晴れたためだろう、大広間に射し込む彩色光は初めここに来たときよりもずっと明るく鮮やかで、廃屋然とした雰囲気を若干なりとも救っていた。さっそうと

した足取りで部屋の中央まで進むと、鹿谷は三方の壁面に並んだステンドグラスをざっと見渡し、

「どうだい？」

　と、江南を振り返った。

「見てのとおり、この広間のステンドグラスはトランプの絵札をモティーフにしたものだ。床の市松模様は赤と黒。これもトランプの色を表わしたものだと考えられる」

　戸惑いつつも、江南は首肯するしかなかった。鹿谷は続けて、

「一方、黒猫館のほうはどうか。手記には確か、こう記されていた。

『これらの窓には、〈王《キング》〉や〈女王《クイーン》〉〈騎士《ナイト》〉などが描かれたステンドグラスが嵌め込まれていて……。』

　キングやクイーンはともかくとして、いったいトランプの札にナイトなんてあったかな。あるとすればジャックだろう。加えて、床の市松模様は赤と白と来てる。どうかな、江南君」

「チェス、ですか」

　そろりと答えると、鹿谷は目許に微苦笑を浮かべ、「よくできました」とでも云いたげに頷いた。

「一方はトランプ、もう一方はチェス。一方は白い兎、もう一方は黒い猫」

吹き抜けの天井に鹿谷の声が響く。

「さっき外で云ったように、これはルイス・キャロルの『アリス』なのさ。『不思議の国のアリス』と『鏡の国のアリス』。――『不思議』のほうはむかし読んだと云ってたね。だったら、そっちは憶えてるだろう。アリスは白兎を追いかけて穴に飛び込んだ。行き着いた先は、例の〈ハートの女王〉が猛威をふるうトランプの王国だ」

云われて、かろうじて思い出した。チョッキから懐中時計を取り出して時刻を確かめる白兎、やたらと人の首をはねたがる〈ハートの女王〉……。

実を云うと江南は、あの物語があまり好きではなかった。子供のころ読んだとき、主人公アリスの生意気な性格に腹が立つばかりで、まるで面白くなかったのである。だから続編の『鏡の国』を読もうとはしなかったし、『不思議の国』にしてもほとんど内容を忘れかけていたのだった。

「『鏡の国』のほうは、アリスが黒い仔猫《こねこ》を抱いて鏡を覗き込むところから始まるんだよ。そうして彼女が迷い込んだのは、今度はチェスの王国だった」

江南を相手にそこまで説明すると、鹿谷は入口付近に立っていた老人のほうを振り返り、

「まったく参りましたよ、鮎田さん」

と声をかけた。

「いろいろと違和感はあったものの、基本的に僕は、黒猫館はここ——阿寒の森の中に建っているのだ、と思い込んでいましたからね。黒猫やチェスが出てくるから、『鏡の国のアリス』が味つけに使われたのかもしれないな、とも考えていた。ところがいざ来てみると、これです。建物の色が違う。左右が逆さま。しかも、モティーフになっているのは『不思議の国のアリス』……。

参りましたねえ。二十年前、天羽博士の依頼で中村青司が設計した別荘は、実は二つあった。そんなこと、まるで思ってもみませんでした」

足許に目を落としたまま、鮎田は何とも応えない。

いくぶん背中の曲がった貧弱な身体。動かない左手。禿《は》げ上がった頭。顔の左半分に残った火傷《やけど》の痕《あと》と左目を隠した眼帯。——そんな彼の姿を見ながら、江南は何ともやりきれない気持ちになるのだった。

神代元教授や橘女史の口から語られたかつての天羽辰也の風貌とは、あまりにも違う。こんなにも老い、傷つき、変わり果ててしまって……。

阿寒町で立ち寄った電気屋の主人は、車の助手席にいた彼を見ても、むかし訪れたこの屋敷の主人と同じ人物であるとはまったく気づかなかった。それも当然だろう、と思える。仮に今、彼を昔の友人や同僚たちに引き合わせたとしても、いったいどれだけの人間が、この男は天羽辰也だと分るだろうか。

「お疲れのようですね」

俯いた老人の、茶色い鍔《つば》なし帽を被《かぶ》った頭を見つめながら、鹿谷は云った。

「どこかに坐《すわ》ったほうがいいでしょう。サロンにいくつか椅子が残っていましたね。あっちへ移動しましょうか」

6

部屋の隅にあった揺り椅子を引っ張り出してきて鮎田を坐らせると、鹿谷は彼を斜め前から見据《みす》える位置に別の椅子を置き、腰を下ろした。江南もまた椅子を運んできて、二人と等分の距離をおいた場所に身を落ち着けた。

「続きを聞いていただけますか、鮎田さん」

長い足を組みながら鹿谷が、おもむろに口を開いた。老人はやはり何とも応えず、下を向いたままである。が、鹿谷は構わず話を始めた。

「ここへ来てみて、この屋敷が手記の舞台になっている黒猫館とは異なる屋敷であると分った。天羽博士は二十年前、どこか別の場所にもう一つの別荘を建てていたのだ、と考えられる。

そこで僕は、あなたの手記を読んで最初に設定した問題へと立ち返らざるをえなくなったわけです。すなわち、黒猫館はどこにあるのか、という問題です」

さっきの大広間に比べると室内はずっと薄暗く、埃っぽい。嵌め殺しの色ガラスから遠慮がちに射し込む光の中、鹿谷は江南の顔へ視線を移した。

「あの手記にはまだあちこちに引っかかるところがある、とゆうべ云っただろう。結局その違和感のいちいちが、黒猫館が建つ場所を示す手がかりだったわけだがね、愚かにも僕は、ここへ来るまではずっとその意味が分らずにいた。あんな、動物学の難しい本まで買ってきて勉強してみたっていうのにねえ。まったくもう、われながら情けなくなるよ」

いまだに分らないでいる自分は、じゃあいったい何なんだろう。そう思いつつも、江南は神妙に頷く。

「具体的にどんな違和感を覚えたのか、順番に挙げていこうか」

と云って鹿谷は、足許に置いていたバッグに手を伸ばした。中から例の黒いバインダーを取り出し、膝の上で開く。

「たとえば一日目、鮎田さんが若者たちをホテルまで迎えにいったときの記述で、こんなのがある。

『その日は珍しく霧が出ていて、運転にはかなり気を遣《つか》わねばならなかった。』

手記に登場する『町』が釧路だとすると、昼間に霧が出ていること自体は別に問題ない。けれども『珍しく』というのは変なんじゃないか。釧路と云えば、夏場には月の半分くらいが霧の日だっていうので有名なところだろう?」

「――ええ。まあ、そう云われればそうかな、とも」

「ふん。じゃあ、これなんかはどうだろう」

鹿谷は素速くページをめくって、

「ホテルから屋敷へ向かう車の中の場面。こういう記述がある。

『後ろの座席では、氷川以外の三人が騒々しかった。車窓越しにあちこちを指さしては、道路の標識や店の看板に並んだ文字を大声で読み上げている。』

想像してごらんよ。いったい二十歳《はたち》を過ぎた男たちが、こんな真似をするだろうかねえ。『制限速度五十キロ!』とか『ローソン!』とか……」

「――はあ。まあ、確かに」

「同じ場面で氷川隼人が、前の日は一人で『例の監獄跡』へ行ってきた、と話している。これは塘路湖畔《とうろこはん》の集治監跡《しゅうちかんあと》のことだと考えられそうだが、そのあと彼は、むかし網走の刑務所にも行ったことがあると続けているね。ところが一方、ホテルのロビーで鮎田さんと会ったとき、氷川はこんなふうにも云ってる。

『初めて来ましたが、いい所ですね』

もちろんこれは『釧路には初めて来た』という意味なのかもしれないけれども、前後の文脈を見ると、どうもそうは読めないんだな。釧路市といった狭い地域ではなくて、もっと広い範囲——たとえば北海道全体——を指して『こちらには初めて来た』と云っているように思えるわけさ。とすると、この台詞《せりふ》と『網走に行ったことがある』という言葉は矛盾《むじゅん》することになる。

次は『夕闇』の問題だ。この日、鮎田さんがホテルで若者たちと落ち合ったのは午後三時半ごろだった。四人を車に乗せて屋敷へ向かう道中、『夕闇』に関する描写が二つある。

『霧はなくなったが、代わって辺りにはそろそろ夕闇が漂い始める。』

『加速度を付けて深まり行く夕闇の中を、車はのろのろと進んだ。』

そうして彼らが屋敷に到着したのが、午後五時半をまわった時刻だった。この時点では、『闇を切り開くヘッドライトの眩《まぶ》しさに……』というふうに『闇』という言葉が使われている。あたりはすでにすっかり暗かった、と取れるわけだが、これはいかにも変だろう。八月一日の北海道だよ。午後五時半にもう日が暮れて暗い、なんてことはありえないはずだ。単に記述者の記憶違いで誤った時刻が記されたのか。そう片づけてしまっていいんだろうか」

どう答えたら良いものか、江南には分らなかった。鹿谷はさらに手記のコピーをめくる。

「ああ、これもちょっと気になったところだなあ。一日目の夜、夕飯の食卓に出されたのは仔羊《ラム》の料理だった。風間裕己が『ちょっとクセ、あるよな』と文句をつけているね。『料理が余り得意ではない』という管理人が、来客を迎えた最初の夜に仔羊の料理を作るなんて、何だか不自然だとは思わないかな」

「…………」

「夕食のあと、サロンに移った若者たち。鮎田さんは氷川に呼ばれて窓ぎわの椅子に坐った。そのときの記述にはこういうのがある。

『テレヴィのコントローラーを手にしているのは麻生である。前屈《まえかが》みになって画面を見詰めながら、馴染みのない番組ばかりなのだろう、詰まらなそうな顔で次々にチャンネルを替えている。』

ところが、昨日《きのう》ホテルで新聞のテレビ欄《らん》を見てみたんだけどね、たいていの番組が東京で放送しているものだった。『イカ天』もあったしねえ。『馴染《なじ》みのない番組』というようなローカル番組は、数えるほどしか見当たらなかったんだなあ」

「ふうん。確かにそれは……」

「同じとき、鮎田さんと話をしながら氷川が、こんな行動を取っている。

『黒い窓枠に嵌め込まれた厚いガラスに人差指の先を押し当てると、上から下へ、つーっと真っ直ぐな線を引く。』

しかも、このあとには『赤い色ガラスに残った直線』という一節があるんだよ。どうかな。妙だと思わないかい」

「さあ……」

「線が残ったということはつまり、ガラスが蒸気で曇っていたわけだろう。季節は夏で、室内はエアコンが効いていた。いくら『朝晩は夏でも冷え込』むと云っても、そんな状況でガラスの内側が曇《くも》るような現象が起こるだろうか」

すっかり埃で汚れてしまった髪に手櫛《てぐし》を入れながら、江南は「うーん」と首を捻る。鹿谷は続けた。

「翌二日目、風間と木之内がドライヴに出ていき、氷川を大広間へ案内したあと、やっと麻生謙二郎が起きてきた。このときの麻生と鮎田さんの会話の中に、いくつか妙なものが見られる。

まずはUFOの件だね。『最近こっちの方で目撃者が増えてるらしい』と麻生は云っているが、少なくとも僕は、あまりそんな、北海道にUFOがよく現われているなんていう話は聞いたことがなかった。この辺についてはむしろ、江南君、君のほうが詳《くわ》しいんじゃないかな。去年の夏までは例の『CHAOS《ケイオス》』編集部にいたんだから。どうだろう」

「あ、はい。そこは僕も、ちょっと変だなと感じましたけど。そう云えば昨日、ホテルの人にあれこれ質問してましたね」

「ああ、うん。UFOの噂《うわさ》など知らないと云ってたねえ、彼も。

UFOの件に続いて、麻生はいろいろと鮎田さんを辟易《へきえき》とさせるような質問をしている。絶滅した狼《おおかみ》。湖に棲《す》む巨大生物。先住民族の聖地と失われた大陸の関係。

──狼とはエゾオオカミのことだろう。湖は阿寒湖。先住民族と云えばアイヌだね。しかし、どうも僕にはおかしな感じがした。しっくりしない。それぞれに微妙な違和感があるんだな。

このあと、散歩に出ようとした麻生が『この辺、熊は大丈夫ですか』と尋ねるのに対して、鮎田さんはあっさり『熊など出ませんよ』と答えている。これもおかしな話さ。阿寒のこんな森の中ならば、ヒグマが出ないとも限らないんじゃないか。案の定、昨日ホテルの従業員に訊いてみたら、山間部の田舎のほうではときどき被害があるようだと云っていた」

バインダーを持ったまま両手を上げ、鹿谷は肩凝《かたこ》りをほぐすように大きく伸びをした。その動きに驚いてか、鮎田老人がびくりと一瞬、目を上げる。

「さてと、次はかなり核心に迫るところだな」

鹿谷は変わらぬ調子で先を続けた。

「三日目の正午過ぎ、鮎田さんは大広間の若者たちが起きてこないのが不安になって、二階の部屋を覗きにいった。最初に入ったのは『左側手前』の氷川の部屋で、このときの室内の状態についてこんな描写がされている。

『カーテンは引かれておらず、ガラスを透して射し込む太陽光線が、明りの消えた部屋を光と影にくっきりと二分していた。』

ところで、この部屋は『正面奥に窓が設けられている』とその前に書かれている。さっきの平面図を見てみれば分るけれども、階段を上がって『左側手前』と云えば、これは北向きの部屋なんだな。その『正面奥』の窓は当然、北向きの窓だ。時間は正午過ぎだから、太陽は南中していたはずだね。とすれば、この室内の描写はおかしいんじゃないか。北向きの窓から『部屋を光と影にくっきりと二分』するような太陽の光線が射し込むものだろうか」

江南はゆっくりと首を横に振る。その脳裡《のうり》に、エラリイ・クイーンの名作「神の灯」の一場面がよぎった。

「次へ行こう。——大広間が開放され、椿本レナの死体が発見されたあと、木之内が警察へ連絡しようと玄関ホールの電話機に向かった。これを氷川が慌てて止めたわけだが、そのときの模様はこう記されている。

『慌てた足取りで木之内の許へ行くと、今しもダイヤルの0に指を掛けようとしていた彼の手を押さえ付けた。』

どうして木之内が『今しも』『指を掛けようとしていた』のは、110番の1ではなくて『0』だったんだろうか。

その少しあとに、こんな記述もあるね。

『頭の中で回転する、赤と青の透明な光——。

躍起になってそれを振り払いながら、私は若者達を廊下の方へと促した。』

この『赤と青の透明な光』というのは、いったい何を意味しているのか。文脈からして、どうもこれは、事件の通報を受けて駆けつけたパトカーの回転ライトを象徴しているように読めるんだけれども、はて……？

あと二つほど指摘しておこうか。

一つは、椿本レナの所持品を調べたときにまず判明した事実が、『彼女の本籍地、生年月日、そして身長』であると書かれていること。本籍地や生年月日はともかく、どうしてそこに身長が加わっているのか。彼女は自分の手帳か何かに、わざわざそんなデータをメモしていたんだろうか。

もう一つ。この日の夕食後、木之内を部屋で休ませてきた氷川が、『森に棲む動物達の、余り上品とは云えぬ鳴き声』を評して、『ここの連中の頭には脳梁《のうりょう》がないんだ』と云っていること。鮎田さんはそれを『或《あ》る種、開き直りのジョーク』と理解したが、風間と麻生には意味が取れなかったようだとある。二人はおおかた、『脳梁』という言葉自体を知らなかったんだろうが……」

幸い、その程度の知識ならば江南にもあった。

脳梁とは、大脳の右と左、すなわち右脳と左脳を連結する器官である。かつては癲《てん》癇《かん》の治療のため、これを切断する手術が行なわれたりもしたらしい。

「『森に棲む動物達』には『脳梁がない』。一方で鮎田さんは、レナの死体をどう始末するかについて話し合ったとき、こんなふうに述べている。森にはいろんな動物がいるから、死体の臭《にお》いを嗅《か》ぎつけて、いつ掘り返してしまわないとも限らない、とね。普通に想像すれば、この『森に棲む動物達』というのは狐《きつね》や狸《たぬき》、野犬のたぐいだろう。では氷川が云うように、本当にそういった動物には『脳梁がない』んだろうか。それを調べたくて昨日《きのう》、あの動物学の本を探してきたわけなんだよ」

「なるほど。——で、どうだったんですか」

「それがだね」

ひくりと眉を上げて、鹿谷は答えた。

「一般に有胎盤類はすべて脳梁を有する、というんだな」

「ゆうたいばんるい?」

「胎盤のある動物のことさ。人間をはじめ犬も猫も、狐も狸も兎も熊も、イルカや鯨も、みんなそうだ」

「あ、はあ。それじゃあ、ええと……」

「昨日はそこでつまずいてしまって、だったらこの『動物達』というのは、梟《ふくろう》か何かの鳥類だったのかな、と無理やり自分を納得させたんだがね。——やれやれ。あそこでちゃんと考えておけば、もっと早くに答えが見えていたものを」

と云って鹿谷は、小さく肩をすくめてみせる。そうして膝の上のバインダーを閉じると、埃だらけの床に無造作に置いた。

「妙な点は他にもいくつかあるんだけれどね。あとでゆっくり読み返して、どこが妙なのか探してみたらいい」

「そう簡単に云われても……」

「まだ分らない？　いい加減、君も鈍いねえ。まあ、僕もあんまり偉そうに云えたものじゃないが」

鹿谷はやおら足を組み替え、黙ってこれまでの話を聞いていた鮎田冬馬のほうに向き直った。

「いま云ったような違和感を覚えつつも僕は、どうも引っかかるなあと思うだけで、なかなか真実に行き着けなかったわけです。黒猫館は阿寒にある――この先入観に、どれほど思考が囚われていたか、という話ですね。

今日ここへ来て、目的の館は別の場所にあるのだと分っても、じゃあその場所はどこなのかといたずらに思い悩むばかりで……ようやく答えに気づいたのは、さっきこの家の二階で、麻生謙二郎が死んだ密室の問題を改めて検討してみたときでした。

手記の終盤であなたが、どのような道筋を辿って『結論』なるものに辿り着いたのか。それを追っていくと、最後にどうしても、形の合わないパズルの破片のようなものを摑まされてしまう。どうしてなのか。何が間違っているのか。――考えて、やっと分りました。つまり、論理を詰めていくうえでの大前提となる条件を、僕はまったく見誤っていたということです」

物云わぬ老人に静かな眼差《まなざ》しを据え、そして鹿谷はこう云った。

「あなたは黒猫館を鏡の向こう側に建てた。その鏡は赤道上に立っていたんですね。赤道を挟んで、この阿寒とは地球の反対側にある場所――オーストラリアのタスマニア島に、あなたが管理人をしていた黒猫館はあるんですね」

7

「タスマニア？」

思わず大声を上げてしまったのは江南だった。

「そんな……鹿谷さん、そんなことって……」

「説明しよう」

ゆっくりと嚙《か》みしめるような口調で、鹿谷は語りはじめた。

「二十年前、天羽辰也博士が中村青司に依頼した仕事はこんな内容だった。北海道とオーストラリア——北半球と南半球のこの二つの島に、赤道上に巨大な鏡を立てたようにして向かい合った二つの家を建てたい。一つは自分の生家があった釧路の近く。もう一つは若いころに留学したタスマニア。まったく同じとまではいかずとも、地球規模で見れば恐らくかなり近い緯度と経度を持つ二つの土地を、天羽博士は選んだ。

青司はその奇妙な依頼を喜んで引き受け、それぞれをルイス・キャロルの二つの『アリス』で味つけして、二つの洋館を設計した。〝白と黒〟という色の対比を考えれば、そこには〝実体と鏡に映った影〟というふうな意識が織り込まれていたのかもしれないね。

こうして建てられた二つの別荘のうち、こちら——阿寒のほうについては知人たちに話し、案内状を送ったり招いたりもしたが、〝影の館〟とでも云うべきタスマニアのほうの存在は誰にも秘密にしていた。そしてたぶん天羽博士は、娘の理沙子とともに向こうの永住権を取ったうえで、大学の夏休みには阿寒へ、冬休みにはタスマニアへといった案配で、各々《おのおの》の季節のいい時期を選んで足を運んでいたってわけだ」

鹿谷はブルゾンのポケットから例のシガレットケースを取り出し、「今日の一本」をくわえた。江南に考える余裕を与えようとでもいうのか、ことさらのように時間をかけてそれを吸いおえると、靴《くつ》の裏に押しつけて火を消しながら、

「さっき列挙した違和感の数々も、館が南半球のタスマニアにあるとすれば、すべて納得のいく説明がつくだろう」

と、江南のほうを見やる。

「手記に出てくる『町』は釧路市ではなく、天羽博士が留学していたタスマニア大学のある州都ホバート市だと考えられる。これならば、『珍しく霧が出ていて』という一節も妙ではない。

氷川隼人が『こちら』すなわちオーストラリアに来たのは、それが『初めて』の経験だった。『例の監獄跡』というのは、塘路湖の集治監跡じゃなくて、有名なポート・アーサーの刑務所跡だったんだね。名前を聞いたことくらいあるだろう？　オーストラリアはもともとイギリスの流刑植民地で、その最南端に浮かぶタスマニア島は、中でもとりわけ重罪の囚人が送られてくる〝究極の流刑地〟だったという。

若者たちが道路標識や店の看板を読み上げていたのも、日本で見るのとは違うそれらが珍しかったからさ。ついでに云っておくなら、車の中で鮎田さんが、氷川に向か

って『こっちの訛《なま》りは気になりませんか』と訊いているけれども、この『訛り』とはいわゆる〝オージーイングリッシュ〟のことだ」

「オーストラリアなまり、ですか」

「そう。普通は［ei］と発音するところを［ai］と発音したりする。“make”を『マイク』、“eight”を『アイト』といった具合に。

夕暮れの時刻の問題も簡単に解決するね。八月の頭と云えば、こっちじゃあ真夏だけれども、南半球のタスマニアでは真冬のいちばん寒い時期だ。日も短い。五時半をまわるころにはもう暗くなっていて当然だろう」

「仔羊の料理っていうのは？」

「オーストラリアと云えば牧羊の国だよ、江南君。食用肉に羊を使うことも、日本とは比べものにならないほど多いっていう。そこに長年住んでいるんだからね、いくら料理が苦手と云っても、ラムチョップくらいは作るさ」

「ははあ。——テレビでやってるのが『馴染みのない番組ばかり』なのも当たり前、というわけですか」

「そうだね。窓ガラスが蒸気で曇っていたのは、季節が夏じゃなくて冬だったから。外は寒く、室内は暖かい。窓は曇って当然だ」

「エアコンが効いていたっていうのは、暖房のことだったんですか」

「もちろん。たとえば——」

と、鹿谷は足許に置いていた黒いバインダーを目で示し、

「その中にこんな場面があったね。若者たちがサロンで騒いでいたとき、木之内が『暑いなあ』と云って腕まくりをしながら立ち上がる。そして鮎田さんに、『エアコンを調節してくれ』と要求するんだよ。

これなんか、季節が夏だと思っていてもすんなりと読めてしまうが、実際のところは、冷房が弱すぎたんじゃなくて暖房が効きすぎていたわけだ。だから木之内は、長《なが》袖《そで》のシャツだかセーターだかの腕をまくって『暑いなあ』と云った。

他にもね、そうと分ったうえで読み直せば、なるほどと思える記述が随所に見つかる。一日目に氷川が『気温の所為《せい》』で風邪をひいて、鼻をぐずぐずさせていたこととか……」

江南は溜息をつきたい気分で、鹿谷の足許のバインダーを見つめた。

そう云えば——と、そこで思い当たったのは先ほどの『UFOの件』である。最近オーストラリアでUFOの目撃者が増えているという、そんな記事を、昨年『CHAOS《ケイオス》』の編集部にいたころ、何かの雑誌で目にした憶えが……。

それを話すと、鹿谷は満足げに頷いて、

「同じく麻生の台詞に出てきた『例の狼』というのは、エゾオオカミじゃなくて、例のタスマニアンタイガーのことだね。タスマニア袋狼とも呼ばれるやつで、とうに絶滅したとされるが、ニホンオオカミと同じで、今でもたまに『見た』と云う人間が現われるらしい。

同様に、『先住民族』というのはアイヌじゃなくて、オーストラリアのアボリジニのことさ。湖というのも当然、阿寒湖じゃない。タスマニアには確か、たくさんの湖があったはずだ。巨大生物の噂があるのかどうかは知らないが」

「森に熊が出ることもない？」

「出たら大変だろうね。——そうそう。こういうのもあったっけ」

と、鹿谷はまたバインダーに目を投げる。

「風間と木之内に連れられて椿本レナがやって来たとき、鮎田さんは彼女のこんな言葉を聞いている。

『すっごい、綺麗《きれい》。星が一杯』

『東京の空とはやっぱり全然、違うんだなあ』

分ってみると実に意味深長な台詞じゃないか。南十字星でも見つけたんだろうかねえ、このとき彼女は。

北向きの窓から正午に太陽光線が射し込んでいたという矛盾も、まったく矛盾ではなくなる。南半球では、太陽は南中じゃなくて北中するはずだから」

「警察を呼ぶのに、ダイヤルの0に指をかけたっていうのは？　向こうの警察は何番なんですか」

「000だよ、確か。何かで読んだ記憶がある。さらに云うと、向こうのパトカーのルーフに付いている回転ライトは、アメリカなんかと同じ赤と青のツートーンだ。映画で見たことがあるだろう」

「――ええ」

「椿本レナの所持品から彼女の身長が分ったのも、簡単に説明がつく。デイパックの中に彼女のパスポートが入っていたんだな。パスポートには氏名と本籍地の他に、身長が記入される欄があるからね。

そして最後に、例の『脳梁がない』連中の問題だが――」

右手の中指を立てて自分の額の真ん中に押し当てながら、鹿谷は云った。

「昨日《きのう》のあの本に、そう云えばちゃんとこう書いてあった。有袋類の脳には脳梁がない、ってね。オーストラリアに棲息《せいそく》する野生の哺乳類は、カンガルーをはじめとしてたいがいが有袋類だ。『森に棲む動物達』というのは、世界一醜いと云われるあの動物——タスマニアンデビルのことだったんじゃないかな」

8

「鮎田……いや、やはりもう、天羽さんと本名で呼ばせていただいたほうがいいでしょうね」

鹿谷は項垂れた老人に向かって云った。

「理沙子を失い、大学を追われ、札幌の町にもいられなくなったあなたが逃げた先は阿寒ではなく、タスマニアだった。手記の中であなた自身が『こんな世界の果てのような場所』と評している、その森の中に建てられた、かつてはみずからの所有物であった別荘、黒猫館。あなたは『当地での代理人』として以前から付き合いのあったホバート市在住の日本人、足立秀秋氏の取り計らいによって、鮎田冬馬と名前を変えたうえで、屋敷の管理人という立場でそこに住み込むことになったわけです」

「………」

「どうしてあなたが今年の二月になって、この手記を持って日本へ帰ってきたのか。

もう思い出されたでしょう？　風間裕己の一家が交通事故に遭い、屋敷が氷川隼人の母親の手に渡った。それを知ったあなたは……」

そのとき、牢獄《ろうごく》の扉のように閉ざされつづけてきた老人の口が開いた。

「そこまで知られてしまいましたか」

嗄れた声が、薄暗い部屋に響く。江南は思わず呼吸を止め、俯いた彼の、木乃伊《ミイラ》のように乾いた唇を見つめた。

「よりによって、あなたみたいな人に〝事件の依頼〟をしてしまうとは……」

「後悔していますか」

鹿谷の問いに、鮎田冬馬こと天羽辰也は「いや」と小さくかぶりを振った。

「私はずっと運命論者を莫迦にしてきたが、そろそろ宗旨変えの時機が来たようですな」

そう呟いて、わずかに面を上げる。老いた醜い顔には、救いようのない自嘲《じちょう》が刻まれていた。

「それにしても、その手記がまさかこんな、とんでもない謎解きの〝問題〟になってしまおうとは、思いもよりませんでしたな。あの屋敷がタスマニアに建っていることも、季節が冬だったことも、この私の中では自明の事実でしたから……だから、期せずしてそんな、いたずらにあなたたちの頭を混乱させるような文章を羅列《られつ》した代物ができてしまったのでしょう。本人は何と云うか、むかし取った杵柄《きねづか》とでもいった気分でペンを走らせていたのですが」

「とても気になっている問題が一つ、あるんですが。教えていただけますか」

神妙な面持ちで、鹿谷が云った。

「もしかしてこの手記には、続きが存在したのではありませんか。つまり、〝未来の自分自身のための探偵小説〟の〝解決篇〟に相当するような、二冊目のノートが」

自嘲を顔に刻んだまま、老人は頷いた。

「短いものですが、確かにありました。あの火災で燃えてしまったのでしょう。火事に遭ったときの記憶は、さすがに戻ってくれんようです」

「そのノートには、麻生謙二郎が死んだ密室事件の真相が記されていたんですね。犯人の名前、そして動機……」

「すべてもう分っておられるのでしょう、鹿谷さん。今さらここで、私が話す必要もありますまい」

「――そうですね」

二人は口をつぐみ、奇妙な沈黙がしばしサロンに流れた。

窓から射し込む外の光が、いつのまにか弱くなっていた。夕暮れにはまだ早すぎる時刻である。空が曇りはじめたのか、あるいはふたたび霧が出はじめたのだろうか。

「僕のほうからも一つ、お教えしなければならないことがあります」

と、やがて鹿谷が口を開いた。

「今朝ホテルを出る前、東京の氷川隼人の実家に電話してみたんですよ。ああいうのを虫の知らせっていうんでしょうかね。何かあちらの状況に変化があったんじゃないかと、そんな気がして」

「ほう」

老人の表情がかすかに動いた。鹿谷は淡々とした声で云った。

「アメリカから一昨日《おととい》、連絡があったそうです。何でも氷川は、ずっと南米のほうへフィールドワークに行っていたんだとか。それでやっと風間一家の不幸を知らされて……今ごろは日本へ帰ってくる飛行機の中じゃないかな。母親が、相続した別荘の売却や取り壊しを考えていると知ったら、何としてでもやめさせるでしょう」

「鹿谷さん、あなたは——」

軽い驚きの色を浮かべて、老人は相手の目を見返した。

「あなたは私に、どうしろと」

「別にどうしろとも云いませんよ」

答えて、鹿谷は椅子から立ち上がる。バインダーをバッグにしまうと、南側の窓のほうを向き、ひょろ長い身体を大きく伸び上がらせた。

「この家には何も犯罪の痕跡は見つかりませんでしたからねえ。人間の死体はおろか、猫の死骸一つなかった」

「……………」

「さてと、江南君。車に戻ろうか。いいかげん腹が減っただろう」

そう云って鹿谷は、さっさと廊下のほうへ踵《きびす》を返す。江南は慌てて椅子から立った。扉の前まで行ったところで鹿谷は、足が萎《な》えたかのように腰を上げようとしない老人を振り返り、

「行きましょう、天羽……いや、鮎田さん」

荒涼たる部屋の雰囲気にはあまりにもそぐわない、陽気な声を投げかけた。

「黒猫館なんていう館はこの世には存在しない。あの手記はすべて、あなたが〝悪夢〟に憧れて書いた創作だった。——僕と江南君にとっては、それが〝現実〟であるということにしておきましょう」

エピローグ——失われた手記——

26

二冊目のノートである。

一九八九年の八月一日から四日にかけてこの黒猫館で起こった事件の顚末《てんまつ》を書き綴《つづ》って来たが、一冊目のノートを読み返してみて、我れながら苦笑を禁じ得ない。冒頭部に記した「これは未来の私自身の為《ため》に書かれる〝小説〟（それも所謂《いわゆる》〝探偵小説〟の部類に属する物）なのだ」という文章が、或《あ》るいは社会学者達の云《い》うところの「自己成就的予言」の機能を果たしたのだろうか。自らのその言葉が、ペンを握った私の思考に否応なく影響を及ぼし、結果としてこの手記は、ちょっとした「探偵小説」の体裁を備えた代物になってしまった。

仮に十年後の私が、この事件の記憶をすっかりなくしてしまっていたとして、机の抽斗《ひきだし》の奥深くに仕舞《しま》ってあったこの手記を見付けたとしたならば、探偵小説の〝問題篇〟に当たる一冊目を読み終えた段階でさて、如何《いか》なる考えを抱くだろうか。果たして、正しく事件の真相を云い当てられるかどうか。

そんな想像をしてみるのもなかなか面白い。

ノートを替えてここに記す文章は、そうすると、未来の私自身の為に書かれる探偵小説の〝解決篇〟とでも云うべき物になる訳である。

麻生謙二郎の死は本当に自殺だったのか。もしも自殺ではなくて他殺だったとすれば、その犯人は誰なのか。

この問題に対する私の結論を、以下に書き記しておく事にしよう。

＊

麻生謙二郎が死んだ二階の浴室は死体発見時、完全な密室状態にあった。

出入口は二枚の扉だけ。この扉の周囲にはどちらも全く隙間《すきま》がなく、鍵孔《かぎあな》も存在しない。従って、針や糸を用いたお馴染《なじ》みの小細工が付け入る余地は皆無だった。掛金にも受金《うけがね》にも不審な痕跡《こんせき》は一切残っておらず、例えば蠟《ろう》やマッチなどを利用したあれこれのトリックが使われた可能性もない。掛金は真鍮《しんちゅう》製なので、外から磁石で操作する訳にも行かない。更《さら》には、換気口や排水口を利用して何らかの工作を施した可能性も否定して良い事が、後の観察によって明らかになった。

もう一つ、掛金の先端を真上に向けて止めた状態で勢い良く扉を閉め、その振動によって受金に落とす、といった原始的な方法を思い付き、実験してみた事も付け加えておこう。結果、あの浴室の掛金は、そもそもが非常にそのようなバランスを取りにくい形状であるばかりか、回転の軸が相当に緩《ゆる》んでいる為、上手《うま》く真上を向けて止めるのは限りなく不可能に近い、という事実が確認された。

以上の検証より、答えは最早《もはや》、明白であった。

先に私はこのように書いた。

「麻生が何者かに殺されたという事は有り得ないのだろうか、と考えた……いや、考えざるを得なかった、と云った方が良いかも知れない。」

何故《なぜ》、私はそのように「考えざるを得なかった」のか。

そこには勿論《もちろん》、相応の根拠が存在する。即《すなわ》ち——。

「密室」という状況それ自体も然《さ》る事ながら、麻生の寝室で発見された例の「遺書」が、私の心に大きな疑惑を投げ掛けたのである。

あの「遺書」の中で麻生は、自分が椿本レナを殺したのだと告白している。その事をはっきり憶《おぼ》えていると述べている。だが、しかし――。

私は知っているのだ。彼女は彼に殺されたのではない、という事実を。

椿本レナは麻生謙二郎に殺されたのではなかった。いや、それどころか、彼女は誰にも殺されなかったのである。

大広間でレナの死体を観察した時、私はすぐに察した。

彼女は絞殺されたのではない、心臓麻痺か何かで死んだのだ、と。

もしも彼女の死因が、あのスカーフで首を絞められた事による窒息死だったのならば、あのような死に顔であった筈《はず》がないのだ。完全に血の気が失せた蒼白な顔ではなく、麻生と同じような紫色に鬱血した顔だった筈なのである。失禁の跡がなかったという事実も、この所見を裏付ける。絞殺死体には多くの場合、その種の痕跡が見られるものなのである。

彼女は首を絞められて死んだのではなかった。死んだ後で、薬に酔った誰かが、その事に気付かぬままスカーフを巻き付けて首を絞めた。――これが、あの事件の真相だったのだ。

　そうと分っていながら、私はその真相を若者達に教えなかった。むしろ、氷川が近付いて来た時には死体の顔に服を掛けるなどして、彼らの目から真実を隠そうとしたのである。

　それは無論、起こったのは殺人事件だという事にして若者達を誘導すれば、警察への通報を避けられる——と、そういった計算が働いた為だった。たとえ真相が病死、或いは薬物の乱用による中毒死であろうとも、変死事件の捜査で大勢の警察官が屋敷に押し掛けて来るのは、私にとって決して有難い事態ではなかったから。大きな脅威だったから、と云い換えても良いだろう。

　そのような次第で、私は麻生の寝室で見付かったあの「遺書」を、額面通りに受け取る事が出来なかったのだった。

　あれは麻生本人ではなく、誰か別の人間が、特徴を掴み易いあの筆跡を真似《まね》て書いた物だったのではないか。そんな疑念を抱かずにはいられなかったのである。

　さて、密室の問題に戻ろう。

　先述のような観察と実験によって一体、私は何をしたかったのか。

　答えはつまり、犯人が密室を作る方法は最早あと一つだけしかない、という事実の証明である。あらゆる他の可能性を消去する事によって、ただ一つのトリックだけが可能な方法として残される。それを証明したかったのだ。

その、唯一残された方法とは何か。

云うまでもあるまい。氷を使った施錠トリックである。

掛金を斜めに持ち上げ、扉枠との間に氷の楔《くさび》を挟んで固定する。そうしておいて扉を閉めれば、後は氷が解けて掛金は自重で受金に落ちる。

この使い古されたトリックを、犯人は用いたのだ。シャワーの水を出しっ放しにしておいたのは、氷が解けた後に残る水の不自然さをその飛沫《しぶき》で誤魔化《ごまか》す為だった、という訳である。

ここでしかし、当然ながら問題が出て来る。

犯人は密室トリックに氷を使ったとしか考えられない。然《しか》るにその肝心要《かんじんかなめ》の氷が、果たせるかなあの夜、この屋敷には存在しなかったのだ。

何故か。あの夜の時点で厨房の冷蔵庫が壊れてしまっていたから、である。

アイスボックスに移した僅《わず》かな氷は風間裕己が使い果たし、製氷室の霜も既に解けていた。新しい氷を作る事は、少なくとも屋敷の中では不可能であった。

となると——。

考えられる可能性はたった一つしかない。

犯人は家の外に積もっていた雪を、アイスボックスに入れて持ち込んだのである。

大型の低気圧の接近で、あの日は午後から激しく天気が崩れ出していた。椿本レナの事件に関する話し合いの途中で、私はコーヒーを淹《い》れる為に厨房《ちゅうぼう》へ行った。あの時窓から見た屋外の情景を、今でも鮮やかに思い出す。

空は一面、暗く分厚い雲に覆い尽くされていた。森の木々は濡れて風に揺れ、地面は早くも色を変えつつあった……。

雪は激しく降りしきり、音もなく降り積もって行った。レナの死体を海に捨ててしまうという案を却下した際、天候と路面状態を理由にしたのは、あの状況下での車の運転に本気で不安を覚えたからであった。

実際、その判断は正解だった。

日が暮れた後も雪は一向に衰えようとせず、ますます深く降り積もって行った。レナの荷物をポリ袋に詰めて裏庭の焼却炉へ運んだ時には、嵐と云っても良いような吹き降りになっていた。傘《かさ》は殆《ほとん》ど用を為さず、足は一歩毎《ごと》に沈んで重く、目的の場所まで辿《たど》り着くのに普段の倍以上の距離を歩いたような気さえした。建物の黒い屋根は雪に覆われてすっかり色を変え、闇に仄白《ほのじろ》く浮かび上がっていた……。

そんな状況の屋外へ、薬で錯乱《さくらん》した木之内が駆け出して行った時には慌《あわ》てた。

急いで後を追い、門の手前でようやく捕まえた時には、彼は白い地面に深く埋もれるようにして倒れ伏し、両手両足をばたばたと動かしていた。もしもあのままあそこに放っておいたならば、きっと数時間の内に凍え死んでいたに違いない。

話がだいぶ後戻りしてしまったが、要は事件の夜、麻生の死体があった浴室を密室にする為には、外に積もった雪を持ち込んで使うしかなかった——という訳である。

そうすると当然、それが可能であった人物は一人に限定される事になる。

その人物とは、勿論——。

あの青年、氷川隼人に他ならない。

この建物の窓は基本的に嵌《は》め殺《ごろ》しで、開閉不能である。換気用の滑り出し窓はどうかと云うと、たとえ目一杯に開いても、出来る隙間はせいぜい十センチ足らず。手首から先すら外へ出す事は難しい。ここから必要量の雪を取るのは不可能である、と断言して良い。従って——。

犯人が雪を入手する為には、玄関か勝手口か、どちらかの扉から建物の外へ出るしかなかった訳である。

あの夜、この二つの扉はどちらも施錠されていて、鍵がなければ内側からでも開けられない状態にあった。翌朝の時点で、強引に扉を抉《こ》じ開けたような形跡も見られなかった。そして扉を開ける為の二本の鍵は、どちらも一晩中、氷川が預かっていたのである。従って——。

犯人は氷川隼人だった。

夜中に何か口実を設けて麻生の部屋を訪れた氷川は、隙を狙って後ろから首にコードを掛け、上方へ吊《つ》り上げるように力を加えて絞殺《こうさつ》した。死体を浴室に運び込んで縊《い》死《し》に見せ掛ける工作をすると、シャワーの水を出しっ放しにし、アイスボックスに詰めて持ち込んであった雪を氷の楔の代わりに使って、あの密室を作った。専門家の目に触れる事はないだろうと見越した上で偽造したあの「遺書」を寝室に残し、その後アイスボックスは元通りサロンのテーブルに戻しておいた訳である。

翌朝、私よりも先に起きてサロンに居た木之内晋が、テーブルのアイスボックスを床に落としてしまった時、ボックスの中には水が入っていた。前夜、風間が同じアイスボックスを逆様《さかさま》にして中身を浚《さら》えていたにも拘《かか》わらず、である。これは即ち、夜の内に誰かがあのボックスに雪を詰め込んだ事の証《あかし》ではないか。

繰り返そう。

犯人は氷川隼人だった。

ではどうして、彼は麻生を殺さねばならなかったのか。その動機を推察するのはさほど困難でもない。

要《かなめ》となる言葉は「理性」である。

二日目の午後、大広間の回廊で、氷川は敢然と云い切った。自分にとっての〝神〟は他ならぬ自分自身の理性なのだ、と。例えば同じ「犯罪行為」に手を染めるにしても、飽《あ》くまでもそれは「理性」の支配下に於《おい》てでなくてはならない——と、そこまでの強い意志をあの時、私は感じ取ったものだった。

そんな彼がその夜、期せずして経験する羽目になったあの出来事……。

幻覚剤を無理矢理あの女に飲まされて如何《いかが》わしい宴に引きずり込まれた挙句《あげく》、翌日正常な意識を取り戻した時には、女の絞殺死体（と見える物）が同じ部屋に転がっていた。現場の扉は内側から閉ざされており、氷川自身を含めた四人の人間しか犯人たり得ない状況だった。

自分達四人の内の誰かが彼女を殺した。

しかし、それが誰なのかは分らない。誰であった可能性もある。——もしかしたら、この自分が、幻覚の中で錯乱して行なった事なのかも知れない。

そう理解した時の彼の苦悩は一体、どれほどの物であったか。

大広間の床に地下室への抜け穴が存在すると知った際には、僅かにせよそれが和らいだに違いない。現場が完全な密室状態でなかったのであれば、「四人の内の一人」という厳密な確率が多少なりとも引き下げられるからである。

だが、問題の抜け穴が大広間の側からしか開けられぬと知らされて、彼の苦悩は再び同じレヴェルへと逆戻りした。

木之内の一件があった後、氷川が私に玄関と勝手口の扉に鍵を掛けようと提案した理由は、あの時の言葉通りだったのだと思う。鍵を自分が預かると申し出たのも、あの時点では他意のない事だったのだろう。しかしその後、麻生が撮影していた例の映像を見せられて逆上し、場が解散となって寝室で独りきりになった時、彼の心は止めようもなく或《あ》る一つの方向へと収束——いや、暴走してしまったのだ。

彼はこう思ったに違いない。

理性を失った状態で自分が人殺しをしたかも知れないという、そんな〝真相〟には到底、耐えられない。決して受け入れられない。そんな〝真相〟を複数の人間が認める〝現実〟として、このまま放置する事など絶対に許せない。絶対に……。

そうして彼は、このような決意を固めるに至ったのである。

〝真相〟は変えられなくてはならない。椿本レナを殺したのは四人の内の誰かだったのではない。或《あ》る特定の、自分以外の一人だったのだ——という風に改められなくてはならない。だから——。

だから氷川は、麻生を殺したのだった。そしてそれを自殺に見せ掛け、麻生こそがレナを殺した犯人であったという〝真相〟を私達に認めさせる事によって、共有される〝現実〟を改変しようと考えた。自らの明確な意志の下に一つの殺人を行ない、それによって自らを一つの殺人の呪縛から解放しようとしたのである。

犠牲者として麻生が選ばれたのは、筆跡を真似《まね》易《やす》い、小柄である、レナの件とは別に自殺の動機を持っている、といった好条件が揃《そろ》っていたからだろう。

以上が、麻生謙二郎の死に関して私の行き着いた結論であった。

*

私は今、大広間の回廊に置かれた書き物机でこの手記を書いている。

足許にはカーロがうずくまっていて、時折り低く喉《のど》を鳴らしては、甘えるように身を擦《す》り寄せて来る。

一箇月前のあの出来事が正に悪夢でもあったかのように、屋敷は平穏な静けさに包まれている。帰って行った若者達の——特に氷川隼人の——心の中に、果たして同様の平和が取り戻されたかどうかは分らない。

理性という〝神〟の為に友人を殺害したあの青年の顔を思い出すにつけ、私はやはり、己の欲望や激情を理性によって抑える事の出来なかった過去の自分と彼を引き比べてみて、暗い想いに囚《とら》われずにはいられない。

もう十年以上も前になるだろうか。この屋敷のこの広間で、我れを忘れてあの子の首を絞めてしまった自分の姿が、幻像となって眼前に立ち現われる。鏡のあちら側に建ったもう一つの屋敷で、自らの描いたあの子の肖像画を地下の通路へ運び込み、狂ったようにナイフで切り刻み続けた自分の姿が、それに重なって揺らめき……。

……ああ、もう良いだろう。

もう考えるのはよそう。

そっと左手を胸に当て、常人とは逆の位置に付いた己の心臓の鼓動を確かめつつ、私は思う。

済んでしまった事は仕様がない。私はただ、残る人生をこの屋敷で、地下に眠る者達の墓守をしながらひっそりと生きて行くしかない。

ペンを置くに当たり、最近になって耳に入って来た或る情報を書き留めておくべきだろう。これは足立秀秋氏が先日、久し振りにホバートからやって来て聞かせてくれた話である。

メルボルン在住の彼の兄、足立基春《もとはる》氏（面白い事に彼は、私が学生時代、懇意にしていた神代舜之介という男の知人らしいのだが）の許に先月の上旬、とんでもない知らせが舞い込んだと云うのだった。

基春氏の妻、輝美は元の姓を古峨といって、かの古峨精計社の会長であった古峨倫典氏の実の妹らしいのだけれども、古峨氏の死後、彼女が後見人を務めて来た跡継ぎの息子が、この八月に突然の死を遂《と》げた。何でもその息子は長年、鎌倉の「時計館」と呼ばれる屋敷に住んでいたのだが、この屋敷を訪れた幾人もの人間を次々に殺害した挙句、自らの命まで絶ってしまったらしい。驚いた事にそして、その時計館なる建物を設計した建築家が、あの中村青司だったと云うのである。

黒猫館と時計館。

同じ建築家の手に成る二つの建物に於て、時期を同じくしてこのような事件が起こった奇妙な現実を一体、私はどんな気持ちで受け止めれば良いのか、受け止めようと思っているのか。――敢《あ》えてそれは、ここには書き記さぬ事にしよう。

そろそろ夕暮れが近付いている。

昨日今日と外は生憎《あいにく》の空模様だが、降り続く雨の音は心なしか温かみを帯びて来たような気がする。

一九八九年、九月五日。

ここ、タスマニア島の冬はゆっくりと春に向かいつつある。

――了

新装改訂版あとがき

「館《やかた》」シリーズの改訂作業も、第六作の本書『黒猫館の殺人〈新装改訂版〉』をもってようやく終了となる。第七作『暗黒館の殺人』以降の「新装改訂」はもとより想定していないので、どうぞご安心（？）ください。

思い返せば、『十角館の殺人〈新装改訂版〉』の刊行が二〇〇七年の秋。『暗黒館』を四分冊で文庫化するのに合わせたタイミングだった。そこからずいぶんとまた長い時間がかかってしまったものだが、何とか納得のいく形で決定版を揃《そろ》えることができて嬉《うれ》しい、とともにほっとしている。

以下、『黒猫館』を巡ってのあれこれを書き記しておこう。別版の「あとがき」その他の記述と重複するところも多々ありそうだが、ご容赦《ようしゃ》を。

親本である講談社ノベルス版の初版奥付は一九九二年四月十日。前作の『時計館の殺人』が九一年九月の刊行だったから、中六ヵ月での新作書き下ろしだったことになる。今となると何やら夢のようなペースだけれど、あのころは綾辻行人も、だいたい半年に一冊くらいは新刊を出していたのである。

当時、僕はデビュー五年目の三十一歳。講談社ノベルスの創刊十周年記念フェアなる企画があるので、何が何でもそれにまにあわせなさい、という強硬な業務命令を受けての仕事だった。今だったら、はなから「無理です」と白旗を揚げてしまうところだが、当時はとうていそんな度胸や余裕はなかった。云《い》い方を換えれば、ここでちゃんと頑張《がんば》らなければ職業作家としてのこの先はないぞ——というふうに厳しく己を律していたわけですな。年齢やキャリア、時代背景を考えるとまあ、これは当然の話とも云えましょうが。

先行して執筆中だった他社の書き下ろし長編『黄昏《たそがれ》の囁《ささや》き』を中断して、『黒猫館』に取りかかったのが確か、九一年の十二月。前々から温めていたアイディアを中心に据《す》えて年内にはプロットを固め、年明けすぐに書きはじめた憶《おぼ》えがある。脱稿したのが三月初旬で、そのあと入稿から見本のできあがりまで一ヵ月足らず、という悪魔のような進行だった。

終盤はそう、西新宿の某ホテルに十日近くカンヅメになって書いた。

担当編集者だった故・宇山秀雄（＝日出臣）さんが毎朝やって来ては書けた分を読んでくださり、「では、本日もめいっぱい頑張ってください。また明朝まいります」と云い置いて去っていき……という日々が続き、ラストの何十枚かは翌日にチェックアウトを控えた午後、宇山さんが部屋まで来て待ちかまえている状況で書き上げた。作品にエンドマークを打ったとき、すぐそばに編集者がいた——という経験は、後にも先にもあれ一度きりである。

この日の夜はさすがに脳が興奮して、宇山さんと二人で祝杯を挙げた——ような気がする。「あとがき」を書いたのもこの夜のうちだったと思うのだが、実はそのあたりで記憶が妙な具合に途切《とぎ》れている。翌朝になっていきなり高熱を出し、ダウンしてしまったからである。

ふらふらの状態でホテルを出たものの京都の住処《すみか》へ帰ることなどとてもできず、そのまま宇山さんの家に転がり込んで一週間以上もお世話になった。この間の記憶は本当に朦朧《もうろう》としていてほとんど思い出せないのだけれど、薬をたくさん飲んでどうにかこうにか発熱その他の症状を緩和させせながら、宇山宅の客間に延べられた布団《ふとん》の上で腹這《はらば》いになってゲラ刷りの校正作業をやったのは確かである。

そんな次第で、『黒猫館』の執筆を巡ってはどうも、苦しかったり辛《つら》かったりした印象ばかりが強く残っている。そこまでしてフェアにまにあわせた甲斐《かい》があり、刊行時の売れ行きは上々だった、というのが救いではあったのだが。

今となるとしかし、それもこれも懐かしく微笑《ほほえ》ましい思い出、である。宇山さんが他界されてもうまる七年以上が経《た》ってしまったが、考えてみればこの『黒猫館』が、宇山さんが直接の担当で書いた最後の作品だったことになる。

発熱の話に戻るが、二十代の初めごろから僕は、相当に厄介《やっかい》な慢性扁桃炎《へんとうえん》を抱えていたのである。ちょっと無理をするとすぐに扁桃腺がぱんぱんに腫《は》れて高熱が出て一週間は動きが取れず……ということを毎月、儀式のように繰り返していた。

しかしながら、この扁桃腺に対しては感謝するところもあって、大学四回生の春にはやばやと卒業・就職を諦《あきら》めて留年を決め込んだのも、これによる体調不安が主な理由だった。おかげでその年の冬、同期の友人たちがみんな卒業論文を書いている時期に自分は『追悼の島』(のちに『十角館の殺人』として世に出た長編の初期ヴァージョン)の原稿を書く、という選択ができたのだから。『人形館の殺人』に登場する「架場久茂《かけばひさしげ》」のモデルになった社会学者の某先生が、「就職なんかせずに大学院へ来ればどう？」と誘ってくださったのも、留年してミステリなどを書いている学生があの時期、物珍しい人材に見えたから、だったのだろう。
結果として僕は五回生から急遽《きゅうきょ》、けっこう真面目に社会学の勉強を始めて大学院へ進むことになり、前後して島田荘司さんや竹本健治さんとの出会いがあったりもしたわけだから、元を辿《たど》ればやはり、あのタイミングでの扁桃腺禍《か》には感謝、という話になってしまう。

とは云うものの——。

その後もずっと治まらずに慢性化した扁桃炎には、さすがにほとほとうんざりしていたところへ、前述の『黒猫館』カンヅメ後の体《てい》たらく。これが直接のきっかけとなって、同年五月には扁桃腺摘出の手術を受ける決心をした僕だったのである。

というわけで、『黒猫館の殺人』は僕が扁桃腺を切る前に書いた最後の作品、でもあったことになる。だからどうだ、という話でもありませぬが。

さて、今回の〈新装改訂版〉。改訂に当たっての方針は既刊五作と同様で、プロット、ストーリーにはいっさい変更を加えず、エピソード数の増減も基本的にはせず、主として文章面で細やかな手入れを行なっている。今さらながらに発見されたいくつかの凡ミスについては、むろん修正してある。鮎田《あゆた》冬馬《とうま》による「手記」パートの、漢字表記の案配を統一的に改めるのにいささか頭を悩ませたりもしたが、そんなこんなの結果、旧版に比べてテクストのリーダビリティはかなり上がっているものと思う。

そもそもは親本の「著者のことば」で述べていることだが、ミステリとしての本作の仕掛けはやはり、漫画『巨人の星』の「大リーグボール2号」＝「消える魔球」に喩《たと》えられる代物だろう。ある程度の読者が八十パーセントまでは見抜けるかもしれないが、問題は残りの二十パーセントにこそありますぞ、という。この認識に今も大きな変わりはない。

初読の方はどうぞ、そのようなつもりでお読みください。

本書巻末には既刊五作の〈新装改訂版〉の例に倣《なら》い、千街晶之さんによる新たな「解説」とともに、法月綸太郎さんによる「旧版解説」も再録されている。ご存じのとおり、法月さんは僕と同じ京大推理《ミステリ》小説研究会の出身で、三十年来の盟友。ミステリ作家業と並行して、評論家としても優れた作品を発表しつづけている才人である。「座敷童子《ざしきわらし》」をキーワードとして書かれた十七年半前のこの綾辻論は、論じられた僕自身がいま読んでもなかなかに興味深い。

ところで、ご承知のとおりこの『黒猫館の殺人』の発表後、「館」シリーズは長い休止期間を迎えることになった。三冊の長編と二冊の中短編集を上梓《じょうし》したあと、九六年の秋には「さて」とばかりに第七作『暗黒館の殺人』を書きはじめたものの、さまざまな事情が複雑に絡み合って執筆が滞《とどこお》り、完成までに結局、八年という時間がかかってしまったのである。

だからそう、第六作『黒猫館』と第七作『暗黒館』のあいだにある、いろいろな意味での激しい落差は、そこに横たわった時間を考えれば必然とも云えるだろう。『十角館』から『黒猫館』まで、この〈新装改訂版〉でシリーズを順番に追ってきてくださった皆様におかれましては、次の『暗黒館』はちょっと気持ちを切り替えて、ある種の覚悟を決めてお読みいただきますよう。

二〇一四年一月

綾辻　行人

解説

法月綸太郎

「大道《だいどう》めぐり、大道めぐり」

一生けん命、こう叫びながら、ちょうど十人の子供らが、両手をつないでまるくなり、ぐるぐるぐるぐる座敷のなかをまわっていました。どの子もみんな、そのうちのお振舞によばれて来たのです。

ぐるぐるぐるぐる、まわってあそんでおりました。

そしたらいつか、十一人になりました。

ひとりも知らない顔がなく、ひとりもおんなじ顔がなく、それでもやっぱり、どう数えても十一人だけおりました。そのふえた一人がざしきぼっこなのだぞと、大人が出て来て言いました。

けれどもたれがふえたのか、とにかくみんな、自分だけは、どうしてもざしきぼっこでないと、一生けん命眼を張って、きちんとすわっておりました。

こんなのがざしきぼっこです。

宮沢賢治「ざしき童子《ぼっこ》のはなし」

＊

座敷童子《ざしきわらし》は、柳田国男の『遠野《とおの》物語』や宮沢賢治の童話などでもよく知られているように、東北地方で伝承される、旧家の座敷のどこかに住みついているその家の守護霊のような存在です。通常は五〜十歳ぐらいの幼童で、赤ら顔（白いとする地域もある）のおかっぱ頭。深夜、豪家の奥座敷にあらわれ、寝ている人の枕をいじったりします。胸に乗られて、うなされる場合もありますが、崇《たた》ったり、化けたりすることはせず、これがいるあいだは、家運は繁盛し、出没しなくなると、家は傾くと言い伝えられます（座敷童子と家運の盛衰の関係については、京極夏彦氏の『姑獲鳥《うぶめ》の夏』講談社ノベルス版三六九頁の記述が参考になります）。

民俗学的には、河童《かっぱ》などと同様に神の零落《れいらく》した妖怪の一種とみられ、童話やマンガの世界では、神に由来する神秘感を漂わせた、可愛らしくて、いたずらっぽい子供として描かれることが多いのですが、民間伝承のなかでの基本的な属性は、予想以上に動物霊的な「憑《つ》きもの」（たとえば、狐憑《きつねつ》き）に類似しており、したがって残酷なものだといいます。民俗学者の小松和彦氏は『憑霊《ひょうれい》信仰論』のなかで、こうした観点から座敷童子の伝承例を整理して、次のような属性を列挙しています。

⑴富貴自在。⑵不可視性。⑶人に姿をたまたま見せるときは童子形。⑷特定の家屋敷、倉に住みついている。⑸一時的な富の獲得と関係して語られ、長期的、永続的な富や家柄と結びついていない。⑹一人または一対あるいはそれ以上と示現《じげん》の仕方はいろいろあるが、一人か二人が多い。⑺神出鬼没・敏速である。⑻小豆《あずき》や小豆飯を好む。⑼憑依《ひょうい》するか否かは定かでないが、姿の有無にかかわらず、座敷に寝る者を安眠させず、枕返しをし、床の中に入り、押しつけ、押し出すなどは、およそこの地方（遠野近隣）で座敷童子の特性のようにいわれ、寝ているときに、このような感覚を受ける場合は、他の地方では「もの」につかれるときに語られる。⑽残酷な性格も一面うかがわれる。⑾夜に出現・活動することが多い。

のっけからこういう付け焼き刃の知識を並べ立てた理由は、ほかでもありません。

綾辻行人氏の作品にたびたび座敷童子のモチーフが現われることに、あらためて注意を向けたいからです。たとえば、すでに綾辻氏のデビュー作を読んでいる読者にとっては、冒頭に引いた挿話《そうわ》と『十角館の殺人』の共通点は、説明するまでもなく明らかでしょう。『十角館の殺人』のストーリーが、アガサ・クリスティの『そして誰もいなくなった』を下敷きにしているのは周知の事実ですが、宮沢賢治の記した「そしたらいつか、十一人になりました」という一行は、まるでクリスティの作中で使われた童謡「十人の小さなインディアン」の存在しない0番の歌詞のようでもあります。そして、人の数をかぞえることにまつわる不気味さ、という座敷童子のモチーフの一側面は、サイコティックな処理を経て、『人形館の殺人』や『暗闇の囁《ささや》き』といった作品のなかでもこだまのように繰りかえし響いています（小松氏が挙げている座敷童子の属性の⑹に注目）。

あるいは、『霧越邸殺人事件』や『時計館の殺人』で入念に描かれた神出鬼没の、はかない「少年」のイメージ。とりわけ『霧越邸殺人事件』では、「館の守護霊」的なキャラクターが強調されているだけでなく、論議を呼んだホラー的な趣向（それを趣向と呼んですませられるかどうかはさておき）について、座敷童子が行なうとされる「枕返し」などの現象を念頭において読むと、非常に腑《ふ》に落ちるところがあるのもたしかでしょう。

さらに小松氏の論に則《のっと》って、座敷童子の持つ残酷性・移動性を、邪悪な動物霊的「憑きもの」と根を同じくする属性と考えれば、『殺人鬼』シリーズにみられる本格ミステリからの逸脱も、こうした属性の一部分をクローズアップして作中に導入したものとみなすことができるはずですし、そもそも、ひとりの建築家によって建てられた家屋敷を舞台に、次々と惨劇の場が移っていく「館《やかた》」シリーズのコンセプトが、特定の家屋敷に憑き、またその意志に従って去っていく座敷童子のイメージと、非常に相《あい》近しいかたちを備えていることはいうまでもありません。

ここに挙げた共通点・相似性のひとつひとつが、具体的に作者によって意図されたものかどうかはわかりませんが、少なくとも綾辻行人という作家が、そのつど意識するしないにかかわらず、予想以上に深いところで座敷童子のモチーフに憑かれているのは、まちがいのないことだろうと思われます。そしてこのモチーフの頻出《ひんしゅつ》が意味するものは、単に作品ごとの意匠、ないしは本格ミステリの「お約束」というレベルでの嗜好《しこう》に留まらず、デビュー以来の綾辻氏の創作方針――しばしば「無邪気さ」という言葉で示される――と切っても切り離せない関係にあるのではないでしょうか？

＊

それからまたこういうのです。

ある大きな本家では、いつも旧の八月のはじめに、如来《にょらい》さまのおまつりで分家の子供らをよぶのでしたが、ある年その一人の子が、はしかにかかってやすんでいました。

「如来さんの祭りへ行きたい。如来さんの祭りへ行きたい」と、その子は寝ていて、毎日毎日言いました。

「祭り延ばすから早くよくなれ」本家のおばあさんが見舞いに行って、その子の頭をなでて言いました。

その子は九月によくなりました。

そこでみんなはよばれました。ところがほかの子供らは、いままで祭りを延ばされたり、鉛《なまり》の兎《うさぎ》を見舞いにとられたりしたので、なんともおもしろくなくてたまりませんでした。

「あいつのためにひどいめにあった。もう今日は来ても、どうしたってあそばないぞ」と約束しました。

「おお、来たぞ、来たぞ」みんながざしきであそんでいたとき、にわかに一人が叫びました。

「ようし、かくれろ」みんなは次の、小さなざしきへかけ込みました。

そしたらどうです。そのざしきのまん中に、今やっと来たばっかりのはずの、あのはしかをやんだ子が、まるっきりやせて青ざめて、泣きだしそうな顔をして、新しい熊のおもちゃを持って、きちんとすわっていたのです。

「ざしきぼっこだ」一人が叫んでにげだしました。みんなもわあっとにげました。ざしきぼっこは泣きました。

こんなのがざしきぼっこです。

宮沢賢治「ざしき童子のはなし」

＊

紹介が前後しましたが、本書『黒猫館の殺人』は、『十角館の殺人』にはじまる「館」シリーズの第六作として、一九九二年四月に刊行されたものです。すでに本文庫に収められた『人形館の殺人』の解説のなかで、太田忠司氏も指摘している通り、一連の「新本格」ムーブメントに関わった書き手たち、とりわけその第一人者であった綾辻行人氏にとって、一九九二年はひとつの節目となるような象徴的な年だったといえます。

この年、綾辻氏は前年の大作『時計館の殺人』で、第四十五回日本推理作家協会賞を受賞しています。奇しくも綾辻氏は受賞作の「あとがき」（講談社ノベルス版）で、「館」シリーズ第一期終了を宣言しているのですが、このことは八七年のデビュー以来氏が目標とし、その作風を決定した本格ミステリに対する独自のヴィジョンが、この時期の実作において、ひとつの満足すべき成果に達したという自覚のあらわれとみなしてよいでしょう。実際、『時計館の殺人』とそれに先立って発表された「館」シリーズの番外編ともいえる『霧越邸殺人事件』の二作は、いずれもそれまでの綾辻氏の作風の集大成的な趣《おもむき》を持ちながら、質量ともに充実した出来映えを示しているのは、衆目の一致するところです。

このように「本格ミステリ優等生的なイメージ」（ⓒ大森望）の強い、豪華《ごうか》絢爛《けんらん》・威風堂々《いふうどうどう》たる作品が続いた後に、氏が「館」シリーズの第二期をどのように立ち上げていくか、あるいは新たな作風の展開を見せるのか、読者が息を詰めて見守るなか、前作から半年ほどのインターバルを置いて発表されたのが、この『黒猫館の殺人』だったわけです。ともに千枚に及ぶ大作二巻の隣りに並べると、どうしても軽量級の印象は否《いな》めませんが、本書はこれまでに発表された「館」シリーズ作品のなかでも、『人形館の殺人』と双璧《そうへき》をなすような、たくらみに満ちた異色作に仕上がっており、「綾辻行人」的であるという点では、前二作とほとんど遜色《そんしょく》がないといってよいでしょう。

非常に解説者泣かせの小説であることも事実で、下手なことを書くとネタ割れしかねないのですが、未読の読者の興味をそがないよう、なるべく遠巻きにして「黒猫館」のたたずまいの特色に触れておきましょう。真っ先に目につく特徴は、『迷路館の殺人』以来の額縁小説の体裁が取られていることです。手記を手がかりに過去の事件を読み解く、という形式を前面に押し出しているせいか、作中に張りめぐらされた伏線の密度が高く、一見淡々とした記述を装った綱渡り的なダブル・ミーニングの技巧も、この作品で頂点に達した感があります。そして作品の様式化、登場人物の記号化がきわめられている点も、こうした構成と無縁ではないでしょう。

作者がノベルス版の「あとがき」に書いているように、本書は「館」シリーズの「第二期開始」というよりは、ひとつの「区切り」＝折り返し点的な色合いが濃く、これまでの綾辻作品に登場したさまざまな主題が形を変えて、随所でこだまのように反響しているようです（これとは意味が少しちがいますが、ロック・バンドの解散記念旅行という設定は、歌野晶午氏の『長い家の殺人』を念頭においたものかもしれません）。このような構成とキャラクターの様式化、モチーフの反復といった特徴は、エラリイ・クイーンの六〇年代の作風を連想させる書き方でもあります。

エラリイ・クイーンの名が出たついでに触れておくと、本書のもうひとつの目立った特色は、クイーンの小説に対するオマージュ、ないしは二重の本歌取りともいうべき趣向が凝《こ》らされていることでしょう。そのうちの一方に関しては作中に言及があるのですが、EQファンを自任する読者なら、クイーン好みのモチーフを下敷きにしたもうひとつの鮮やかな仕掛けが、『迷路館の殺人』のなかのあるエピソードと密かに呼応していることにも気づくはずです。個人的な感想になりますが、私がこの小説を読んでハタと膝《ひざ》を打ったのは、この後者の仕掛けにまつわるモチーフ処理の切れ味のよさにほかなりませんでした。大がかりなドンデン返しもさることながら、『黒猫館の殺人』は「館」シリーズのなかでも、メイン・トリックの脇を固めるアレンジの巧みさがひときわ光っている作品だと思います。

ところで、綾辻氏はこの小説のノベルス版親本の「あとがき」で、「ずっと無邪気であり続けたいと、最近よく思います」と記しています。氏がこういう一文を書き加えたのは、一九九二年当時のミステリ・シーンの趨勢《すうせい》と、その渦中で綾辻行人という作家が果たさなければならない役割というものを十分意識したうえでのことだったはずです。氏はこの一文に続いて、自身の年齢についての述懐《じゅっかい》を洩《も》らしてもいますが、この前後の綾辻氏の作品に「年齢を加えること」、あるいは「老人―こども」といった主題が目立つのは、やはりこのことと無縁ではありえないでしょう。「無邪気さ」に対置される概念としての「成熟」のあり方をめぐるさまざまなジレンマについては、また別の機会に論じることにして、ここでは前者に絞って考えてみることにします。

もちろん「無邪気さ」という言葉は、デビュー以来の綾辻氏のトレード・マークだったわけですが、もともと、この言葉に象徴される創作姿勢は、「古今東西通して最も好きな推理作家の一人で」ある竹本健治氏から多く学んだものだろうと思われます。そしてその竹本氏は、綾辻氏の「無邪気さ」について、『ウロボロスの基礎論』の最終章で、次のような考察を述べています。

「先程、かつてのように無邪気に書けなくなったと言いましたが、それでもやはり無邪気さというのは綾辻君の作風の大きな特質だと思いますね。それについては彼自身も、無邪気でありたいという言葉を何度か表明していたようですが。いや、それは作風に限らず、彼のキャラクターそのものからにじみ出るものでしょう。綾辻君はデビュー後たちまち絶大な人気を得て、後続部隊のための大きな道を拓き、結果として新本格ムーブメントを大成功に導いたわけですが、彼があそこまで人びとに熱く受け入れられた秘密の一端は、そこにこそあると思うんです。いや、それは単に彼の無邪気さが好感を持たれたということではないですね。彼のキャラクターは人びとが潜在的に抱いていた童子幻想、つまり、特異な能力を持ったあどけない子供が突然どこからともなく現われて、世の中をがらりと変えてくれるという願望に、ぴったりはまりこんだのではないかと思うんですよ。同じようないい例は、将棋界の羽生善治名人ですね。そして彼のその童子性——無邪気さ、素直さ、無垢《むく》さ、ナイーブさといったものが、彼を騙《だま》そうとするのをはばからせたんじゃないでしょうか」

ここでの指摘は、それが小説の作中人物（＝小文字の竹本健治）の台詞《せりふ》であることを割り引いても、非常に正鵠《せいこく》を射たものだと思います。しかしながら、綾辻氏をめぐる「人物論」と「作家論」の間には、やはりいくばくかの隔たりが存在することもまたしかなのです。というのは、作家・綾辻行人が作品のなかで「無邪気さ」を扱うとき、それは決して文字通りの「無邪気さ、素直さ、無垢さ、ナイーブさ」そのものではありえず、つねにある種の距離を意識した手続き（追憶や憧憬《しょうけい》）を伴って、仮構的に取り出されたものだからです。にもかかわらず、そうした手続きを経てやっと見出された「無邪気さ」は、すでに失われているか、あるいはまさに死につつあり、手が届いたと思った瞬間、粉々に砕け散ってしまう運命にある。そして、遠くからあこがれ続けた無垢なイメージの本体に近づくと、その裏にかならず邪《よこしま》な別の顔を見つけてしまうのです。

『暗闇の囁き』ノン・ノベル版の「著者の言葉」のなかで、綾辻氏はまた次のように記しています。「いつのまにかこんなに遠くまで来てしまった僕自身の、いつのまにか見えなくなってしまったものたちに対する想いが、僕にこの物語《ミステリ》を書かせたのかもしれない――」。おそらく綾辻氏にとって、「本格ミステリ」という言葉が意味するものは、このような括弧《かっこ》付きの「無邪気さ」を取り出し、それが失われていくさまを記述するために、どうしても必要な私的プロセスのことではないでしょうか。いいかえれば、綾辻氏の小説のなかで、「無邪気さ」のあり方はいつでも二重化されていることになります（かつてわたしは、綾辻氏のスタンスを評して「したたかな自然体」という表現を使ったことがありますが、それはこのようなニュアンスを含ませたつもりでした）。さらにこのことと関連して、本書以降、綾辻氏が額縁小説の形式を多用しているのは見落とせないところでしょう。特に本書と同じ年に書かれた短篇「どんどん橋、落ちた」の外枠部分は、綾辻氏による「無邪気さ」の自註《じちゅう》めいた雰囲気があります。

氏の作品に座敷童子のモチーフが繰りかえし登場するのは、およそこのような回路を通じてのことだろうと思います。つまり、竹本氏が指摘した「童子性」がこうした二重化から不可避的に生じる主客のパラドックスとあいまって、座敷童子のモチーフの呼び水になっているということです。ここでその詳《くわ》しい説明は端折《はしょ》りますが、主客の二重化のパラドックスと、座敷童子のモチーフの結びつきについて関心のある人は、柄谷行人氏の「鏡と写真装置」（『隠喩《いんゆ》としての建築』に収録）を参照してくださいーーワンパターンというなかれ。この論文のなかに、『黒猫館の殺人』で重要な役割を果たす人物の名前が、初期の写真術との関連で言及されていることも付け加えておきます。

蛇足のついでに、もう一点。本書がエラリイ・クイーンの小説に対するオマージュになっているのはすでに述べた通りですが、周知のようにクイーンというのは、二人の従兄弟《いとこ》による合作ペンネームです。そして、クイーンという名前は作家の筆名であると同時に、作中で活躍する名探偵の名前でもあります。二人の作者に、三つの名前。ひとつの名前に、二重のキャラクター。うがった見方をすれば、エラリイ・クイーンという存在そのものが、いたずら好きな座敷童子を地で行くような「本格ミステリ」の守護霊にほかならないのかもしれません。

*

あかるいひるま、みんなが山へはたらきに出て、こどもがふたり、庭であそんでおりました。大きな家にだれもおりませんでしたから、そこらはしんとしています。

ところが家の、どこかのざしきで、ざわっざわっと箒《ほうき》の音がしたのです。

ふたりのこどもは、おたがい肩にしっかりと手を組みあって、こっそり行ってみましたが、どのざしきにもたれもいず、刀の箱もひっそりとして、かきねの檜が、いよいよ青く見えるきり、たれもどこにもいませんでした。

ざわっざわっと箒の音がきこえます。

とおくの百舌《もず》の声なのか、北上川《きたかみがわ》の瀬の音か、どこかで豆を箕《み》にかけるのか、ふたりでいろいろ考えながら、だまって聴いてみましたが、やっぱりどれでもないようでした。

たしかにどこかで、ざわっざわっと箒の音がきこえたのです。

も一どこっそり、ざしきをのぞいてみましたが、どのざしきにもたれもいず、ただお日さまの光ばかりそこらいちめん、あかるく降っておりました。

こんなのがざしき童子です。

宮沢賢治「ざしき童子のはなし」

＊

無邪気に戯《たわむ》れる子供たちを、どこからともなく、そっと見守っている透明なまなざし。こうした不在のまなざしが常に作品世界の隅々にまで行き届いていることが、綾辻ミステリの魅力の秘密であるような気がします。

解説

千街晶之

二〇〇七年からスタートした綾辻行人の「館《やかた》シリーズ」講談社文庫新装改訂版の刊行も、本書『黒猫館の殺人』(一九九二年四月、講談社ノベルスから書き下ろしで刊行)で一区切りとなる。

一連の新装改訂版を出した理由は、「館シリーズ」のうち第六作の本書までが二〇世紀に発表されたものであり、著者にとって文章などに若書きと感じられる箇所が出てきたということなのだろう。と同時に、「館シリーズ」を、後世に残して恥ずかしくないものにまで磨き上げたいという思いも著者の中に生まれていたのではないか。

二〇一二年に刊行された文藝春秋編『東西ミステリーベスト100』(二〇一三年

に文庫化）で、著者の作品はデビュー作『十角館の殺人』（一九八七年）が国内八位にランクインしたのをはじめ、『時計館の殺人』（一九九一年）が二十位、『霧越邸《きりごえてい》殺人事件』（一九九〇年）が八十二位に選ばれている。「館シリーズ」をはじめとする著者の代表作は既《すで》に、ミステリ史に組み込まれたマスターピース的存在になったということである。また、学園ホラーに本格ミステリ的な仕掛けを導入した『Another』（二〇〇九年）は、従来の綾辻ファンより若い読者層を獲得し、TVアニメ化・実写映画化もされている。恐らくデビュー当時はリアルタイムの読者のことしか考えていなかったであろう著者の意識に、近年になって、著者の存在を最近知ったような新しい読者のことが上ってきたとしても不思議ではない（実際、本書刊行から間もなく『霧越邸殺人事件』も改訂版が角川文庫から出る予定になっている）。

実は本書が上梓《じょうし》された一九九二年には、偶然にも似た着想を使った他の作家の長篇ミステリも刊行されたため、本書の評価が（その作品と比較してどうこうという意味ではなく）やや薄まった印象があった。そういった印象に囚《とら》われずに読める現在こそ、『黒猫館の殺人』という小説の真価を評しやすくなっているのではないか。その意味で、新しい読者のみならず、本書刊行時にリアルタイムで触れた読者にも、この新装改訂版を改めてお薦《すす》めしておきたい。

本書には、このシリーズではお馴染《なじ》みの推理作家・鹿谷門実《ししやかどみ》と、「稀譚社《きたんしゃ》」の編集者・江南孝明《かわみなみたかあき》が登場する。二人が前作『時計館の殺人』の事件に巻き込まれてから約一年が経《た》っているという設定だ。

江南の勤める出版社に、鮎田冬馬《あゆたとうま》という男性から「鹿谷門実先生の担当編集者様」という宛名《あてな》の手紙が届いた。ホテル火災に巻き込まれ過去の記憶を失った鮎田は、「鹿谷の著書に登場する建築家・中村青司《なかむらせいじ》の名前が、記憶を失う前に自分が書いた手記にも登場していることに気づき、鹿谷から自分の失われた過去に関する情報を得られるのではないかと連絡してきたのだった。

鮎田の手記には、「黒猫館」と呼ばれている人里離れた洋館で起きた奇妙な事件の顛末《てんまつ》が記されていたが、彼自身はその事件を憶《おぼ》えていない。本書は、奇数章ではこの手記の内容が紹介され、偶数章では鮎田の相談を受けてから事件の真相に到達するまでの鹿谷・江南の動きが描かれている。

手記には二つの変死事件が描かれているけれども、本書が特異なのは、この二つ(過去の事件を加えれば三つ)の死がどちらかといえば従属的な謎《なぞ》だという点にある。真に解くべき謎は別にある。だが、それは読者の前に「謎」としてあからさまに提示されているわけではない。

　謎が謎として明示されていないのならば、どうやってそれを解けばいいのか。ここで、読者には注意深さが要求される。手記を読んでいるうちに、敏感な読者なら何か引っかかる記述が幾つか見つかる筈《はず》だ。それらの違和感を見過ごさずに拾い上げ、上手くつなげてゆけば、解くべき謎はおのずと読者の前に浮かび上がるだろう。これは、そういうタイプのミステリなのだ。

　それにしても、著者自ら講談社文庫旧版のあとがきで「我れながらよくもまあこれだけ伏線だらけの小説を書いたものよと感心するやら呆《あき》れるやら」と述べているように、本書に鏤《ちりば》められた伏線の量は圧倒的である。いや、量だけの問題ではない。一見、日常的なさりげない記述までもが伏線になっているので、一語たりとも読み逃せないのだ（今回、本稿を書くため再読して気づいたのだが、前作『時計館の殺人』に既に本書の真相のヒントが紛《まぎ》れ込ませてあるのには驚いた。もちろん、『時計館の殺人』を読んでいなければ本書の謎が解けないという意味ではない）。

　本書がそのように伏線の多い小説に仕上がった理由のひとつは、恐らく、シリーズ旧作と「探偵役と事件の関わり方」の点で違いがあるせいではないかと思う。第一作『十角館の殺人』は島田潔の初登場作品だが、この作品での彼の役割は探偵役というより「機械仕掛けの神《デウス・エクス・マキーナ》」に近い（事件に決着をつけるシーンはあっても推理を披露するシーンがない、という意味で）。第二作『水車館の殺人』（一九八八年）は過去と現在の二元中継で進行する作品で、探偵役の島田は過去の事件のことは情報として知っているだけだが、現在の事件のことは直《じか》に見聞する立場にあった。第三作『迷路館の殺人』（一九八八年）の場合、島田は作中作で描かれた事件に直接関わっている。また、作品全体における島田の役割を探偵役と呼べるかどうかは微妙なところでもある。第四作『人形館の殺人』（一九八九年）も島田を探偵役とは呼べない作品だった。第五作『時計館の殺人』はといえば、鹿谷と江南は別行動ではあるものの、それぞれ事件関係者たちと直接顔を合わせている。

　こうして見ると、「館シリーズ」のここまでの五作品では、探偵役は事件に直接関わって謎を解くか、あるいは探偵役とは言い難い立場に身を置いているかのいずれかである。鹿谷が推理を披露する探偵役でありながら、事件の発生に直接立ち会っておらず、しかも事件の当事者と（一人の例外を除いて）全く対面していない作品は『黒猫館の殺人』が初めてなのだ。

　事件にリアルタイムで立ち会っていない探偵がその謎を推理するには、当事者として事件の進行を観察していないというハンディキャップを補うに足る、詳細かつ完全な情報が必要だろう。本書の場合、それは鮎田の手記というかたちで鹿谷たちの前に提示される。故《ゆえ》にそれは必然的に、探偵役がリアルタイムで事件に関わる物語以上に大量の伏線が織り込まれていなければならないのである。

ところで、あるテキストをもとに真相を推理するという本書での鹿谷の行為は、出題篇を読んで推理する「犯人当て」ゲームの解答者に求められることと類似している。著者が学生時代に所属していた京都大学推理小説研究会では、活動の一環として、会員のあいだで「犯人当て」が行われているというのは有名だ。

本書が刊行されたのと同じ一九九二年、著者は学生時代の「犯人当て」に出題した小説を原型とする短篇「どんどん橋、落ちた」を発表する。そして、この作品を表題作とする連作短篇集『どんどん橋、落ちた』（一九九九年）は、五篇のうち四篇が「読者への挑戦」を具《そな》えており、小説またはドラマの内容から真相を推理する額縁小説の体裁で書かれている。これらの短篇が端的に示しているように、「犯人当て」に特化した作品は一般的な本格ミステリよりも、アンフェアに陥《おちい》ることなくいかに解答者の心理的死角を利用するかに腐心するあまり、尖鋭的《せんえいてき》なものにならざるを得ない傾向が見られる。

『どんどん橋、落ちた』の第四話「伊園家の崩壊」で作中の「僕」は、「本格ミステリのパズラー的な要素をよりいっそう尖鋭化した、いわゆる〝犯人当て小説〟になると、さらにいくつかのルール——と云《い》うか〝お約束事〟が、どうしても必要になってくるんですね」と述べ、「だからそこで、さらなる〝縛《しば》り〟を外側からかけてやる必要が出てくるわけです。その一つは、『犯人以外の人物は、当該事件に関する証言において〝嘘《うそ》〟はつかないものとする』ということですね。この前提を共有するだけで、いたずらに論理が煩雑《はんざつ》化するのを回避することができる。『挑戦』をする作者にとっても、受ける読者にとっても、メリットのあるルール設定だと僕は思います」と語っている。

実は本書における鮎田の手記の設定も、「犯人当て」のそのようなルールと同種のものなのである。手記を認《したた》めた時点で、鮎田はもちろん将来自分が記憶喪失《そうしつ》になるなどとは夢にも思っていない。彼は体験した事件を過去のものとして封印すべく手記を書きはじめたのであり、自分以外の読者は全く想定していない（ということは、嘘を書く必要はないということである）。手記の冒頭に「記述者である私こと鮎田冬馬は、ここに如何《いか》なる虚偽の記述も差し挟まぬ事を、他ならぬ私自身に対して誓っておくとしよう」とあるように、ここには事実の正確な記述のみが存在する。従って読者は鹿谷たち同様、手記の内容の正しさを信用して読み進めてゆけばいい。

しかし、そこに陥穽《かんせい》が用意されている。例えば私たちが日記を書く時、当たり前すぎて書く必要もないこと――例えば自分自身や両親の名前とか――をいちいち本文に記すだろうか。手記というものは、書き手にとって心理的に前提でしかないことは普通書かないものだ。ならば、鮎田にとって当然すぎる前提なので書こうとすら思わなかったこととは一体どこにあるのか。本書の謎解きのポイントは、その点にこそ存在する。

本書と「どんどん橋、落ちた」が同年に発表されたからといって、綾辻作品における「犯人当て」的作法がこの年から生じたとまでは言えないけれども（そもそも両作品とも発想自体はかなり以前に生まれたものであるし、『迷路館の殺人』の作中作にも本書に近いダブル・ミーニングの技巧が見られる）、『どんどん橋、落ちた』の第五話「意外な犯人」の原型であるドラマ「意外すぎる犯人」の原案を一九九四年に担当するなど、本書発表の頃から「犯人当て」的作法を強く意識した作品が増えているのも事実なのである。

そして、本書における鹿谷の振る舞いは厳密には安楽椅子探偵とは言い難いけれども、主に手記を手掛かりとして、事件に直接立ち会うことなく真相を見抜くという点では、安楽椅子探偵の推理方法に近いと言っていいのではないか。著者は一九九九年から有栖川有栖との合作で、「視聴者への挑戦」を主眼とするTVドラマ「安楽椅子探偵シリーズ」の原案を手掛けている。そこでは、日常的な会話にまで注意を払い、出題篇の映像の隅々まで目を凝《こ》らさなければ謎を解けないような難問が用意されているのだが、この全く油断がならない伏線の張り方は、本書におけるそれと共通するものがないだろうか。

今にして思えば、本書のような極度に緻密《ちみつ》な「犯人当て」の作法で構成され、伏線の張り方においてひとつの到達点とも言うべき長篇を執筆した経験が、後年「安楽椅子探偵シリーズ」のような企画に生かされたのかも知れない。このように「館シリーズ」以外の著者の作品群とも比較し、作風の流れの中で位置づけてみても、本書は極めて重要な作品であることが判明するのだ。

綾辻行人著作リスト（2022年8月現在）

【長編】

1 『十角館の殺人』
講談社ノベルス／1987年9月
講談社文庫／1991年9月
講談社文庫――新装改訂版／2007年10月
講談社 YA! ENTERTAINMENT／2008年9月
講談社――限定愛蔵版／2017年9月

2 『水車館の殺人』
講談社ノベルス／1988年2月
講談社文庫／1992年3月
講談社文庫――新装改訂版／2008年4月
講談社 YA! ENTERTAINMENT／2010年2月

3 『迷路館の殺人』
講談社ノベルス／1988年9月
講談社文庫／1992年9月
講談社文庫――新装改訂版／2009年11月

4 『緋色の囁き』
祥伝社ノン・ノベル／1988年10月
祥伝社ノン・ポシェット／1993年7月
講談社文庫／1997年11月
講談社文庫――新装改訂版／2020年12月

5 『人形館の殺人』
講談社ノベルス／1989年4月
講談社文庫／1993年5月
講談社文庫――新装改訂版／2010年8月

6 『殺人方程式――切断された死体の問題――』
光文社カッパ・ノベルス／1989年5月
光文社文庫／1994年2月
講談社文庫／2005年2月

7 『暗闇の囁き』
祥伝社ノン・ノベル／1989年9月
祥伝社ノン・ポシェット／1994年7月
講談社文庫／1998年6月
講談社文庫――新装改訂版／2021年5月

8 『殺人鬼』
双葉社／1990年1月

双葉ノベルズ／1994年10月
新潮文庫／1996年2月
角川文庫（改題『殺人鬼――覚醒篇』）／2011年8月

9『霧越邸殺人事件』
新潮社／1990年9月
新潮文庫／1995年2月
祥伝社ノン・ノベル／2002年6月
角川文庫――完全改訂版（上）（下）／2014年3月

10『時計館の殺人』
講談社ノベルス／1991年9月
講談社文庫／1995年6月
双葉文庫（日本推理作家協会賞受賞作全集68）／2006年6月
講談社文庫――新装改訂版（上）（下）／2012年6月

11『黒猫館の殺人』
講談社ノベルス／1992年4月
講談社文庫／1996年6月
講談社文庫――新装改訂版／2014年1月

12『黄昏の囁き』
祥伝社ノン・ノベル／1993年1月
講談社文庫／1996年7月
祥伝社ノン・ポシェット／2001年5月
講談社文庫――新装改訂版／2021年8月

13『殺人鬼Ⅱ――逆襲篇――』
双葉社／1993年10月
双葉ノベルズ／1995年8月
新潮文庫／1997年2月
角川文庫（改題『殺人鬼――逆襲篇』）／2012年2月

14『鳴風荘事件――殺人方程式Ⅱ――』
光文社カッパ・ノベルス／1995年5月
光文社文庫／1999年3月
講談社文庫／2006年3月

15『最後の記憶』
角川書店／2002年8月
カドカワ・エンタテインメント／2006年1月
角川文庫／2007年6月

16『暗黒館の殺人』
講談社ノベルス――（上）（下）／2004年9月

講談社――限定愛蔵版／２００４年９月
講談社文庫――㈠㈡／２００７年10月
講談社文庫――㈢㈣／２００７年11月

17『びっくり館の殺人』
講談社ミステリーランド／２００６年３月
講談社ノベルス／２００８年11月
講談社文庫／２０１０年８月

18『Another』
角川書店／２００９年10月
角川文庫――(上)(下)／２０１１年11月
角川スニーカー文庫――(上)(下)／２０１２年３月

19『奇面館の殺人』
講談社ノベルス／２０１２年１月
講談社文庫――(上)(下)／２０１５年４月

20『Another エピソードS』
角川書店／２０１３年７月
角川書店――軽装版／２０１４年12月
角川文庫／２０１６年６月

21『Another 2001』
ＫＡＤＯＫＡＷＡ／２０２０年９月

【中・短編集】

1『四〇九号室の患者』(表題作のみ収録)
森田塾出版(南雲堂)／１９９３年９月

2『眼球綺譚』
集英社／１９９５年10月
祥伝社ノン・ノベル／１９９８年１月
集英社文庫／１９９９年９月
角川文庫／２００９年１月

3『フリークス』
光文社カッパ・ノベルス／１９９６年４月
光文社文庫／２０００年３月
角川文庫／２０１１年４月

4『どんどん橋、落ちた』
講談社／１９９９年10月
講談社ノベルス／２００１年11月
講談社文庫／２００２年10月
講談社文庫――新装改訂版／２０１７年２月

5『深泥丘奇談』
メディアファクトリー／２００８年２月
ＭＦ文庫ダ・ヴィンチ／２０１１年12月
角川文庫／２０１４年６月

6『深泥丘奇談・続』
メディアファクトリー／2011年3月
MF文庫ダ・ヴィンチ／2013年2月
角川文庫／2014年9月
7『深泥丘奇談・続々』
KADOKAWA／2016年7月
角川文庫／2019年8月
8『人間じゃない　綾辻行人未収録作品集』
講談社／2017年2月
講談社文庫（増補・改題『人間じゃない〈完全版〉』）／2022年8月

【雑文集】
1『アヤツジ・ユキト　1987―1995』
講談社／1996年5月
講談社文庫／1999年6月
講談社――復刻版／2007年8月
2『アヤツジ・ユキト　1996―2000』
講談社／2007年8月
3『アヤツジ・ユキト　2001―2006』
講談社／2007年8月
4『アヤツジ・ユキト　2007―2013』
講談社／2014年8月

【共著】
○漫画
＊『YAKATA①』（漫画原作／田篭功次画）
角川書店／1998年12月
＊『YAKATA②』（同）
角川書店／1999年10月
＊『YAKATA③』（同）
角川書店／1999年12月
＊『眼球綺譚―yui―』（漫画化／児嶋都画）
角川書店／2001年1月
角川文庫（改題『眼球綺譚―COMICS―』）／2009年1月
＊『緋色の囁き』（同）
角川書店／2002年10月
＊『月館の殺人（上）』（漫画原作／佐々木倫子画）
小学館／2005年10月
小学館――新装版／2009年2月
小学館文庫／2017年1月
＊『月館の殺人（下）』（同）
小学館／2006年9月

小学館――新装版／２００９年２月
小学館文庫／２０１７年１月
＊『Another ①』（漫画化／清原紘画）
角川書店／２０１０年10月
＊『Another ②』（同）
角川書店／２０１１年３月
＊『Another ③』（同）
角川書店／２０１１年９月
＊『Another ④』（同）
角川書店／２０１２年１月
＊『Another ０巻　オリジナルアニメ同梱版』（同）
角川書店／２０１２年５月
＊『十角館の殺人①』（漫画化／清原紘画）
講談社／２０１９年11月
＊『十角館の殺人②』（同）
講談社／２０２０年８月
＊『十角館の殺人③』（同）
講談社／２０２１年３月
＊『十角館の殺人④』（同）
講談社／２０２１年10月
＊『十角館の殺人⑤』（同）
講談社／２０２２年５月

○絵本
＊『怪談えほん８　くうきにんげん』（絵・牧野千穂）
岩崎書店／２０１５年９月

○対談
＊『本格ミステリー館にて』（vs.島田荘司）
森田塾出版／１９９２年11月
角川文庫（改題『本格ミステリー館』）／１９９７年12月
＊『セッション――綾辻行人対談集』
集英社／１９９６年11月
集英社文庫／１９９９年11月
＊『綾辻行人と有栖川有栖のミステリ・ジョッキー①』（対談＆アンソロジー）
講談社／２００８年７月
＊『綾辻行人と有栖川有栖のミステリ・ジョッキー②』（同）
講談社／２００９年11月
＊『綾辻行人と有栖川有栖のミステリ・ジョッキー③』（同）
講談社／２０１２年４月

＊『シークレット　綾辻行人ミステリ対談集in京都』
光文社／２０２０年９月

○エッセイ

＊『ナゴム、ホラーライフ　怖い映画のススメ』（牧野修と共著）
メディアファクトリー／２００９年６月

○オリジナルドラマＤＶＤ

＊『綾辻行人・有栖川有栖からの挑戦状①
安楽椅子探偵登場』（有栖川有栖と共同原作）
メディアファクトリー／２００１年４月

＊『綾辻行人・有栖川有栖からの挑戦状②
安楽椅子探偵、再び』（同）
メディアファクトリー／２００１年４月

＊『綾辻行人・有栖川有栖からの挑戦状③
安楽椅子探偵の聖夜〜消えたテディ・ベアの謎〜』（同）
メディアファクトリー／２００１年11月

＊『綾辻行人・有栖川有栖からの挑戦状④
安楽椅子探偵とＵＦＯの夜』（同）
メディアファクトリー／２００３年７月

＊『綾辻行人・有栖川有栖からの挑戦状⑤
安楽椅子探偵と笛吹家の一族』（同）
メディアファクトリー／２００６年４月

＊『綾辻行人・有栖川有栖からの挑戦状⑥
安楽椅子探偵　ＯＮ　ＡＩＲ』（同）
メディアファクトリー／２００８年11月

＊『綾辻行人・有栖川有栖からの挑戦状⑦
安楽椅子探偵と忘却の岬』（同）
ＫＡＤＯＫＡＷＡ／２０１７年３月

＊『綾辻行人・有栖川有栖からの挑戦状⑧
安楽椅子探偵　ＯＮ　ＳＴＡＧＥ』（同）
ＫＡＤＯＫＡＷＡ／２０１８年６月

【アンソロジー編纂】

＊『綾辻行人が選ぶ！　楳図かずお怪奇幻想館』（楳図かずお著）
ちくま文庫／２０００年11月

＊『贈る物語 Mystery』
光文社／２００２年11月
光文社文庫（改題『贈る物語 Mystery
九つの謎宮《めいきゅう》』）／２００６年10月

＊『綾辻行人選　スペシャル・ブレンド・ミステリー
謎009』（日本推理作家協会編）

講談社文庫／２０１４年９月

＊『**連城三紀彦　レジェンド　傑作ミステリー集**』
（連城三紀彦著／伊坂幸太郎、小野不由美、米澤
穂信と共編）
講談社文庫／２０１４年11月

＊『**連城三紀彦　レジェンド２　傑作ミステリー集**』（同）
講談社文庫／２０１７年９月

【ゲームソフト】

＊『**黒ノ十三**』（監修）
トンキンハウス（ＰＳ用）／１９９６年９月

＊『**ナイトメア・プロジェクト　ＹＡＫＡＴＡ**』
（原作・原案・脚本・監修）
アスク（ＰＳ用）／１９９８年６月

【書籍監修】

＊『**ＹＡＫＡＴＡ―Nightmare Project―**』（ゲーム攻略本）
メディアファクトリー／１９９８年８月

＊『**綾辻行人　ミステリ作家徹底解剖**』
（スニーカー・ミステリ倶楽部編）
角川書店／２００２年10月

＊『**新本格謎夜会《ミステリー・ナイト》**』（有栖川有栖と共同監修）
講談社ノベルス／２００３年９月

＊『**綾辻行人殺人事件　主たちの館**』（イーピン企画と共同監修）
講談社ノベルス／２０１３年４月

初刊、一九九二年四月講談社ノベルス。
本書は一九九六年六月に刊行された講談社文庫版を全面改訂した新装改訂版です。

|著者|綾辻行人　1960年京都府生まれ。京都大学教育学部卒業、同大学院修了。'87年に『十角館の殺人』で作家デビュー、〝新本格ムーヴメント〞の嚆矢となる。'92年、『時計館の殺人』で第45回日本推理作家協会賞を受賞。『水車館の殺人』『びっくり館の殺人』など、〝館シリーズ〞と呼ばれる一連の長編は現代本格ミステリを牽引する人気シリーズとなった。ほかに『緋色の囁き』『殺人鬼』『霧越邸殺人事件』『眼球綺譚』『最後の記憶』『深泥丘奇談』『Another』などがある。2004年には2600枚を超える大作『暗黒館の殺人』を発表。デビュー30周年を迎えた'17年には『人間じゃない　綾辻行人未収録作品集』が講談社より刊行された。'19年、第22回日本ミステリー文学大賞を受賞。

黒猫館《くろねこかん》の殺人《さつじん》〈新装改訂版《しんそうかいていばん》〉

綾辻行人《あやつじゆきと》

© Yukito Ayatsuji 2014

1996年6月15日旧版　　第1刷発行
2013年7月1日旧版　　第46刷発行
2014年1月15日新装改訂版第1刷発行
2025年8月7日新装改訂版第33刷発行

講談社文庫
定価はカバーに
表示してあります

発行者――篠木和久
発行所――株式会社　講談社
東京都文京区音羽2-12-21　〒112-8001
電話　出版（03）5395-3510
　　　販売（03）5395-5817
　　　業務（03）5395-3615

KODANSHA

デザイン―菊地信義
本文データ制作―講談社デジタル製作
印刷――株式会社KPSプロダクツ
製本――株式会社KPSプロダクツ

Printed in Japan

落丁本・乱丁本は購入書店名を明記のうえ、小社業務あてにお送りください。送料は小社負担にてお取替えします。なお、この本の内容についてのお問い合わせは講談社文庫あてにお願いいたします。

本書のコピー、スキャン、デジタル化等の無断複製は著作権法上での例外を除き禁じられています。本書を代行業者等の第三者に依頼してスキャンやデジタル化することはたとえ個人や家庭内の利用でも著作権法違反です。

ISBN978-4-06-277743-8

講談社文庫刊行の辞

二十一世紀の到来を目睫に望みながら、われわれはいま、人類史上かつて例を見ない巨大な転換期をむかえようとしている。

世界も、日本も、激動の予兆に対する期待とおののきを内に蔵して、未知の時代に歩み入ろうとしている。このときにあたり、創業の人野間清治の「ナショナル・エデュケイター」への志を現代に甦らせようと意図して、われわれはここに古今の文芸作品はいうまでもなく、ひろく人文・社会・自然の諸科学から東西の名著を網羅する、新しい綜合文庫の発刊を決意した。

激動の転換期はまた断絶の時代である。われわれは戦後二十五年間の出版文化のありかたへの深い反省をこめて、この断絶の時代にあえて人間的な持続を求めようとする。いたずらに浮薄な商業主義のあだ花を追い求めることなく、長期にわたって良書に生命をあたえようとつとめるところにしか、今後の出版文化の真の繁栄はあり得ないと信じるからである。

同時にわれわれはこの綜合文庫の刊行を通じて、人文・社会・自然の諸科学が、結局人間の学にほかならないことを立証しようと願っている。かつて知識とは、「汝自身を知る」ことにつきていた。現代社会の瑣末な情報の氾濫のなかから、力強い知識の源泉を掘り起し、技術文明のただなかに、生きた人間の姿を復活させること。それこそわれわれの切なる希求である。

われわれは権威に盲従せず、俗流に媚びることなく、渾然一体となって日本の「草の根」をかたちづくる若く新しい世代の人々に、心をこめてこの新しい綜合文庫をおくり届けたい。それは知識の泉であるとともに感受性のふるさとであり、もっとも有機的に組織され、社会に開かれた万人のための大学をめざしている。大方の支援と協力を衷心より切望してやまない。

一九七一年七月

野間省一

芥川龍之介　藪の中
有吉佐和子　新装版 和宮様御留
阿刀田　高　ナポレオン狂
阿刀田　高　新装版 ブラック・ジョーク大全
安房直子　春の窓〈安房直子ファンタジー〉
相沢忠洋　「岩宿」の発見〈幻の旧石器を求めて〉
赤川次郎　偶像崇拝殺人事件
赤川次郎　人間消失殺人事件
赤川次郎　三姉妹探偵団
赤川次郎　三姉妹探偵団2〈キャンパス篇〉
赤川次郎　三姉妹探偵団3〈珠美・初恋篇〉
赤川次郎　三姉妹探偵団4〈怪奇篇〉
赤川次郎　三姉妹探偵団5〈復讐篇〉
赤川次郎　三姉妹探偵団6〈危機一髪篇〉
赤川次郎　三姉妹探偵団7〈駈け落ち篇〉
赤川次郎　三姉妹探偵団8〈人質篇〉
赤川次郎　三姉妹探偵団9〈青ひげ篇〉
赤川次郎　三姉妹探偵団10〈父恋し篇〉
赤川次郎　死が小径をやってくる〈三姉妹探偵団11〉
赤川次郎　死神のお気に入り〈三姉妹探偵団12〉
赤川次郎　次女と野獣〈三姉妹探偵団13〉
赤川次郎　心地よい悪夢〈三姉妹探偵団14〉
赤川次郎　ふるえて眠れ、三姉妹〈三姉妹探偵団15〉
赤川次郎　三姉妹、呪いの道行〈三姉妹探偵団16〉
赤川次郎　三姉妹、初めてのおつかい〈三姉妹探偵団17〉
赤川次郎　恋の花咲く三姉妹〈三姉妹探偵団18〉
赤川次郎　月もおぼろに三姉妹〈三姉妹探偵団19〉
赤川次郎　三姉妹、ふしぎな旅日記〈三姉妹探偵団20〉
赤川次郎　三姉妹、清く貧しく美しく〈三姉妹探偵団21〉
赤川次郎　三姉妹と忘れじの面影〈三姉妹探偵団22〉
赤川次郎　三姉妹、舞踏会への招待〈三姉妹探偵団23〉
赤川次郎　三人姉妹殺人事件〈三姉妹探偵団24〉
赤川次郎　三姉妹、さびしい入江の歌〈三姉妹探偵団25〉
赤川次郎　三姉妹、恋と罪の峡谷〈三姉妹探偵団26〉
赤川次郎　静かな町の夕暮に
赤川次郎　キネマの天使〈レンズの奥の殺人者〉
赤川次郎　キネマの天使〈メロドラマの日〉
新井素子　グリーン・レクイエム〈新装版〉
安能　務 訳　封神演義 全三冊
安西水丸　東京美女散歩
綾辻行人　殺人方程式〈切断された死体の問題〉
綾辻行人　鳴風荘事件 殺人方程式II
綾辻行人　十角館の殺人〈新装改訂版〉
綾辻行人　水車館の殺人〈新装改訂版〉
綾辻行人　迷路館の殺人〈新装改訂版〉
綾辻行人　人形館の殺人〈新装改訂版〉
綾辻行人　時計館の殺人〈新装改訂版〉
綾辻行人　黒猫館の殺人〈新装改訂版〉
綾辻行人　暗黒館の殺人 全四冊
綾辻行人　びっくり館の殺人
綾辻行人　奇面館の殺人(上)(下)
綾辻行人　どんどん橋、落ちた〈新装改訂版〉
綾辻行人　緋色の囁き〈新装改訂版〉
綾辻行人　暗闇の囁き〈新装改訂版〉
綾辻行人　黄昏の囁き〈新装改訂版〉
綾辻行人　人間じゃない〈完全版〉
綾辻行人ほか　7人の名探偵

あさのあつこ NO.6〔ナンバーシックス〕#4
あさのあつこ NO.6〔ナンバーシックス〕#5
あさのあつこ NO.6〔ナンバーシックス〕#6
あさのあつこ NO.6〔ナンバーシックス〕#7
あさのあつこ NO.6〔ナンバーシックス〕#8
あさのあつこ NO.6〔ナンバーシックス〕#9
あさのあつこ NO.6beyond〔ナンバーシックス・ビヨンド〕
あさのあつこ 待ってる〈橘屋草子〉
あさのあつこ さいとう市立さいとう高校野球部 (上)(下)
あさのあつこ 甲子園でエースしちゃいました〈さいとう市立さいとう高校野球部〉
あさのあつこ おれが先輩？〈さいとう市立さいとう高校野球部〉
阿部夏丸 泣けない魚たち
朝倉かすみ 肝、焼ける
朝倉かすみ 好かれようとしない
朝倉かすみ ともしびマーケット
朝倉かすみ 感応連鎖
朝倉かすみ たそがれどきに見つけたもの
朝比奈あすか 憂鬱なハスビーン
朝比奈あすか あの子が欲しい

天野作市 気高き昼寝
天野作市 みんなの旅行
青柳碧人 浜村渚の計算ノート
青柳碧人 浜村渚の計算ノート 2さつめ〈ふしぎの国の期末テスト〉
青柳碧人 浜村渚の計算ノート 3さつめ〈水色コンパスと恋する幾何学〉
青柳碧人 浜村渚の計算ノート 3と1/2さつめ〈ふえるま島の最終定理〉
青柳碧人 浜村渚の計算ノート 4さつめ〈方程式は歌声に乗って〉
青柳碧人 浜村渚の計算ノート 5さつめ〈鳴くよウグイス、平面上〉
青柳碧人 浜村渚の計算ノート 6さつめ〈パピルスよ、永遠に〉
青柳碧人 浜村渚の計算ノート 7さつめ〈悪魔とポタージュスープ〉
青柳碧人 浜村渚の計算ノート 8さつめ〈虚数じかけの夏みかん〉
青柳碧人 浜村渚の計算ノート 8と2分の1さつめ〈つるかめ家の一族〉
青柳碧人 浜村渚の計算ノート 9さつめ〈恋人たちの必勝法《マーチン・ゲール》〉
青柳碧人 浜村渚の計算ノート 10さつめ〈ラ・ラ・ラ・ラマヌジャン〉
青柳碧人 浜村渚の計算ノート 11さつめ〈エッシャーランドでだまし絵を〉
青柳碧人 霊視刑事夕雨子《ゆうこ》1〈誰かがそこにいる〉
青柳碧人 霊視刑事夕雨子2〈雨空の鎮魂歌《レクイエム》〉
朝井まかて ちゃんちゃら
朝井まかて すかたん

朝井まかて ぬけまいる
朝井まかて 恋歌
朝井まかて 阿《お》蘭《らん》陀《だ》西《さい》鶴《かく》
朝井まかて 藪医《やぶい》 ふらここ堂
朝井まかて 福袋
朝井まかて 草々不一
朝井まかて 実さえ花さえ
歩《あゆみ》りえこ ブラを捨て旅に出よう〈貧乏乙女の"世界《ぜろか》一周"旅行記〉
安藤祐介 営業零課接待班
安藤祐介 被取締役《とりしまられやく》新入社員
安藤祐介 おい！山田〈大翔製菓広報宣伝部〉
安藤祐介 宝くじが当たったら
安藤祐介 一〇〇〇ヘクトパスカル
安藤祐介 テノヒラ幕府株式会社
安藤祐介 本のエンドロール
青木理 絞首刑
麻見和史 石の繭〈警視庁殺人分析班〉
麻見和史 蟻《あり》の階段〈警視庁殺人分析班〉
麻見和史 水晶の鼓動〈警視庁殺人分析班〉

講談社文庫　目録

麻見和史　虚空の糸〈警視庁殺人分析班〉
麻見和史　聖者の凶数〈警視庁殺人分析班〉
麻見和史　女神の骨格〈警視庁殺人分析班〉
麻見和史　蝶の力学〈警視庁殺人分析班〉
麻見和史　雨色の仔羊〈警視庁殺人分析班〉
麻見和史　奈落の偶像〈警視庁殺人分析班〉
麻見和史　鷹《たか》の砦《とりで》〈警視庁殺人分析班〉
麻見和史　凪《なぎ》の残響〈警視庁殺人分析班〉
麻見和史　天空の鏡〈警視庁殺人分析班〉
麻見和史　賢者の棘《とげ》〈警視庁殺人分析班〉
麻見和史　魔弾の標的〈警視庁殺人分析班〉
麻見和史　深紅の断片〈警防課救命チーム〉
麻見和史　邪神の天秤〈警視庁公安分析班〉
麻見和史　偽神の審判〈警視庁公安分析班〉
有川　浩　三匹のおっさん
有川　浩　三匹のおっさん ふたたび
有川　浩　ヒア・カムズ・ザ・サン
有川　浩　旅猫リポート
有川ひろ　アンマーとぼくら
有川ひろ　みとりねこ
有川ひろ ほか　ニャンニャンにゃんそろじー
荒崎一海　門前仲町〈九頭竜覚山 浮世綴㊀〉
荒崎一海　蓬萊橋雨景〈九頭竜覚山 浮世綴㊁〉
荒崎一海　寺町哀感〈九頭竜覚山 浮世綴㊂〉
荒崎一海　小《お》名《な》木《き》川《がわ》〈九頭竜覚山 浮世綴㊃〉
荒崎一海　一色町雪花〈九頭竜覚山 浮世綴㊄〉
朱野帰《かえる》子《こ》　駅物語
朱野帰子　対岸の家事
東　浩紀　一般意志2・0〈ルソー、フロイト、グーグル〉
朝倉宏景　白球アフロ
朝倉宏景　野球部ひとり
朝倉宏景　つよく結べ、ポニーテール
朝倉宏景　あめつちのうた
朝倉宏景　エール〈夕暮れサウスポー〉
朝倉宏景　風が吹いたり、花が散ったり
朝倉宏景　今日も事件が起きませんよう。
朝井リョウ　スペードの3
朝井リョウ　世にも奇妙な君物語
有沢ゆう希　末次由紀 原作　〈小説〉ちはやふる 上の句
有沢ゆう希　末次由紀 原作　〈小説〉ちはやふる 下の句
有沢ゆう希　末次由紀 原作　〈小説〉ちはやふる 結び
有沢ゆう希　小説 パーフェクトワールド〈君といる奇跡〉
有沢ゆう希　原作：金田一蓮十郎　脚本：徳永友一　小説 ライアー×ライアー
秋川滝美　幸《こう》腹《ふく》な百貨店
秋川滝美　幸腹な百貨店〈デパ地下おにぎり騒動〉
秋川滝美　幸腹な百貨店〈催事場で蕎麦屋呑み〉
秋川滝美　マチのお気楽料理教室
秋川滝美　ヒソップ亭〈湯けむり食事処〉
秋川滝美　ヒソップ亭2〈湯けむり食事処〉
秋川滝美　ヒソップ亭3〈湯けむり食事処〉
秋川滝美　そんな部屋、あります!?
赤神　諒　神遊の城
赤神　諒　大友二階崩れ
赤神　諒　大友落月記
赤神　諒　酔象の流儀 朝倉盛衰記
赤神　諒　空《うつせ》貝《がい》〈村上水軍の神姫《しんき》〉
赤神　諒　立花三将伝

池波正太郎 よい匂いのする一夜
池波正太郎 梅安料理ごよみ
池波正太郎 わが家の夕めし
池波正太郎 新装版 緑のオリンピア
池波正太郎 新装版 殺しの四人〈仕掛人 藤枝梅安㈠〉
池波正太郎 新装版 梅安蟻地獄〈仕掛人 藤枝梅安㈡〉
池波正太郎 新装版 梅安最合傘〈仕掛人 藤枝梅安㈢〉
池波正太郎 新装版 梅安針供養〈仕掛人 藤枝梅安㈣〉
池波正太郎 新装版 梅安乱れ雲〈仕掛人 藤枝梅安㈤〉
池波正太郎 新装版 梅安影法師〈仕掛人 藤枝梅安㈥〉
池波正太郎 新装版 梅安冬時雨〈仕掛人 藤枝梅安㈦〉
池波正太郎 新装版 忍びの女 (上)(下)
池波正太郎 新装版 殺しの掟
池波正太郎 新装版 抜討ち半九郎
池波正太郎 新装版 娼婦の眼
池波正太郎 近藤勇白書〈レジェンド歴史時代小説〉(上)(下)
井上 靖 楊貴妃伝
石牟礼道子 新装版 苦《く》海《がい》浄《じょう》土《ど》〈わが水俣病〉
いわさきちひろ ちひろのことば
いわさきちひろ 松本 猛 いわさきちひろの絵と心
いわさきちひろ 絵本美術館編 ちひろ・子どもの情景〈文庫ギャラリー〉
いわさきちひろ 絵本美術館編 ちひろ・紫のメッセージ〈文庫ギャラリー〉
いわさきちひろ 絵本美術館編 ちひろの花ことば〈文庫ギャラリー〉
いわさきちひろ 絵本美術館編 ちひろのアンデルセン〈文庫ギャラリー〉
いわさきちひろ 絵本美術館編 ちひろ・平和への願い〈文庫ギャラリー〉
石野径一郎 新装版 ひめゆりの塔
今西錦司 生物の世界
井沢元彦 義経幻殺録
井沢元彦 光と影の武蔵〈切支丹秘録〉
井沢元彦 新装版 猿丸幻視行
伊集院 静 乳房
伊集院 静 遠い昨日
伊集院 静 夢は枯野を〈競輪躁鬱旅行〉
伊集院 静 野球で学んだこと ヒデキ君に教わったこと
伊集院 静 峠の声
伊集院 静 白秋
伊集院 静 潮流
伊集院 静 冬の蜻《とん》蛉《ぼ》
伊集院 静 オルゴール
伊集院 静 昨日スケッチ
伊集院 静 あづま橋
伊集院 静 ぼくのボールが君に届けば
伊集院 静 駅までの道をおしえて
伊集院 静 受け月
伊集院 静 坂の上のμ〈野球小説アンソロジー〉
伊集院 静 ねむりねこ
伊集院 静 新装版 三年坂
伊集院 静 お父やんとオジさん (上)(下)
伊集院 静 ノボさん〈小説 正岡子規と夏目漱石〉(上)(下)
伊集院 静 機関車先生〈新装版〉
伊集院 静 ミチクサ先生 (上)(下)
伊集院 静 それでも前へ進む
いとうせいこう 我々の恋愛
いとうせいこう 「国境なき医師団」を見に行く
いとうせいこう 「国境なき医師団」をもっと見に行く〈ガザ、西岸地区、アンマン、南スーダン、日本〉
井上夢人 ダレカガナカニイル…
井上夢人 プラスティック

講談社文庫　目録

伊藤理佐　女のはしょり道
伊藤理佐　また！　女のはしょり道
伊藤理佐　みたび！　女のはしょり道
石黒正数　外《げ》　天《てん》　楼《ろう》
伊与原　新　ルカの方舟《はこぶね》
伊与原　新　コンタミ　科学汚染
稲葉圭昭《よしあき》　恥さらし〈北海道警　悪徳刑事の告白〉
稲葉博一《ひろいち》　忍者烈伝
稲葉博一　忍者烈伝ノ続
稲葉博一　忍者烈伝ノ乱〈天之巻〉〈地之巻〉
伊岡　瞬　桜の花が散る前に
石川智健　エウレカの確率〈経済学捜査と殺人の効用〉
石川智健　60《ロクジュウ》〈誤判対策室〉
石川智健　20《ニジュウ》〈誤判対策室〉
石川智健　第三者隠蔽機関
石川智健　いたずらにモテる刑事の捜査報告書
石川智健　ゾンビ3.0
井上真偽《まぎ》　その可能性はすでに考えた
井上真偽　聖女の毒杯〈その可能性はすでに考えた〉
井上真偽　恋と禁忌の述語論理《プレディケット》
泉　ゆたか　お師匠さま、整いました！
泉　ゆたか　お江戸けもの医　毛玉堂
泉　ゆたか　玉《たま》の輿《こし》猫〈お江戸けもの医　毛玉堂〉
泉　ゆたか　うぬぼれ犬〈お江戸けもの医　毛玉堂〉
伊兼源太郎　地検のS
伊兼源太郎　Sが泣いた日〈地検のS〉
伊兼源太郎　Sの幕引き〈地検のS〉
伊兼源太郎　巨悪
伊兼源太郎　金庫番の娘
逸木　裕　電気じかけのクジラは歌う
今村翔吾　イクサガミ　天
今村翔吾　イクサガミ　地
今村翔吾　イクサガミ　人
今村翔吾　じんかん
入月英一　信長と征《ゆ》く　1・2〈転生商人の天下取り〉
磯田道史　歴史とは靴である
石原慎太郎　湘南夫人
井戸川射子　ここはとても速い川
井戸川射子　この世の喜びよ
五十嵐律人　法廷遊戯
五十嵐律人　不可逆少年
五十嵐律人　原因において自由な物語
五十嵐律人　幻告
一色さゆり　光をえがく人
石沢麻依　貝に続く場所にて
一穂ミチ　スモールワールズ
一穂ミチ　うたかたモザイク
一穂ミチ　パラソルでパラシュート
伊藤穰一　〈増補版〉教養としてのテクノロジー〈AI、仮想通貨、ブロックチェーン〉
市川憂人　揺籠《ゆりかご》のアディポクル
五十嵐貴久　コンクールシェフ！
稲川淳二　稲川怪談〈昭和・平成傑作選〉
稲川淳二　稲川怪談〈昭和・平成・令和　長編集〉
石井ゆかり　星占い的思考
石田夏穂　ケチる貴方
内田康夫　シーラカンス殺人事件
内田康夫　パソコン探偵の名推理

2025年6月13日現在